Juniregen

Ein Victoria Stein Krimi

Das Buch

Als eine Unternehmergattin gewaltsam ums Leben kommt, soll ausgerechnet Rechtsanwältin Victoria Stein, die dem Strafrecht schon vor Jahren den Rücken kehrte, den tatverdächtigen Ehemann verteidigen.

Für Staatsanwalt Tom Hertzmeier scheint die Schuldfrage bereits geklärt zu sein. Victoria muss auf eigene Faust ermitteln, um ihren Mandanten vor der drohenden Verurteilung zu bewahren.

Doch was sie mit Hilfe des Privatdetektivs Jarne de Zand entdeckt, lässt die Zweifel an der Unschuld des Unternehmers wachsen. Dann wird Victoria selbst zum Ziel eines Angriffs und plötzlich erscheint vieles in einem anderen Licht ...

»Juniregen« ist der erste Band der Krimireihe um die Rechtsanwältin Victoria Stein.

Die Autorin

Rana Wenzel kam 1971 als Kind des Ruhrgebiets zur Welt. Nach dem Studium der Rechtswissenschaften sowie einem kurzen, berufsbedingten Abstecher nach Spanien zog es sie wieder in die Heimat zurück, wo sie heute mit ihrem Ehemann an der Grenze zum Sauerland lebt.

Rana Wenzel

Juniregen

Ein Victoria Stein Krimi

Bibliografische Information der Deutschen Nationalbibliothek:
Die Deutsche Nationalbibliothek verzeichnet diese Publikation in der Deutschen Nationalbibliografie; detaillierte bibliografische Daten sind im Internet über http://dnb.dnb.de abrufbar.

Impressum

Juniregen – Ein Victoria Stein Krimi
1. Auflage Januar 2017
© 2016 by Rana Wenzel
c/o Papyrus Autoren-Club
Pettenkoferstr. 16-18
10247 Berlin
info@rana-wenzel.de

Covergestaltung: Rana Wenzel

Herstellung und Verlag BoD – Books on Demand, Norderstedt
ISBN: 978-3743176782

Das Werk, einschließlich seiner Teile, ist urheberrechtlich geschützt. Jede Verwertung ist ohne Zustimmung des Autors unzulässig. Dies gilt insbesondere für die elektronische oder sonstige Vervielfältigung, Übersetzung, Verbreitung und öffentliche Zugänglichmachung.

Prolog

Nichts an diesem Montagmorgen erschien ihr ungewöhnlich, als sie über die lange Auffahrt auf das Herrenhaus der Mocks zuging. Das Grau des wolkenverhangenen Himmels erdrückte das Gebäude und den gepflegten Garten, dennoch gab es keinen Hinweis auf den bevorstehenden Schrecken.

Zögernd setzte sie einen Fuß auf die Freitreppe. Die Hausherrin sah es nicht gern, wenn eine Angestellte die Vordertüre benutzte. Der Kiesweg zum Nebeneingang war allerdings nach den Regenfällen der vergangenen Tage ohne Gummistiefel unpassierbar.

Den Kopf tief zwischen den Schultern betrat sie das Haus durch die große Eingangstür, gewappnet für den Tadel, den sie zu erwarten hatte. Doch der blieb aus. Niemand rügte sie, niemand eilte herbei, um ihr Anweisungen zu geben.

Sie lauschte in die unvermutete Stille.

Durch die geöffneten Schiebetüren sah sie Saskia Mock seltsam reglos in einem der Sessel im Salon sitzen.

Der rote Fleck auf der hübschen Bluse ihrer Arbeitgeberin bohrte sich in die Augen der Haushälterin. Sie ahnte bereits, was er bedeutete, noch bevor ein prüfender Blick Gewissheit brachte.

Ihr Schreckensschrei hallte laut durch die großen Räume. Erst nach mehreren tiefen Atemzügen war sie in der Lage, den Notruf zu wählen, um die Ermordung ihrer Chefin zu melden.

Kapitel 1

Es herrschte diese Stimmung, die nur ein Montagmorgen hervorrufen kann – eine Komposition in Moll aus Nieselregen, Müdigkeit und schlechter Laune. Victoria starrte stirnrunzelnd auf die Tasse in ihren Händen. Normalerweise war Kaffee ihr Lebenselixier, heute fühlte es sich jedoch nicht so an, als ob er sie nachhaltig aufwecken könnte. Solche Tage waren keine Tage zum Wachwerden. Auch der Morgen hatte bereits vor dem Grau kapituliert, er gab sich keine Mühe, noch hell zu werden. Seit Wochen wartete ganz Deutschland auf die Vorboten des Frühsommers, aber eine Kette von Tiefdruckgebieten stellte die Geduld auf eine harte Probe und stimmte die Menschen auf Herbstdepression ein. Dabei zeigte der Kalender Anfang Juni.

Lustlos wanderten Victorias Augen den Aktenstapel hinunter, der an der Seite ihres Schreibtischs emporwuchs. Ein angehefteter Zettel mahnte sie mit dem Wort ›Frist‹ in neongelben Lettern, sich an die Unterhaltsangelegenheit zu setzen, die unter dem blauen Aktendeckel auf Bearbeitung wartete.

Sie hatte diese unliebsame Akte bis heute weitgehend ignoriert. Die Aussicht auf viel Schreiberei, die finanziell wenig einbrachte, bremste ihren Arbeitseifer. Einmal hatte sie sich den Stundenlohn in einer solchen Angelegenheit ausgerechnet. Nachdem der errechnete Betrag weit unterhalb des Mindestlohns lag, beging sie diesen motivationsraubenden Fehler nie wieder.

So hatte sie sich das nicht vorgestellt, als sie damals mit neunhundert Kommilitonen den Hörsaal für Erstsemester der rechtswissenschaftlichen Fakultät betrat. Werte wie Streben nach Gerechtigkeit hatten sie zu Beginn ihrer juristischen Karriere zu dieser Studienwahl bewogen.

»Das Robin-Hood-Prinzip« nannte es ihre beste Freundin Josephine spöttisch. Idealismus entpuppte sich später im Berufsalltag als Luxus. Wer wirtschaftlich überleben wollte, durfte nicht wählerisch bei der Annahme neuer Mandate sein. Irgendwann hatte sie akzeptiert, dass der Beruf des Anwalts nichts mit dem verklärten Bild des Kämpfers für das Recht gemein hatte. Sie würde nicht mit dem säbelgleich gezückten Gesetzbuch in der Hand in die Schlacht vor die höchsten Gerichte ziehen, sondern überprüfte stattdessen endlose Zahlenkolonnen auf unterhaltsrechtliche Relevanz. Berufsmonotonie statt hehrer Ziele. Mit einem tiefen Seufzen nahm sie die Akte vom Stapel und schlug sie auf.

Victoria hatte sich gerade in die Unterlagen vertieft, als das Telefon sie aus der Konzentration riss. Ein interner Ruf. Gespräche wurden an einem Montagmorgen selten zu ihr durchgestellt. Das Sekretariat wusste, wann es besser war, sie von Mandanten fernzuhalten – und von Mitarbeitern und Kollegen, denn zu Beginn der Arbeitswoche war Victoria in aller Regel vor der dritten Tasse Kaffee ungenießbar. Stirnrunzelnd hob sie den Hörer von der Station.

Svenja, die Auszubildende, ratterte ohne hörbares Satzzeichen ihr Anliegen herunter – als ob die Störung dadurch geringer würde. Kurz musste Victoria schmunzeln, wurde aber sofort ernst, als sie hörte, wer darauf bestand, mit ihr zu reden. Sie hatte die Frau vor einiger Zeit in einer Scheidungsangelegenheit vertreten und obschon alles gut gelaufen war, hatte sie Beatrice Mock als anstrengende Mandantin in Erinnerung.

Sie einfach abzuwimmeln, erschien Victoria deshalb durchaus verlockend. Andererseits hatte der letzte Kontoauszug eine beängstigend kleine Summe ausgewiesen und die finanziellen Sorgen würden voraussichtlich in den kommenden Wochen tiefe

Falten in Victorias Stirn graben, sofern sie nicht einen lukrativen Fall auftrieb. Und Beatrice Mock hatte nicht nur Geld, sondern darüber hinaus ihre Kostennoten stets pünktlich beglichen. Widerwillig drückte Victoria die Taste, um das externe Gespräch zu übernehmen.

Ein Entschluss, den Victoria augenblicklich bereute, als Beatrice Mock sie nach einer kurzen Begrüßung mit einem Wortschwall überfiel, der Victorias ohnehin schwache Bereitschaft zu diesem Telefonat ansatzlos ertränkte. Aufgeregte Satzfetzen strömten auf sie ein und Victoria hatte Mühe, aus dieser ungeordneten Flut brauchbare Informationen herauszufiltern. Irgendetwas war mit Beatrices Bruder Benedikt und dessen Frau geschehen. Dann begriff sie plötzlich, um was es ging und ihr Puls jagte in die Höhe. Als Worte wie Strafverteidigung und Untersuchungshaft fielen, war Victoria auch an diesem verregneten Montag schlagartig hellwach.

Eine halbe Stunde später befanden sich Victoria und ihr Anwaltskollege Marcus Froh auf dem Weg zu Beatrice Mock. Diese hatte zwar nicht ausdrücklich nach dem Strafverteidiger der Kanzlei gefragt, aber Victoria, die schon ewig keine Ermittlungsakte mehr in der Hand gehalten hatte, fand es beruhigender, ihren Sozius kurzerhand als Verstärkung mitzunehmen.

»Beatrice Mock war mal deine Mandantin?«, fragte Marcus sie, während sie sich durch den Stadtverkehr schlängelten. »Kennst du die Familie näher?«

Victoria schüttelte den Kopf. »Nein, nur Beatrice durch ihre Scheidung. Keine Ahnung, wie sie damals auf mich kam. Dass sie eine *dieser* Mocks war, habe ich erst im Laufe des Verfahrens mitbekommen. Sie hat nach der Scheidung ihren Mädchennamen wieder angenommen. Über die Familie weiß ich nur, was jeder weiß: Erfolgreiches Bauunternehmen, überregional bekannt und übertrieben großes Firmenlogo. Weißt du mehr?«

Marcus schmunzelte über ihre Zusammenfassung. »Ein bisschen«, antwortete er dann. »Benedikt Mocks Großvater hat den Familienbetrieb gegründet und zusammen mit seinem Sohn – dem Vater von Beatrice und Benedikt – zu dem gemacht, was er heute ist. Ich habe gehört, der Großvater sei trotzdem ein bodenständiger Typ geblieben. Er hat seine Wurzeln nicht vergessen und zahlreiche soziale Projekte unterstützt. Bei seinem Sohn lagen die Dinge schon anders. Der Vater von Beatrice und Benedikt hatte den Ruf eines rücksichtslosen Geschäftsmannes, dessen karitatives Wirken nicht dem Andenken seiner Herkunft entsprang, sondern seinem Interesse daran, möglichst häufig in diversen Zeitungen zu erscheinen. Meistens händeschüttelnd mit einem weiteren Mitglied der Lokalprominenz. Wenn ich dem Klatsch einiger Anwaltsstammtische Glauben schenke, ist sein Sohn vom selben Schlag.«

»Klingt ja ausgesprochen nett. Hören wir uns trotzdem an, was Beatrice Mock von uns möchte?«

»Aber sicher doch«, lachte Marcus. »Du weißt doch, dass Sympathie in unserem Job keine Rolle spielen darf.«

Beatrice Mock erwartete sie schon an der Haustür. Sie war eine zierliche Blondine, die wie immer teuer gekleidet war. Die dunkelblaue Hose saß perfekt, die schlichte cremefarbene Bluse, sowie eine Perlenkette mit dazu passenden Ohrsteckern vervollständigten das Gesamtbild unaufdringlicher Eleganz. Allerdings wirkte sie heute deutlich älter als die Mitte dreißig, die sie tatsächlich war. Tiefe, schlecht überschminkte Augenringe und ein harter Zug um den Mund verliehen ihr eine herrische Ausstrahlung, die eher an ein alterndes Familienoberhaupt denken ließ, als an eine Frau in den besten Jahren.

Beatrice Mock führte die Besucher in ein Zimmer, dessen Dimension die Bezeichnung Salon verdiente. Der Raum war jedoch mit viel zu klobigem Mobiliar vollgestellt, um mit Vornehmheit zu beeindrucken.

»Erinnert mich an die Wohnzimmer der Generation meiner Großeltern. Eiche rustikal Klötze zwischen zu enge Wände gepfercht«, raunte Victoria ihrem Kollegen zu, während ihre Gastgeberin die Terrassentüren im rückwärtigen Bereich schloss.

»Ich schätze, die Möbel hier sind einige Preisklassen höher anzusiedeln«, flüsterte Marcus zurück. »Schöner werden sie dadurch aber nicht.« Beide grinsten sich an.

Marcus und Victoria nahmen auf einem monströsen Sofa Platz, dessen vermutlich beachtlicher Kaufpreis in keiner Weise Einfluss auf seine Bequemlichkeit genommen hatte. Unbehaglich rutschte Victoria auf dem Sitzmöbel herum, während Marcus unmittelbar auf den Anlass des Besuchs zu sprechen kam. Victoria ahnte, wie dringend ihr Kollege diesen Raum wieder verlassen wollte, in dessen Ausstattung er sicherlich einen persönlichen Angriff auf sein ästhetisches Empfinden sah.

Ihre Gastgeberin war inzwischen gefasster als noch bei ihrem Anruf, trotzdem konnte sie nicht viel zu den Geschehnissen sagen. »Ich weiß nur, dass meine Schwägerin tot aufgefunden wurde«, sagte sie mit einer Stimme, die jeden Moment wegzubrechen drohte. Sie holte zitterig Luft und stieß sie gepresst wieder aus, bevor sie weiterreden konnte. »Mein Bruder Benedikt ist daraufhin am Flughafen aufgegriffen und verhaftet worden. Als nächste Angehörige wurde ich von der Polizei informiert und habe mich dann sofort bei Ihnen gemeldet.«

Victoria war wie elektrisiert. Sobald der Begriff Mord in einer Schlagzeile auftauchte, versprach das Publicity. Und die Verteidigung brachte Geld. Beatrice Mock blickte auf Marcus. »Es ist sehr freundlich, dass Sie Ihre Kollegin begleitet haben.

Dennoch gehe ich davon aus, *eine* Person wird als Rechtsbeistand reichen. Ich würde gerne Frau Stein damit beauftragen. Sie hat damals die Arbeit als Scheidungsanwältin durchaus zufriedenstellend erledigt.«

›Zufriedenstellend‹ hörte sich herablassend nach ›sie war stets bemüht‹ an, und erklärte vor allem nicht, warum sie das zu Beatrices erster Wahl als Strafverteidigerin machte. Aber die Worte ihrer ehemaligen Mandantin waren unmissverständlich. Victoria sollte die Verteidigung übernehmen, und zwar allein. Dennoch hätte sie lieber Marcus mit ins Boot geholt. Ohne Unterstützung war die Sache eine Nummer zu groß.

»Es ist mir geradezu gleichgültig, wie gut die Verteidigung tatsächlich *ist*«, erwiderte ihre Auftraggeberin auf Victorias Einwand, zwei Anwälte könnten im Sinne einer bestmöglichen Verteidigung effektiver arbeiten. »Sie muss nur gut *aussehen*. Nicht mehr und nicht weniger.« Sie schürzte missbilligend die Lippen. »Hätte ich die bestmögliche Verteidigung gewollt, hätte ich mich an eine bekannte Strafverteidigungskanzlei gewandt.«

Angesichts dieser an Unverschämtheit grenzenden Offenheit verschlug es Victoria die Sprache. Sogar ihrem für gewöhnlich redegewandten Kollegen fiel keine passende Erwiderung ein. Als sich das Schweigen wie eine Mauer zwischen ihnen aufbaute, versuchte Beatrice Mock, sich mit einem gezwungenen Lächeln zu erklären: »Verstehen Sie bitte, er ist mein Bruder und deshalb muss ich ihm helfen. Aber unter uns gesagt ... das bleibt doch unter uns, was hier gesagt wird?«

Victoria nickte noch immer wortlos.

»Die Leute müssen vor allem sehen, dass ich mich kümmere.« Der harte Zug grub sich tiefer in Beatrice Mocks Gesicht. »Ich muss an den Ruf der Familie denken. Niemand soll glauben, die Familie sei zerrüttet. Das wäre nicht gut für unsere Firma.« Beatrice Mock fixierte die Anwälte mit einem stechenden Blick.

Zusammen mit den nach unten gezogenen Mundwinkeln verlieh er ihr etwas Raubvogelartiges. »Dennoch habe ich kein Interesse daran, ein Vermögen für Anwälte auszugeben. Ich zahle Ihnen die gesetzlichen Gebühren, aber nicht das Phantasiehonorar, das die Strafrechtsspezialisten verlangen. Also, werden Sie zu meinem Bruder fahren?«

Das war kein Vorschlag, das waren Bedingungen, die Victoria so annehmen konnte oder nicht. Sie verständigte sich durch einen Blick mit Marcus.

Auf den Punkt gebracht hatte Beatrice Mock soeben wenig schmeichelhaft behauptet, sie seien nicht gut, aber wenigstens günstig. Ein hartes Urteil, das Victoria bis ins Mark traf. Ein Blick in Marcus verbissenes Gesicht verriet ihr, dass er ähnlich empfand und vermutlich aus Empörung dazu tendierte, abzulehnen. Aber das war ihr Fall. Sie musste entscheiden. Letztendlich wäre nicht Beatrice, sondern Benedikt Mock ihr Mandant. Er müsste sie beauftragen und wäre ihr Ansprechpartner. Eine Strafverteidigung hatte sie zuletzt vor Jahren übernommen, doch nun erschien ihr die Vorstellung verlockend, aus dem täglichen Einerlei auszubrechen. Vor allem würde der Fall das Loch in der Kasse stopfen. Victoria warf Marcus einen entschuldigenden Blick zu und nickte, allerdings ohne große Überzeugung.

Kapitel 2

»Ein bisschen sonderbar verhält sich die Mock schon, oder?« Ein geringschätziger Seitenblick traf Victoria, bevor Marcus seine Augen wieder auf den Straßenverkehr richtete, als die Ampel auf Grün sprang. Victoria war sich nicht sicher, ob seine Missbilligung ihr oder Beatrice Mock galt, beschloss jedoch, den kritischen Gesichtsausdruck ihres Sozius nicht auf sich zu beziehen. Was hätte sie schließlich anderes machen können? Die Kanzlei brauchte das Geld, das dieses Mandat versprach.

»Das lässt sich nicht von der Hand weisen«. Gedankenverloren zwirbelte sie eine Locke ihres blonden Haares um den Zeigefinger. »Irgendetwas stört mich enorm an der Frau.«

Marcus lachte trocken auf. »Mich auch. Die Art, wie sie über unsere Kanzlei spricht, zum Beispiel.«

»Oh ja, das war wirklich an der Grenze zur Beleidigung.«

»Fragt sich nur, auf welcher Seite der Grenze«, murmelte Marcus.

»Was sollte ich denn tun?«, verteidigte sich Victoria, die sich plötzlich doch angegriffen fühlte. »Du weißt genauso gut wie ich, dass wir die Einnahmen brauchen.«

»Reg dich nicht auf, ich mache dir keinen Vorwurf«, besänftigte Marcus sie. »Eigentlich kann es mir auch egal sein. Ich werde mit ihr ja nicht klarkommen müssen.«

»Hast du es gut.« Victoria seufzte tief. »Frau Mock war bereits in der Familiensache eine Herausforderung. Wegen ihres Geldes ist sie es wohl gewohnt, alle nach ihrer Pfeife tanzen zu lassen.« Sie hielt inne, auf der Suche nach den richtigen Worten. »Ihr etwas spezieller Charme hat jedoch nicht die Alarmglocken bei mir schrillen lassen – mich stört etwas anderes, das ich noch nicht greifen kann.« Sie zuckte mit den Schultern. »Es ist eher so eine Ahnung, dass irgendetwas nicht stimmt. Ich habe ein schlechtes Gefühl bei der Sache.«

»Dein sechster Sinn?« Marcus Mundwinkel schossen nach oben und Victoria kniff drohend die Augen zusammen, falls er sich über sie lustig machte. Sie hatte gelernt, sich auf ihr Bauchgefühl zu verlassen, aber ihr pragmatischer Sozius hielt von diesen Dingen nichts. Obwohl er schon häufig zugeben musste, dass sie damit richtig lag.

»Spotte nicht!«, wehrte sie sich. »Dir kam sie doch auch merkwürdig vor. Nicht nur ihre abwertenden Worte, sie wirkte irgendwie lauernd. So angespannt. Findest du nicht?«

Marcus nickte zustimmend. »Nur war das auch keine alltägliche Situation für sie. Das kann schon mal unsicher und verspannt machen.« Er zuckte mit den Schultern. »Einerlei ... solange die Gute uns bezahlt, sind mir die Schrulligkeiten dieser Person gleichgültig.«

Als Marcus und Victoria das Büro erreichten, hatte der Regen endlich aufgehört.

Ihr erster Weg führte Victoria in die Küche zu dem neuen Kaffeevollautomaten. Diese von allen schnell ins Herz geschlossene Maschine war das einzige Zugeständnis an den Luxus, den man üblicherweise in Anwaltskanzleien erwartet. Der Rest der Einrichtung bestand aus einem Inventar, das zugleich praktisch und chaotisch war. Den größten Teil hatten sie einer Kollegin günstig abgekauft, die sich kleiner setzen wollte. Deshalb besaßen sie weitaus wertigere Büromöbel, als Marcus und Victoria sich hätten leisten können. Da alles bis in den letzten Winkel mit Fachbüchern, Akten und sonstigen Papieren vollgestopft war, fiel der Blick der Besucher jedoch nur selten auf das hochklassige Mobiliar.

›Ein Arbeitspsychologe hätte seine helle Freude an uns‹, murrte Victoria leise, während sie vorsichtig einen Stapel Akten zur Seite schob, um Platz für ihren Kaffeebecher zu schaffen. Sie verzog das Gesicht bei dem Gedanken an einen Vortrag zum Thema ›effektiver arbeiten‹, den sie vor einigen Monaten besuchen wollte.

»Wenn Sie noch ein Stück ihrer Schreibtischplatte sehen können, besteht für Sie eine Chance«, war die Einleitung des Dozenten gewesen. Im selben Moment hatte Victoria sich erhoben und das Seminar resigniert verlassen. Voller Einsicht, dass der Zustand ihres Schreibtisches aussichtslos war, hatte sie es vorgezogen, einen Kaffee trinken zu gehen. Irgendwie schaffte sie es trotzdem, in dem Chaos einigermaßen den Überblick zu wahren, und hatte noch nie eine Frist versäumt oder ein Schriftstück verloren. Zumindest kein wichtiges.

Während sie sich ihrem Kaffee und der Rückrufliste widmete, saß Svenja am Telefon und versuchte herauszufinden, wo sich der zukünftige Mandant aufhielt. Aus ihrer kurzen Karriere als angestellte Anwältin in einer auf Strafrecht spezialisierten Kanzlei wusste Victoria, wie schwierig es werden konnte, den Aufenthaltsort eines vorläufig Festgenommenen zu ermitteln. Im einfachsten Fall benennt der in Gewahrsam Genommene seinen Verteidiger, den die Polizei daraufhin verständigt.

›Natürlich kann die Sache auch weitaus umständlicher sein‹, dachte Victoria lakonisch, während sie ihrer Auszubildenden durch die halbgeöffnete Bürotür dabei zuhörte, wie sie hinter Benedikt Mock hertelefonierte. Seit die Polizei ihren zukünftigen Mandanten mitgenommen hatte, war geraume Zeit vergangen. Deshalb befand er sich nicht mehr im Polizeigewahrsam, sondern war schon in irgendeine andere Zelle verbracht worden – vielleicht bereits in einer JVA. Victoria war dankbar, sich in solchen Situationen auf Svenjas Hartnäckigkeit verlassen zu können. Geduldig fragte diese sich durch und nach einigen Telefonaten stand fest, dass Benedikt Mock in der örtlichen Haftanstalt auf den Vorführtermin am kommenden Tag wartete.

Ein Blick auf die Homepage der Einrichtung trieb Victoria zur Eile. Nach dem Ende der Besuchszeit würde selbst Anwälten der Zutritt in die Justizvollzugsanstalt verwehrt. Mit einer gewissen Hektik führte sie mehrere Telefonate, damit die notwendigen Formalitäten erledigt werden konnten. Zum Glück spielten sämtliche Beteiligten mit. Wohl nicht zuletzt, weil es dem Gericht die Mühe sparte, einen Pflichtverteidiger zu bestellen, war die Hilfsbereitschaft auf allen Seiten auch kurz vor Feierabend noch groß, so dass Victoria schneller als erwartet die ›Besuchserlaubnis für ein erstes Anbahnungsgespräch‹, den sogenannten Sprechschein, in Händen hielt. Wenig später traf sie atemlos und mit erhitztem Gesicht in der JVA ein.

Nach Überprüfung der Formulare sowie ihrer Personalien durfte sie im Anwaltssprechzimmer Platz nehmen.

Sie hatte bislang nur ein einziges Mal eine Justizvollzugsanstalt betreten, als während des Referendariats eine Gefängnisführung auf dem Ausbildungsplan stand. Schon damals konnte das Wissen, das Gebäude in Kürze wieder verlassen zu dürfen, ihre Beklemmung nicht verhindern.

Auch jetzt fühlte sie sich von den betongrauen Wänden erdrückt. Das Sprechzimmer bot gerade ausreichend Platz für einen Tisch und drei Stühle. Ein winziges Fenster ließ nicht genügend Licht herein, um die Neonröhren tagsüber ausschalten zu können. Ihr Surren war der einzige Laut. Die abgestandene Luft roch muffig. Victoria überlegte, ob man Gefängnisfenster zum Lüften öffnen konnte, als Geräusche durch die Tür drangen. Schritte, das Klappern von Schlüsseln. Dann wurde Benedikt Mock hereingeführt. Der Uniformierte nickte Victoria zu und verließ den Raum. Durch eine kleine Verglasung in der Tür sah Victoria seinen schemenhaften Schatten vor dem Sprechzimmer Wache stehen.

Victoria musterte ihr Gegenüber. Er galt als harter Geschäftsmann, so hatte sie mit einer stattlichen Erscheinung gerechnet. Groß, blond, sportlich. Ein Typ, der Erfolg, Geld und Macht ausstrahlte. Jemand, der sowohl auf dem Tennisplatz als auch beim Golfturnier eine gute Figur abgab. Der Mann, der jetzt vor ihr Platz nahm, sah hingegen von Kopf bis Fuß durchschnittlich aus. Benedikt Mock war von unauffälliger Statur, nicht bemerkenswert durchtrainiert, aber auch nicht allzu unsportlich. Er trug ein einfaches T-Shirt sowie eine unvorteilhafte Trainingshose, die sicherlich kein Designerlabel zierte. Victoria hatte eine andere Ausstrahlung erwartet. Bedrohlicher möglicherweise, charismatischer auf jeden Fall. Allerdings hatte sie mit Geschäftsleuten dieses Kalibers wenig Erfahrung.

Benedikt Mock hob die Augenbrauen, während er sie taxierte. Seine Mundwinkel bogen sich aufwärts, daraus entwickelte sich ein Zahnpastalächeln, strahlend weiß und zu synthetisch, um auch nur einen Hauch von Wärme in das Gesicht zu tragen.

Die Selbstsicherheit, die von ihm mit einem Mal ausging, überrollte Victoria derartig, dass sie sich wunderte, wie sie diesen Mann vor Sekunden noch als durchschnittlich hatte ansehen können.

»Benedikt Mock« stellte er sich vor. »Aber das wissen Sie vermutlich schon.« Seine Stimme klang angenehm und angesichts der Umstände erstaunlich fest. Der Tonfall eines Mannes, der es gewohnt war, Anweisungen zu geben. Er wies mit einer abfälligen Handbewegung auf seine Hose. »Nicht meine übliche Bekleidung, wie Sie sich sicher denken können. Aber meinen Anzug musste ich zur Spurensuche abgeben und das hier« – er zupfte angewidert an Shirt und Hose herum – »waren in der Kleiderkammer die einzigen Stücke in meiner Größe.«

Ihr Erstaunen bei seinem Eintreten war ihm also nicht verborgen geblieben, aber sein unverbindlicher Gesichtsausdruck ließ nicht erkennen, ob er ihr die Reaktion übelnahm. Victoria bemühte sich um Gelassenheit. Es gehörte zu den anwaltlichen Aufgaben, Selbstsicherheit und Zuversicht auszustrahlen, selbst wenn sie sich innerlich im Augenblick nervöser fühlte, als sie das in der Rolle der professionellen Juristin vermutlich sollte. Sie reichte ihm lächelnd die Hand. »Victoria Stein von der Kanzlei Stein und Froh. Ihre Schwester Beatrice hat mich als Ihre Verteidigerin hergeschickt, ist das in Ihrem Sinn?«

Mit dem Mienenspiel, das ihre einfache Frage auslöste, hatte sie nicht gerechnet. Sein Blick flackerte. Anfangs glaubte Victoria Erstaunen, vielleicht sogar Freude aufleuchten zu sehen, aber dann legte sich etwas darüber, das sie nicht deuten konnte. Bitterkeit? Schmerz? Benedikt Mock erlaubte ihr nicht, tiefer in sein Inneres zu sehen. Er senkte rasch den Kopf, und als er Victoria wieder ansah, war sein Gesichtsausdruck undurchdringlich. Er saß Victoria so beherrscht gegenüber, als habe es diesen Moment nicht gegeben, in dem er beinahe verletzlich gewirkt hatte. Victoria biss sich auf die Lippe. Hatte sie sich diese Reaktion nur eingebildet? Oder hatte die Erwähnung der Schwester eine Wunde bei Benedikt Mock aufgerissen? Ahnte ihr neuer Mandant, dass seine Schwester sich nur der Leute wegen um ihn kümmerte, hauptsächlich Geld sparen wollte und er sich einer bestenfalls durchschnittlichen Anwältin anvertrauen sollte? Aber dann wäre es doch ein Leichtes, sich höflich von ihr zu verabschieden und einen anderen Rechtsbeistand zu beauftragen. Der Flurfunk funktionierte innerhalb der JVA hervorragend und die Namen guter Verteidiger wurden unter den Gefangenen nicht nur bereitwillig weitergegeben, sondern vielfach auch die entsprechende Visitenkarte und eine Strafverteidigungsvollmacht gleich dazu. Es wäre einfach für Benedikt Mock gewesen, seine Verteidigung selbst zu organisieren. Kein Grund für wie-auch-immer geartete Blicke.

Beide saßen sich für einen Augenblick schweigend gegenüber. Victoria verunsichert, Benedikt Mock abschätzend. Dann fasste Benedikt Mock offensichtlich einen Entschluss.

Er beugte sich vor, griff Victorias Kugelschreiber und zog wortlos ein Vollmachtsformular zu sich heran, das Victoria schon auf den Tisch gelegt hatte. Er unterzeichnete die Strafverteidigungsvollmacht, die Victoria nun offiziell zu seiner Verteidigerin machte. Lächelnd reichte er das Papier zurück. Für einen Moment erreichte das Lächeln sogar seine Augen. Seine Miene verlor das Künstliche. Sie las Hoffnung und die Bitte um Hilfe in diesem Gesicht. Sie kannte diesen Blick von früher, aus Zeiten, bevor ihr Kampfgeist gestorben war. Hier saß ein Mensch, der ihre Unterstützung brauchte, den sie nicht hängen lassen durfte. Sollte es Beatrice auch egal sein, ob Victoria eine gute Strafverteidigerin war, für den Mann ihr gegenüber war es wichtig. Sie würde fehlende Erfahrung durch Einsatz wettmachen müssen.

Benedikt Mock nickte ihr zu. Hatte ihr Mienenspiel ihre Gedanken so deutlich verraten? Er schien zumindest zufrieden zu sein.

Nachdem die Formalitäten erledigt waren, wandten sie sich dem zu, was seit dem vergangenen Abend geschehen war. Benedikt Mock konnte selbst nur wenig beitragen. »Bis die Polizei mich kurz vor dem Abflug festgenommen hat, wusste ich nicht, was passiert war.« Er hob hilflos die Arme. »Ich wollte nicht fliehen, sondern auf eine Geschäftsreise. Ich bin gleich vom Büro aus zum Flughafen gefahren und war in der Nacht gar nicht zuhause, da es am Abend vorher eine Besprechung gab. Danach musste ich noch die Unterlagen für den Geschäftstermin vorbereiten, den ich eigentlich jetzt gerade wahrnehmen würde, wenn ich nicht hier wäre.« Er presste die Lippen aufeinander und schüttelte den Kopf. »Bevor Sie fragen – nein, es kann niemand bestätigen, dass ich die Nacht im Büro verbracht habe.« Seine Miene wurde flehend. »Sie *müssen* mir sagen, was passiert ist! Was genau wird mir vorgeworfen? Man hat mich komplett im Dunkeln gelassen!«

»Es handelt sich um ein Tötungsdelikt, aber das wurde Ihnen vermutlich bei Ihrer Festnahme schon mitgeteilt.«

»Diese Idioten hatten nicht einmal den Anstand, mir den Tod meiner Frau schonend beizubringen.« Benedikt Mock schnaubte. »Sie haben keine Sekunde meine Täterschaft bezweifelt und mich gleich mit voller Wucht mit den Tatsachen konfrontiert.« Er atmete tief aus, rang seine Empörung über die Art, wie man ihn behandelt hatte, nieder, dann fragte er leise: »Wie ist meine Frau ums Leben gekommen?«

Die Festigkeit in der Stimme war verschwunden. Benedikt Mocks Gesicht wirkte auf einmal müde. Ob er wegen des Todes seiner Ehefrau oder wegen seiner Verhaftung niedergeschlagen war, vermochte Victoria nicht zu sagen. Es fiel ihr schwer, ihn einzuschätzen.

»Ich kann Ihnen leider auch noch nichts Genaueres sagen«, begann sie. »Die Obduktion hat noch nicht stattgefunden. Für Akteneinsicht ist es noch zu früh. Ich werde allerdings den zuständigen Staatsanwalt anrufen, um auf diesem Weg vorab an ein paar Informationen zu gelangen. Sobald ich Näheres weiß, werde ich Sie davon unterrichten.«

»Hm.« Benedikt Mock war aus nachvollziehbaren Gründen nicht zufrieden mit der spärlichen Auskunft. »Und wie geht es jetzt weiter?«

»Als Nächstes steht der Vorführtermin an, gleichzeitig beantragen wir Akteneinsicht und ...«

»Vorführtermin?«, unterbrach Benedikt Mock. »Was ist das?«

»Im Vorführtermin wird vom Gericht über Ihre weitere Untersuchungshaft entschieden«.

»Das heißt, ich komme hier raus?« Ihr Mandant richtete sich merklich auf.

»Ähm ...« Victoria biss sich auf die Lippe. »Also ...«, setzte sie neu an.

»Ich verstehe schon, Sie wissen es auch nicht«, schlussfolgerte ihr Gegenüber.

»Nun ja«, versuchte sie es erneut und seufzte leicht. Es war erstaunlich, welch reichhaltiges Angebot an nichtssagenden Satzanfängen die deutsche Sprache bereit hielt. Um sie nicht alle auf der Stelle abzunutzen, gab sie sich schließlich einen Ruck und brachte den Satz zu seinem unerfreulichen Ende. »Es ist so, dass die Ermittler Sie als dringend tatverdächtig ansehen, sonst hätte es die vorläufige Festnahme am Flughafen nicht gegeben. Damit Sie in Untersuchungshaft bleiben, ist ein richterlicher Beschluss nötig. Dieser wird erlassen, wenn auch das Gericht einen dringenden Tatverdacht bejaht und darüber hinaus ein sogenannter Haftgrund gegeben ist. Das könnte zum Beispiel Fluchtgefahr oder Verdunklungsgefahr sein.«

Die Hoffnung in Benedikt Mocks Miene erlosch so rasch, wie sie darin aufgeleuchtet war. Er hatte herausgehört, dass seine Haftentlassung nicht ganz so einfach war, wie er für einen Moment angenommen hatte.

„Fluchtgefahr? Verdunklungsgefahr? Welch ein Unsinn.« Benedikt Mock schnaubte abfällig. »Was gedenken Sie gegen diese idiotischen Vorwürfe zu unternehmen?", fragte er, plötzlich in schneidendem Tonfall.

Der abrupte Stimmungswechsel irritierte Victoria.

Wie konnte sich seine Körpersprache innerhalb eines Augenblicks nur so ändern? Waren es Masken, hatte sie nur auf Fassaden geblickt?

»Ich benötige noch mehr Informationen, bevor ich mir eine juristische Meinung bilden kann«, blieb sie bewusst vage. Wenn es ihnen nicht gelang, die Verdachtsmomente gegen Benedikt Mock zu entkräften, würde bereits die Schwere der vorgeworfenen Tat ausreichen, um ihn nicht aus der Haft zu entlassen. »Sie sagten, Sie hätten kein Alibi für die vermutliche Tatzeit. Da der Vorfall in Ihrem Haus stattgefunden hat, werden dort bestimmt zahlreiche Spuren von Ihnen vorhanden sein.« Sie strich sich eine Haarsträhne hinter das Ohr, bevor sie ihre nächste, eine delikate, Frage stellte: »Könnte man auch ein Motiv finden?«

Benedikt Mock sah sie ruhig an. »Nein, sicherlich nicht. Ich habe meine Frau geliebt. *Wirklich* geliebt.«

Irgendetwas an der Art, wie er das zu nachdrücklich betonte, ließ Victoria vermuten, die Liebe wäre nicht mehr allzu groß gewesen, allerdings behielt sie ihre Zweifel für sich und hörte schweigend weiter zu.

»Natürlich gab es gelegentlich auch Spannungen, in welcher Beziehung gibt es die nicht? Freunde haben jedoch oft gesagt, wie sehr sie uns um unser harmonisches Eheleben beneiden!« Sein Blick verlor sich hinter der Schulter der Anwältin.

Victoria kannte diesen Gesichtsausdruck aus ihren Familienrechtsfällen. Von diesem Mann würde sie nichts anderes hören, als die Versicherung, wie glücklich die Ehe gewesen war – unabhängig davon, ob das stimmte.

Nachdem sie nicht mehr weiterkamen, verabredeten sie, zunächst abzuwarten, was der Vorführtermin am nächsten Tag ergeben würde. Darüber hinaus sollte Victoria helfen, Benedikt Mocks Mitarbeiterin Nora Fritz eine Besuchserlaubnis zu besorgen, damit der Geschäftsbetrieb provisorisch weitergehen konnte.

»Sie ist meine Sekretärin, Assistentin und rechte Hand. Sie weiß, was zu tun ist«, sagte Benedikt Mock und zum zweiten Mal an diesem Tag erreichte ein Lächeln seine Augen.

Kapitel 3

Victoria saß an ihrem Schreibtisch, den Blick aus dem Fenster gerichtet und beobachtete den Regen, der noch immer – oder schon wieder – fiel. Während sie sich die Schläfen massierte, um die drohenden Kopfschmerzen zu bekämpfen, ging sie die geschäftigen Tage durch, die hinter ihr lagen.

Der Vorführtermin war ein Desaster gewesen.

Ihr stand das Bild von Benedikt Mock unauslöschbar vor Augen, als dieser in der Verhandlung hörte, er werde noch länger in Haft bleiben. Sein Blick, in dem sie stummen Vorwurf und deutliche Zweifel las, war schwer zu ertragen. Das Schlimmste war, dass sie ihn verstehen konnte. Seit sie im Vorführtermin gelähmt dabei zugesehen hatte, wie ihr gesamtes Vorbringen vom Tisch gewischt wurde, ohne dass sich das Gericht ernstlich damit auseinandersetzte, brannte der Gedanke wie ein Giftstachel in ihr, das Mandat angenommen zu haben, obwohl sie der Sache nicht gewachsen war.

Ihre Zeit als Strafrechtlerin war einfach zu lange her, das Feuer von damals erloschen.

Vor dem Termin hatte ihr der Staatsanwalt kurz die wichtigsten Erkenntnisse mitgeteilt, mit denen er die Inhaftierung Benedikt Mocks begründen würde. Saskia, die Ehefrau, war mit einem Küchenmesser erstochen worden, das nach der Tat abgewischt wurde, aber noch Teilabdrücke aufwies – die leider zu ihrem Mandanten gehörten. Ihr Hinweis lief ins Leere, das sei doch verständlich, da Benedikt Mock auch in diesem Haus wohne und natürlich auch die Messer zum Kochen benutze. Das Gericht hatte es als zu schwerwiegend angesehen, dass Benedikt Mock mit einer erheblichen Summe Bargeld auf dem

Weg ins Ausland war.

Das allein reichte, um sie mit all ihren Argumenten vor die Wand laufen zu lassen.

Victoria war nach und nach verstummt und hatte mit einem Gefühl wachsender Ratlosigkeit dabei zugesehen, wie die Entscheidung in einer Geschwindigkeit getroffen wurde, die ihr keine Gelegenheit zur Gegenwehr gab. Ohnehin waren ihr die Argumente ausgegangen. Das, was sie vorgetragen hatte, reichte dem Gericht nicht, doch mehr Munition war nicht verfügbar. Sie hatte sich tieferen Einblick in die Ermittlungsergebnisse erhofft, war aber stattdessen mit ein paar gehaltlosen Informationsbröckchen abgespeist worden, die ein desinteressierter Mitarbeiter der Staatsanwaltschaft ihr hingeworfen hatte.

Um effektiv agieren zu können, brauchte sie Akteneinsicht. Sie wusste, dass man als Anwalt oft ewig auf die Ermittlungsakte warten musste. Bis dahin würde ihr Mandant ihr die Hölle heiß machen, falls sie es nicht vorher schaffte, zumindest mit dem verantwortlichen Staatsanwalt zu sprechen. Das Problem dabei war, den zuständigen Sachbearbeiter überhaupt ans Telefon zu bekommen. Nachdem sie ein weiteres Mal von der Geschäftsstelle vertröstet worden war, knallte sie den Hörer mit einem unterdrückten Wutschrei auf die Station.

Marcus steckte den Kopf durch die Bürotür. »Ärger?«, fragte er mit hochgezogenen Augenbrauen.

»Staatsanwaltschaft«, erwiderte Victoria.

Marcus schob sich nun ganz in ihr Büro und nahm Victoria gegenüber Platz. »Du hast da jetzt schon so häufig angerufen« sagte er grinsend. »Ist der zuständige Staatsanwalt heiratswillig oder aus anderen Gründen besonders attraktiv?«

Victoria konnte dem Humor ihres Kollegen in diesem Moment nichts abgewinnen. »Allein um den besagten Staatsanwalt in

Erfahrung zu bringen, musste ich ja schon ein Dutzend Mal dort anrufen«, entgegnete sie hitzig. »Und davon, ihn an die Strippe zu bekommen, bin ich weit entfernt.«

»Reg dich ab, das sollte ein Witz sein – du sahst aus, als könntest du ein Lächeln auf deinem Gesicht gebrauchen. Hattest du heute noch keinen Kaffee, oder was ist los?«

Sein friedfertiger Ton besänftigte sie etwas. »Wenn das ein Angebot sein soll, mir noch einen zu holen – also ich sage nicht nein«, sagte sie und brachte immerhin die Andeutung eines hochgezogenen Mundwinkels zustande.

»Das bekomme ich hin«, erwiderte Marcus, »wenn es dir danach besser geht!« Er griff zum Hörer, wählte intern den Empfang und bestellte zwei Becher Kaffee.

Nachdem Elena den Kaffee gebracht hatte, nahm Marcus das Gespräch wieder auf. »Welcher Umstand beschert uns denn nun deine hervorragende Laune?«

Victoria verzog das Gesicht. »Die Sache Mock ist bisher ein Debakel auf ganzer Linie.«

Marcus lehnte sich zurück, verschränkte die Hände vor seinem Bauch und sah sie aufmerksam an. »Magst du mir erzählen, wo der Schuh drückt?«

»Ohne Informationen bin ich zum Nichtstun verurteilt. Mein Mandant erwartet aber, dass ich aktiv werde. Vor allem will er Antworten, die ich ihm nicht geben kann.«

»Antworten worauf?«

»Zunächst auf die wichtigste seiner Fragen – was überhaupt geschehen ist.«

»Das weißt du immer noch nicht?« Marcus' Augenbrauen schossen nach oben. »War nicht bereits der Vorführtermin? Für gewöhnlich erfährt man spätestens dort, was einem zur Last gelegt wird! Du weißt schon ... diese roten Zettel. Die im Termin verlesen werden!«

»Du kannst deine Sticheleien einfach nicht lassen, oder? Gieß ruhig noch Öl ins Feuer! Kommt jetzt ein Spruch zu meiner Unerfahrenheit in Strafsachen?« Victoria hatte auf seine Belehrungen überhaupt keine Lust. Sie haderte mit ihrer Unzulänglichkeit und war durchaus gewillt, ihren Ärger an Marcus auszulassen, wenn der ihr weiterhin auf die Nerven ging.

Marcus rettete die Situation, indem er lachte, als Victoria ihm eine Büroklammer an den Kopf warf und hörte sich den Bericht über den furchtbaren Vorführtermin dann schweigend an. Während sie erzählte, fuhr Victoria sich immer wieder mit beiden Händen durch ihre Locken, obwohl sie danach vermutlich aussah, wie gerade aus dem Bett gekrochen. Es war ihr egal. Sie trank einen großen Schluck Kaffee, bevor sie weitersprach: »Das war leider nicht alles. Abgesehen von dieser Sache mit dem Messer standen auch die Gläser vom Abendessen noch in der Küche ... ebenfalls mit Mocks Fingerabdrücken darauf. Die Ergebnisse der DNA Untersuchung stehen noch aus, ich rechne jedoch nicht ernsthaft damit, dass es hier eine Überraschung gibt. Bislang ist die Spurenlage erdrückend. Hinzu kommt eine siebenstellige Summe an Bargeld, mit der Benedikt Mock auf dem Weg ins Ausland war. Das reicht, um ihn in Haft zu lassen.«

Marcus pfiff durch die Zähne. »Das nenne ich mal belastend. Aber hattest du nicht nach dem Besuch in der JVA erzählt, Mock sei an dem fraglichen Abend gar nicht zu Hause gewesen?«

»Allerdings! Er behauptet felsenfest, er habe an dem Abend gearbeitet. In seinem Büro in der Firma. Allein. Keine Chance, das zu beweisen.« Victoria rieb sich frustriert mit den Händen über das Gesicht, während Marcus die Informationen verarbeitete.

»Jetzt schlägt dir der Fall auf die Stimmung, weil du Angst hast, zu versagen? Davor, dass ein Unschuldiger ins Gefängnis kommt? Oder hast du am Ende moralische Bedenken? Stört es dein Gerechtigkeitsempfinden, da du nicht weißt, ob er unschuldig ist und du ihm trotzdem helfen sollst?« Er sah Victoria prüfend an.

Es war wie immer. Während sie noch auf ein Knäuel aus Fakten, Vermutungen und Emotionen blickte und nicht wusste, wo sie anfangen sollte, hatte er in aller Regel die Dinge bereits für sie entwirrt, geordnet und durchdacht. Er kannte sie eben schon ihr halbes Leben. Auch jetzt lag er mit seinen Mutmaßungen richtig. Ein winziges Fünkchen Idealismus hatte in ihr unbemerkt überlebt. Sie wollte nicht versagen – für sich, für ihren Mandanten aber im Idealfall auch für die Gerechtigkeit. Sie hob den Kopf. »Ich glaube, du hast recht.«

»Ich weiß.«

»Bescheiden wie immer«. Victoria rollte mit den Augen, konnte ihr Lachen jedoch nicht verbergen. »Verrätst du mir, was ich jetzt tun soll?«

Marcus lächelte sie aufmunternd an. »Das ist doch alles gar nicht so wild«. Er hob beschwichtigend die Hände, als Victoria zum Protest ansetzte. »Setz dich doch nicht so unter Druck. Der Fall ist gerade einmal ein paar Tage alt. Was erwartest du denn für weltbewegende Resultate in so kurzer Zeit?«

Bei ihm klang alles so einfach und ein Teil seiner Gelassenheit färbte auf sie ab. Das Atmen fiel ihr wieder leichter. Und dennoch ... »Ich muss liefern«, sagte sie leise. »Mock zerreißt mich sonst bei unserem nächsten Treffen in der Luft. Du kannst dir den Blick nicht vorstellen, den er mir nach der Verhandlung zugeworfen hat. Eine ganze Palette von Emotionen zwischen »Du bist Schuld« und »Komm du mir unter die Augen.« Für einen Menschen, der sich immer unnahbar und kühl gibt, war das ein erstaunliches Potpourri an Gefühlsregungen – und nicht eine davon war positiv.«

Victoria zog die Schultern hoch, als sie sich an das unrühmliche Ende des Gerichtstermins erinnerte.

»Ach komm, jetzt übertreibst du.« Marcus stellte die Kaffeetasse auf den Schreibtisch und beugte sich vor. »Du hast Angst vor deinem Mandanten?« Er zog die Augenbrauen hoch. »Der sitzt in Haft, was soll er dir anhaben? Schlimmstenfalls ist er unzufrieden.«

»Ich habe Angst, er könnte damit recht haben.«

»Hör auf damit, dich fertig zu machen. Ich kenne dich als gute Anwältin. Vielleicht etwas eingerostet im Strafrecht. Aber es ist keine Schande, sich mal von einem Fall überfordert zu fühlen. Wichtig ist, dass du jetzt Gas gibst, dich nicht unterkriegen lässt. Also werde aktiv, hol dir die Informationen, die du brauchst und arbeite einen Schlachtplan mit deinem Mandanten aus.« Frech grinsend setzte er hinzu: »Was Beatrice Mock angeht, so scheint der ja deine schlichte Anwesenheit im Gerichtssaal zu reichen. Wenigstens das kriegst du wohl hin!« Er duckte sich vor der nächsten Büroklammer, die in seine Richtung flog, während er lachend das Büro verließ.

Victoria sah im lächelnd hinterher. Das Gespräch hatte Energie freigesetzt und plötzlich wusste sie, was zu tun war – eindeutig war nun der Moment gekommen, sich an ihre beste Freundin Josephine zu wenden. Sie war nicht nur Victorias engste Vertraute, sondern zudem Staatsanwältin und doctor iurisprudentiae und somit eigentlich die perfekte Ansprechpartnerin in dieser Situation. Allerdings hatte die Sache einen Haken. Solche außerplanmäßigen Treffen bedeuteten in aller Regel, dass Victoria ihre Freundin auf einer Laufrunde begleiten musste. Unter der Woche war es sonst nahezu ausgeschlossen, länger als ein paar Minuten ungestört mit der ständig geschäftigen Jo zu sprechen.

Missmutig starrte Victoria hinaus auf die Auswirkungen des Tiefdruckgebietes, das sich als hartnäckig erwies. Eine matschige Runde um den See zu traben, stand nicht besonders weit oben auf ihrer heutigen Wunschliste. Zumal Josephine es regelmäßig schaffte, auch nach einem stundenlangen Lauf durch den Wald noch immer vorzeigbar zu wirken, während Victoria am Ende mit knallrotem Gesicht und abstehenden Haaren keuchend am Auto ankam. Wenn sie da nun Matsch und Nieselregen hinzuaddierte, so war das Ergebnis ihrer Berechnung, heute nie und nimmer ...

»Wenn du gleich mit Josephine sprichst, bestelle ihr bitte schöne Grüße!« Marcus' Kopf erschien wieder in der Bürotür. »Sie soll wegen unseres Tennistermins nachsehen. Vor dem Mixed-Turnier müssen wir noch trainieren.«

Victoria runzelte die Stirn. »Wie kommst du darauf, dass ich gleich mit Jo reden werde? Soll ich ihr gegebenenfalls weitergeben, dass du sie Josephine genannt hast? Dann brauche ich ihr den Rest nämlich nicht mehr auszurichten!« Sie grinste ihn an.

»Nee, lass mal besser«, lachte Marcus. Er wusste ebenfalls, wie oft Josephine ihre Eltern wegen ihres Vornamens verflucht hatte. Um Jo die Laune zu verderben, musste man sie nur bei ihrem vollen Namen nennen. Einschließlich des Doktortitels. Dr. Josephine Sanders. In diesem Fall konnte man sicher sein, es sich für eine Weile mit ihr verscherzt zu haben. Davon abgesehen war Jo eigentlich nie wirklich schlecht gelaunt.

»Also, richte ihr das nachher bitte aus«, sagte Marcus während sich sein Kopf wieder aus Victorias Büro entfernte.

»Wieso denkst du, ich würde gleich ...?«, rief Victoria hinter ihm her.

»Weil du auf der Suche nach strafrechtlichen Problemlösungen bist«, schallte die Antwort durch die Kanzlei, noch bevor Victoria ihre Frage beendet hatte.

›Der Mann kennt mich‹, dachte Victoria lächelnd, bevor sie seufzend zum Telefon griff, um sich zum Laufen zu verabreden.

»Bei diesem Wetter? Du?«, fragte Jo erstaunt. Noch jemand, der sie kannte.

Kein Wunder, so unterschiedlich alle drei auch tickten – sie waren dennoch seit Jahren befreundet.

Als Victoria abends den Wanderparkplatz am See erreichte, hatte das Wetter Mitleid, der Regen legte eine kurze Pause ein.

Damit sie nicht am Ende der Runde Ähnlichkeit mit einem alten Wischmopp hatte, versuchte Victoria, ihre Haare einzufangen und mit einem Zopfgummi zu bändigen. Sie seufzte verdrießlich. Naturlocken waren nett, wenn man gewillt war, sich morgens stundenlang zu stylen und den gesamten Tag über jegliche Luftfeuchtigkeit zu meiden. Volumenprobleme hatte sie mit ihren Haaren jedenfalls nicht. Dafür aber ständig irgendwelche Haarkrisen. Jo hingegen wirkte, als sei sie einer Fitnesszeitschrift entstiegen. Sie würde mit Sicherheit auch nach den sechs Kilometern, die vor ihnen lagen, immer noch wie aus dem Ei gepellt aussehen. Zum Glück gehörte Josephine nicht zu den Frauen, die sich darauf etwas einbildeten.

Nach ein paar Dehnübungen trabten sie los. Schnell stellte sich bei Victoria das erleichternde Gefühl eines freien Kopfes ein. Alle schwierigen Mandanten und ihre Fälle ließ sie am Parkplatz zurück. Allerdings hatte sie den Grund des Treffens nicht völlig vergessen.

»Hast du schon vom spektakulärsten Mordfall der Stadt gehört?«, brach sie nach einer Weile keuchend das angenehme Schweigen und ärgerte sich dabei über ihre schlechte Kondition. Sie sollte wirklich wieder regelmäßiger Laufen gehen. Sie hatte nach nicht einmal einem Kilometer akustische Ähnlichkeit mit einer Dampflok. Einer sehr altersschwachen Dampflok.

Jo, die diese stakkatohaft japsende Art der Kommunikation seit mehreren Jahren des gemeinsam um den See Schnaufens gewohnt war, hatte eine gewisse Fertigkeit darin entwickelt, sie trotzdem zu verstehen.

»Natürlich habe ich davon gehört.«, antwortete sie und klang dabei beneidenswert unangestrengt. »Man muss ja komatös sein, um das in dieser Stadt nicht mitzubekommen. Wir hatten heute sogar Interviewanfragen einiger Privatsender. War ja klar, dass das ausgerechnet dann passiert, wenn ich mittendrin hänge!«

»Du? Wieso? Was hat denn die Abteilung für Jugendstrafsachen damit zu tun?«

»Liebes, ich habe dir vor Wochen schon erzählt, dass ich eine Teilzeitschwangerschaftsvertretung in Abteilung VI aufgedrückt bekommen habe.« Ein tadelnder Seitenblick traf Victoria, der reuevoll einfiel, dass Jo tatsächlich am Rande etwas erwähnt hatte. Aber hatte sie hinzugefügt, dass das die Abteilung für Kapitalverbrechen war? Nein!

»Klar, das hast du gesagt, doch ich habe das Organigramm deiner dir brötchengebenden Behörde nicht auswendig gelernt«, stichelte Victoria zurück. »Also bist du jetzt die Sachbearbeiterin in der Mock-Sache?«

»Gott bewahre! Ich bin jedoch mit einer viertel Stelle bei den Tötungsdelikten unterwegs. Das reicht, um das Theater aus nächster Nähe zu erleben, das um die Mockgeschichte gemacht wird. Die Pressestelle läuft Amok, wenn wir nicht bald etwas verlautbaren lassen, weil die sich vor Anfragen nicht mehr retten können. Der Abteilungsleiter nimmt es persönlich, dass so eine große, arbeitsaufwändige Sache passiert, während meine Kollegin im Mutterschutz ist. Er hat Dinge von sich gegeben, die die Gleichstellungsbeauftragte besser nicht zu Ohren bekommt. Und der LOStA findet es nicht besonders amüsant, dass sein Golfpartner wegen der Geschichte in U-Haft sitzt.«

»Oh, Benedikt Mock spielt Golf mit dem leitenden Oberstaatsanwalt?«

»Ja, und dieser ist alles andere als begeistert davon, Mock in Untersuchungshaft zu wissen.«

»Och, wenn das so ist, kann er ihn ja rauslassen,« sagte Victoria gedehnt und grinste. »Ich hätte nichts dagegen.«

»Warum?« Jo sah sie erstaunt an. »Was hast du denn mit dem Mock zu tun?«

»Hat der Flurfunk wirklich noch nicht verkündet, wer die Verteidigung von Benedikt Mock übernommen hat?«

»Ich weiß von nichts. Ich war nur am Anfang dabei, als der Tanz losging, die beiden letzten Tage hatte ich ganztägige Sitzungsvertretung, da habe ich nichts mehr von der Sache mitbekommen. Sag nicht ...«

»Doch, es ist unser Fall«. Gespannt wartete Victoria auf die Reaktion ihrer Freundin.

Jo wirkte verblüfft. »Oh, gratuliere. Ein dicker Brocken. Wie hat Marcus das denn geschafft? Die Hyänen der Großkanzleien schlichen sich angesichts der Publicity und des Geldes doch sicher auch schon an.«

»Genau genommen hat Marcus das gar nicht geschafft. Es ist *mein* Fall.«

»*Deiner?*« Jo riss die Augen auf. »Mock ist *dein* Mandant?«

Das hätte ruhig etwas weniger überrascht klingen dürfen, dachte Victoria gekränkt. Schnippisch antwortete sie: »Ja, *mein* Mandat. Mir übertragen. Willst du eine Vollmacht sehen oder geht es so?«

Das rutschte bissiger heraus, als Victoria beabsichtigt hatte. Ihre Selbstzweifel bahnten sich doch wieder den Weg an die Oberfläche und sie ging unwillkürlich in Abwehrhaltung.

»Ach komm, war nicht so gemeint«, lenkte Jo ein. »Bislang hatte ich bloß nicht den Eindruck, dich interessiere Strafrecht heute noch besonders.«

»Schwer zu sagen. Erinnerst du dich nicht mehr, wie gerne ich vor allem zu den Kriminologievorlesungen gegangen bin? Straf*verteidigung* ist allerdings ein Gebiet, um das ich mich nicht mehr gerissen habe, seit ich damals die andere Kanzlei verließ.

Jo nickte. »Und wie ich mich erinnere. An unsere anfängliche Begeisterung für Strafrecht. An die langen Nächte, die wir eigentlich mit der Vorbereitung auf die Klausuren für das zweite Staatsexamen verbringen wollten, aber stattdessen über Strafverfahren und Strafverteidigung philosophiert haben.« Sie lachte. »Und vor allem an die eine oder andere Flasche Rotwein, die uns dabei unterstützt hat!« Sie wurde ernst. »Gerade weil ich deine Bedenken so gut kenne, darf ich ja wohl überrascht sein, wenn du plötzlich wieder ins Strafrecht einsteigst! Jetzt erzähl mal, wie ausgerechnet du an diesen Fall gekommen bist!« Jo stieß sie freundschaftlich an.

Während sie langsam weitertrabten, berichtete Victoria von Beatrice Mocks Anruf und ihrem Besuch in der JVA. Sie erwähnte, wie gleichgültig es Beatrice Mock war, ob ihr Bruder eine gute Strafverteidigung erhielt, und wie sie aus finanziellen Gründen den Fall übernommen hatte.

»Und nun quälen dich Zweifel«, konstatierte Jo mit einem prüfenden Blick auf ihre Freundin.

»Das Problem ist, wie schlecht ich Benedikt Mock einordnen kann«, räumte Victoria ein. »Ich schwanke zwischen der Angst, einem Unschuldigen nicht genug zu helfen und dem bedrückenden Gefühl, einen Mörder zu unterstützen.« Mit hängenden Schultern blieb Victoria stehen und starrte auf ihre Schuhspitzen.

»Da hast du dir gedacht, ich rufe mal die gute alte Jo an, damit die mir den Kopf gerade rücken kann?«

»So ungefähr.« Victoria nickte und sah ihre Freundin bittend an. »Ein kleines bisschen vielleicht auch, weil ich deine fachliche Hilfe brauche«, setzte sie kleinlaut hinzu.

Eine steile Falte bildete sich auf Jos Stirn. »Dir ist aber schon klar, dass ich eigentlich auf der Gegenseite bin?«

»Ja, leider. Dabei könnte ich dich mitsamt deiner Kenntnisse jetzt gut auf meiner Seite gebrauchen. Rühmt sich die Staatsanwaltschaft nicht immer, die objektivste Behörde der Welt zu sein?«

»Du meinst, weil die Staatsanwaltschaft laut Gesetz verpflichtet ist, auch alle entlastenden Umstände zu ermitteln?« Jo lachte auf. »Daraus nun den Schluss zu ziehen, dass ich der Verteidigerin helfen muss, ist aber eine sehr weite Auslegung der Norm!« Als sie Victorias Blick sah, fügte sie sachlich hinzu: »Ich kann dir natürlich keine Interna weitergeben. Du wirst mir ja auch keine Details aus den Gesprächen mit deinem Mandanten verraten. Allerdings hindert uns niemand daran, uns über einige Aspekte des Falls auszutauschen, die beiden Seiten ohnehin bekannt sind.« Sie lächelte Victoria aufmunternd an. »Geht es dir damit etwas besser?«

Victoria stocherte missmutig mit der Fußspitze im Waldboden herum. »Eigentlich nicht. Wenn du nur über mir bereits bekannte Fakten reden willst, wird das große Schweigen herrschen. Genau das ist nämlich mein Problem – ich habe keinerlei Informationen«, erwiderte sie so vorwurfsvoll, als habe ihr Josephine höchstpersönlich die Akte bislang vorenthalten. »Ich kenne die bisherigen Ermittlungsergebnisse nicht und warte händeringend auf Akteneinsicht.«

Jo zog erstaunt die Augenbrauen hoch. »Das ist dein Problem? Deine Sorge ist die fehlende Akteneinsicht?«

Victoria nickte.

»Mach dich doch nicht selbst verrückt.« Jo sah Victoria stirnrunzelnd an. »Es ist doch völlig normal, dass die Akteneinsicht dauert. Auch ein Benedikt Mock kann nicht von dir verlangen, Ergebnisse blitzschnell aus dem Hut zu zaubern.«

»Natürlich nicht, aber ein paar Informationen mehr als die Kurzfassung im Vorführtermin wären schon schön. Ich kann meinem Mandanten seine Ungeduld nicht verübeln. Er führt einen Betrieb. Jeden Tag, den er in Haft verbringt, verliert er Geld. Da seine Schwester sich nicht um die Firma kümmert und Benedikt Mock die Zügel vorher nie aus der Hand gegeben hat, musste Hals über Kopf eine Vertretungslösung her. Seine engste Mitarbeiterin hat jetzt eine Art Dauerbesuchserlaubnis, damit das Geschäft notdürftig weitergeführt werden kann, aber lange wird das so nicht funktionieren.« Victoria kickte frustriert einen Stein vor sich her.

»Warum hast du nicht einfach bei uns angerufen? Also in der Behörde? Man kann einige Dinge doch auch ohne Akteneinsicht mit dem zuständigen Sachbearbeiter besprechen.«

»Was meinst du, was ich seit Tagen versuche?«, entgegnete Victoria ungehalten. »Erreiche da mal jemanden! Die Geschäftsstelle wimmelt mich ab und blockt mit dem stoischen Hinweis, mein Ersuchen um Akteneinsicht sei vermerkt.«

»Okay, ich verstehe dein Problem.« Jo ließ sich von der schlechten Laune ihrer Freundin nicht aus der Ruhe bringen. Sie lächelte sogar. »Wie wär's mit Mittagessen? Passt es dir morgen?«

»Ähm, ja, Zeit.« Josephines Sprunghaftigkeit brachte Victoria aus dem Konzept. »Also, einrichten kann ich das schon. Aber wie kommst du jetzt bitte auf Mittagessen? Ich schütte dir gerade mein Herz aus, und du ...«

»... und ich löse deine Probleme, die im Übrigen eher deinem Aktenschrank als deinem Herzen entstammen.«

»Aha. Weihst du mich auch ein, wie du meine Probleme lösen willst?«

»Hmm, mal sehen. Es spielt ein frisch geschiedener, attraktiver Mittvierziger eine Rolle sowie eine rund zehn Jahre jüngere Strafverteidigerin, die sich hoffentlich in das nette Kostüm zwängen wird, in dem sie so unglaublich schlank aussieht und die mit perfektem Make-up und wilden Locken morgen gegen halb eins bei mir im Büro erscheinen wird. Ich sage unten an der Pforte Bescheid, dass du kommst.«

Jetzt war sich Victoria sicher – ihre Freundin war übergeschnappt.

»Warum das alles? Willst du mich auf andere Gedanken bringen? Mit einer Verabredung? Ich bin durchaus zufrieden, so wie es ist!«, sagte sie kopfschüttelnd.

»Daran erinnere ich dich das nächste Mal, wenn du und ich ein Date mit einer Flasche Rotwein haben und du mir dabei das Ausmaß deiner Zufriedenheit darlegst«, erwiderte Jo grinsend. »Außerdem will ich dich nicht verkuppeln, sondern dir helfen, ein paar Infos etwas schneller zu erhalten. Tom ist nun einmal frisch geschieden und gerade in der Bewältigungsphase, in der es seinem männlichen Ego guttut, wenn eine attraktive Blondine ein bisschen nett zu ihm ist.«

»Mit Tom meinst du Dr. Thomas Hertzmeier, ja?« Victoria dämmerte allmählich, worauf ihre Freundin hinauswollte. »Ist *er* der Sachbearbeiter? Und wie *nett* muss ich bitte zu ihm sein?«

Jo nickte. »Ja, ich meine eben diesen Tom. Abteilungsleiter und Sachbearbeiter der Mockgeschichte.« Ein vergnügtes Grinsen breitete sich auf ihrem Gesicht aus. »Schau ihm in die Augen. Schenke ihm dein umwerfendes Lächeln. So etwas in der Art. Himmel, so lange ist dein letzter Flirt mit einem Mann doch nun auch nicht her. Jedenfalls kannst du davon ausgehen, dass Tom dir seine knappe Zeit lieber widmen wird, solange es sich für ihn wie eine angenehme Unterhaltung anfühlt. Du kannst natürlich auch noch wochenlang auf Akteneinsicht warten und deinen Mandanten bis dahin vertrösten. Oder Tom informiert dich mal eben über den bisherigen Sachstand – und das wird er sicherlich deutlich bereitwilliger machen, wenn er dabei etwas zu gucken hat. Also: Make-up, Locken und Kostüm. Im Sinne eines kurzen Dienstwegs!«

Kapitel 4

Am folgenden Tag stand Victoria pünktlich bei Jo im Büro. Selbstverständlich im Kostüm, mit frischem Make-up und Locken, an denen sie unnatürlich lange herumgezupft hatte, damit sie natürlich aussahen. Aber wenn sie für diese Mühe endlich mit Erkenntnissen über die Angelegenheit belohnt werden würde, wäre es den Aufwand wert gewesen. Sie wollte auf keinen Fall beim nächsten Treffen mit leeren Händen vor ihren Mandanten treten müssen.

Statt einer Begrüßung klapperte Jo mit den Autoschlüsseln und schob Victoria auf den Gang hinaus, sobald diese die Bürotür geöffnet hatte. Während die Staatsanwältin bereits den mit fleckigem Linoleum ausgelegten Flur entlang hastete, rief sie über ihre Schulter: »Planänderung! Komm, wir dürfen nicht trödeln, wenn wir ihn noch erwischen wollen!«

Victoria, die Josephines Temperament zu gut kannte, um sich über den überstürzten Aufbruch zu wundern, zuckte mit den Achseln und trottete hinterher. Kaum saßen sie im Auto, gab Jo auch schon Gas. Hastig angelte Victoria nach dem Sicherheitsgurt – ihre Freundin war berüchtigt für ihren Fahrstil, vor allem, wenn sie in Eile war.

»Warum diese Hektik? Wohin fahren wir eigentlich?«, fragte Victoria, als sie angeschnallt war und sich vorsichtshalber unauffällig mit einer Hand am Türgriff festhielt.

»In die Rechtsmedizin«, antwortete Jo, während sie einen Spurwechsel vollzog, der in Victoria den Verdacht weckte, ihre Freundin sei in ihrem früheren Leben Taxifahrerin in Berlin gewesen. »Tom ist gerade dort«, fuhr Jo ungerührt fort. Sie selbst hegte keinerlei Zweifel an ihrer Fahrsicherheit. »Er hat mir beim

Rausgehen zugerufen, er werde heute nicht mehr oder erst sehr spät wieder ins Büro kommen. Deine einzige Chance ihn noch zu sprechen, ist also in der Rechtsmedizin.«

»Glaubst du wirklich, es ist ein angemessener Rahmen, wenn wir drei unsere Köpfe über einer Leiche zusammenstecken und dabei über eine andere Tote reden?« Victoria verzog das Gesicht. Ihre Freundin hatte gelegentlich sehr eigenwillige Ideen. »Wie hast du dir das vorgestellt – wir marschieren da rein und gesellen uns beiläufig zu Dr. Hertzmeier, weil es ja völlig normal ist, mittags mal eben in der Leichenhalle vorbeizuschauen?«

»Liebste Victoria, könntest du bitte aufhören, so herumzunörgeln?« Jo warf ihr einen strengen Seitenblick zu. »Ich tue dir hier immerhin einen Gefallen. Ganz zufällig habe ich in einer anderen Sache noch etwas mit Katharina – die ist da Medizinerin – zu bereden, also einen guten Grund, um dort aufzutauchen. Mit meiner Freundin im Schlepptau, mit der ich anschließend in der Mittagspause Essen gehen möchte, und die während meiner Besprechung draußen warten muss. Und zwar völlig unbeabsichtigt genau an der Stelle, wo ein gewisser Dr. Thomas Hertzmeier stehen wird. Alles andere überlasse ich deiner Improvisation. Mehr roten Teppich kann dir nun wirklich nicht ausrollen.«

Victoria nickte zweifelnd. Das klang nach einer Art Plan, ob nach einem guten, würde sich noch erweisen müssen.

Die Rechtsmedizin lag etwas außerhalb der Stadt, zwischen dem Polizeipräsidium und dem Hauptfriedhof. Ein flacher Bau, hell verklinkert, mit der typischen Milchglastür eines öffentlichen Gebäudes aus den Siebzigerjahren. Auf ihr Klingeln wurden sie eingelassen, aber sofort von einer etwa fünfzigjährigen Frau aufgehalten, zu der Victoria als erstes der Ausdruck ›tüchtig‹ in den Sinn kam. Resolut stellte sie sich in den Weg, setzte jedoch einen freundlicheren Gesichtsausdruck auf, als Jo ihren

Dienstausweis zeigte. Victoria hielt ihren Anwaltsausweis in die Höhe, den die Mitarbeiterin glücklicherweise nur mit einem Seitenblick streifte. Ihr war vermutlich in der Zwischenzeit eingefallen, Jo schon einige Tage zuvor in der Rechtsmedizin gesehen zu haben, denn sie wandte sich nun an die Staatsanwältin: »Wenn Sie zu Dr. von Kaltenbach wollen, müssen Sie sich gedulden! Die ist gerade hinten beschäftigt.«

Mit einer knappen Kopfbewegung bedeutete sie den beiden, ihr zu folgen, und führte sie in einen Raum im rückwärtigen Teil des Gebäudes.

Hier stand der Oberstaatsanwalt, ein Mittvierziger, den Jo treffend als attraktiv beschrieben hatte. Er beobachtete durch eine große Scheibe das Geschehen im angrenzenden Obduktionssaal, in dem zwei weißgekleidete Personen eine Leichenöffnung vornahmen.

Als sie eintraten, drehte er sich um.

»Ach Jo, du hier?«, begrüßte er seine Kollegin erstaunt, aber mit freundlicher Miene. »Und Sie sind?«, wandte er sich an lächelnd Victoria.

»Hallo Tom.« Josephine strahlte ihn an. »Darf ich dir meine Freundin Victoria Stein vorstellen?«

»Tom Hertzmeier, schön Sie kennenzulernen«. Sein Händedruck war fest, während sich sein Lächeln grübchenumrahmt vertiefte. Josephines Plan schien aufzugehen. »Nur weiß ich immer noch nicht, was euch hierher führt«, fragte Dr. Hertzmeier nun in der Tonlage eines Vorgesetzten, als er seinen Blick wieder auf Jo richtete.

Diese setzte ihr harmlosestes Gesicht auf. »Ich habe ein paar Fragen an Katharina zu einer Obduktion von letzter Woche. Da Victoria und ich auf dem Weg in unsere gemeinsame Mittagspause hier vorbeiführen, kam mir die Idee, Katharina rasch zu überfallen.

Die Tüchtige hatte die Unterhaltung verfolgt. Noch bevor sie Gelegenheit hatte, zu intensiv darüber nachzudenken, ob Victorias Anwesenheit in irgendeiner Art und Weise legitimiert war, wandte sich Jo mit einem entwaffnenden Lächeln an die Mitarbeiterin und bat darum, Dr. Kaltenbach kurz sprechen zu dürfen.

»Ich werde versuchen, Dr. *von* Kaltenbach einen Moment herauszubitten«, erwiderte die Tüchtige spitz, wobei sie das ›von‹ besonders hervorhob, bevor sie sich umdrehte und den Gang mit kleinen kräftigen Schritten hinunterklapperte, bis sie hinter der Flügeltür des Obduktionssaals verschwand. Durch die Scheibe konnten sie sehen, wie sie ein paar Worte mit der Rechtsmedizinerin wechselte, die kurz in Jos Richtung winkte, ihre Handschuhe auszog und durch eine Nebentür trat. Einige Augenblicke verstrichen, dann kam Dr. von Kaltenbach zu ihnen. Jo stellte Victoria vor, bevor sie die Medizinerin mit dem Hinweis auf »vertrauliche Fragen« aus dem Raum zog. Victoria blieb mit Dr. Hertzmeier zurück. Sie verlagerte das Gewicht von einem Bein auf das andere, während sie überlegte, wie sie einen unverfänglichen Übergang zum eigentlichen Grund ihres Besuchs schaffen könnte. Die körperliche Nähe des Staatsanwalts war ihr in diesem engen Nebenraum irritierend bewusst. Er war deutlich größer als sie, ein sportlicher Typ. Seine dunklen Haare waren akkurat geschnitten. Nur im Nacken waren sie ein bisschen zu lang und verrieten, dass er sich hinter der angepassten Anzugträgeruniformität einen gewissen Individualismus bewahrt hatte.

Seite an Seite schauten sie durch das Fenster auf die halbgeöffnete Leiche, die dort lag. Ein noch recht junger Mann. Der Oberkörper war durch einen Y-förmigen Schnitt geöffnet und die Organe aus dem Bauchraum entnommen worden. Diese versammelten sich jetzt auf matt glänzendem Edelstahl. Bereit, in

Augenschein genommen, vermessen und gewogen zu werden. Dr. von Kaltenbachs Kollege nahm eine der blassroten Innereien und legte das Teil in die Waagschale. Er notierte das Ergebnis, bevor er mit einem Skalpell ein kleines Stück abtrennte, vermutlich um eine Probe zu sichern. Dann machte sich der Rechtsmediziner mit einem großen Instrument auf Höhe des Brustkorbes zu schaffen. Er begann damit, Brustbein und Rippen zu entfernen, wurde Victoria klar, die meinte, das Knacken der Knochen durch das Fenster zu hören, als diese gelöst wurden.

Sie hielt sich nicht für zimperlich, aber in diesem Moment zog ein eigentümlich leichtes Gefühl durch ihre Beine. Sie war nicht sicher, ob ihre Knie ihr Gewicht noch länger tragen würden. Aus den Augenwinkeln bemerkte Victoria, wie Dr. Hertzmeier sie prüfend ansah. Verlegen lächelte sie zurück.

»Wenn man es nicht gewöhnt ist, kann der Anblick ganz schön erschreckend sein«, sagte er mitfühlend. »Haben Sie schon einmal eine Obduktion gesehen?«

»Ja, während des Referendariats«, murmelte Victoria und spürte erleichtert, wie nach einigen Atemzügen wieder etwas Festigkeit in ihre Gliedmaßen zurückkehrte. »Da konnte ich einmal zuschauen.«

»Sie sind auch Juristin?« Dr. Hertzmeiers Interesse war geweckt.

Victoria starrte ihn an, unfähig zu reagieren. Sie hatte sich noch keinen Plan zurechtgelegt und Improvisation war keines ihrer Talente, wie sie jetzt feststellte. Sollte sie dem Staatsanwalt sagen, wer sie war und ihn sofort mit ihrem Anliegen konfrontieren, damit jedoch riskieren, dass er sie abwimmelte?

Zum Glück lenkte in diesem Moment ein hoher surrender Ton die Aufmerksamkeit auf das Geschehen im Obduktionssaal. Der Assistent machte sich daran, die Schädeldecke des jungen Mannes aufzuflexen. Dieser Vorgang war nicht nur erschreckend, wie Dr.

Hertzmeier es genannt hatte, sondern schlichtweg gruselig. Der Rechtsmediziner hatte die Kopfhaut angehoben und nach vorne geklappt, um an den Schädelknochen zu gelangen. Sie lag wie eine blutige Badekappe auf dem Gesicht des Toten. Der Anblick der schmierigen Hautinnenseite an der Stelle, an der sich bis eben noch ein menschliches Antlitz befunden hatte, war endgültig zu viel. Plan hin oder her, sie musste an die frische Luft!

»Sagen Sie Jo, ich warte draußen!«, presste Victoria hervor, machte auf dem Absatz kehrt und stürzte aus dem Raum, den Flur hinunter und durch die Milchglastür ins Freie.

Als sie den Sauerstoff tief in ihre Lungen sog, beruhigte sich ihr Magen allmählich. Noch immer unsicher, ob sie die Reste des Frühstücks bei sich behalten würde, konzentrierte sie sich darauf, gleichmäßig zu atmen. ›Jetzt wäre ein guter Augenblick für eine Zigarette‹, dachte sie mit Blick auf ihre unkontrolliert zitternden Hände. Dabei hatte sie sich das Rauchen schon vor einigen Jahren abgewöhnt.

Neben ihr ertönte plötzlich das Klicken eines Feuerzeugs. Dr. Hertzmeier war ihr gefolgt und zündete sich eine Zigarette an. »Mir war nach einer Pause«, sagte er entschuldigend, »und ehrlich gesagt wollte ich Sie nicht allein lassen. Sie waren so blass und wären nicht die Erste, die bei einer Leichenöffnung umkippt«.

»Umkippen werde ich schon nicht«, wehrte Victoria seinen besorgten Blick ab. »Aber tatsächlich war mir ein bisschen flau im Magen. Vielleicht ist es auch nur der Hunger, Jo und ich waren ja eigentlich auf dem Weg zum Essen. Wo bleibt sie bloß?« Victoria drehte sich zur Tür und versuchte vergeblich, durch das Milchglas etwas zu erkennen.

»Ich kann nachschauen, wenn ich Sie kurz allein lassen darf? Aber Sie müssen mir versprechen, weder wegzulaufen, noch umzufallen!« Forschend schaute er sie an. Intensiv und sorgenvoll.

Josephines Plan schien etwas zu gut zu funktionieren. Dr. Hertzmeier schenkte ihr ein weiteres Lächeln, drückte die kaum gerauchte Zigarette aus und verschwand durch die Milchglastür, die er nur angelehnt hatte, ins Innere.

Wenig später stand er wieder vor ihr. »Jo lässt sich entschuldigen. Die Unterredung mit Dr. Katharina von Kaltenbach dauert doch länger, als sie gedacht hatte«. Er betonte das ›von‹ so übertrieben, dass Victoria unwillkürlich lachen musste. Er stimmte mit ein und etwas an seiner Art löste in Victoria ein leichtes Kribbeln aus.

»Ich habe angeboten, Sie mit zur Staatsanwaltschaft zurückzunehmen, damit Jo ihre Besprechung beenden kann.« Er zwinkerte ihr freundschaftlich zu und wies mit einer Armbewegung in Richtung Parkplatz.

»Müssen Sie nicht noch hierbleiben?«

»Nein, die ganze Prozedur muss ich mir nicht in voller Länge antun. Es gibt jetzt ohnehin eine Unterbrechung, solange Jo und Katharina miteinander plaudern, da Dr. von Kaltenbach als zweite Rechtsmedizinerin bei der Leichenöffnung dabei sein muss. Also habe ich durchaus Zeit, Sie in die Stadt zu chauffieren.«

Sie gingen zu seinem Fahrzeug. Ein Coupé, ziemlich neu, auf dessen Motorhaube ein Stern prangte. Dr. Hertzmeier war ein gelassener Autofahrer und lenkte den Wagen sicher durch die Innenstadt. Als sie einige Restaurants passierten, warf er Victoria einen fragenden Seitenblick zu. »Ich möchte mich nicht aufdrängen, aber wenn Sie noch Hunger haben und mit meiner Gesellschaft anstelle von Jos vorliebnehmen können, wäre es mir eine Freude, für Ihre Freundin einzuspringen.«

Sie nickte und freute sich zu ihrer eigenen Überraschung mehr über diese Einladung, als der erfolgreichen Durchführung des Planes geschuldet gewesen wäre. Seine Augen leuchteten auf.

Das Gefühl im Magen, das seine strahlende Miene bei Victoria auslöste, kam ganz sicher nicht vom Hunger.

Die Tapas Bar, die der Staatsanwalt vorschlug, entpuppte sich als gute Wahl. Aus Richtung der Durchreiche zogen köstliche Düfte in den Raum, die Atmosphäre war angenehm und nicht zu formell. Obwohl beide noch fahren mussten, gönnten sie sich jeder ein Glas Rotwein und einigten sich bei den ersten Schlucken auf das ›Du‹. Nachdem sie gemischte Tapas bestellt hatten, kam Tom auf die Leichenöffnung zurück.

»Geht es dir wieder besser? Du wirktest ganz schön erschreckt.«

»Alles wieder gut.« Victoria lächelte. »Aber ich glaube, daran werde ich mich nie gewöhnen können.« Sie schüttelte sich bei der Erinnerung. »Das Aufbrechen der Rippen war schon hart an der Grenze, die Sache mit der Schädelöffnung konnte ich dann wirklich nicht mehr ertragen!«

»Das habe ich wohl gemerkt. Du warst ziemlich blass, als du rausgerannt bist. Jetzt siehst du besser aus.« Dabei blickte Tom ihr mit einem Ausdruck in die Augen, der ›viel besser‹ besagte.

Jo hatte recht, er flirtete auf der Suche nach Bestätigung. Das war beinahe zu direkt. Andererseits schmeichelte ihr das Kompliment, sie hatte nichts zu verlieren und der Rotwein verursachte ein angenehm leichtes Gefühl im Kopf. Also lächelte Victoria zurück und hielt seinen Blick einen Moment gefangen, bevor sie wieder zu einem normalen Gesprächston zurückkehrte.

»Macht es dir wirklich gar nichts aus? Die ganzen Toten? Dieser sehr nüchterne Umgang mit ihnen?«

»Es kann nicht schaden, emotional ein bisschen Abstand zu wahren. Dann kommt man damit klar.«

In diesem Augenblick brachte die Bedienung ihre Tapas an den Tisch, so dass sie die rechtsmedizinischen Fragen nicht vertieften.

Victoria war erleichtert, das ersparte ihr vermutlich einige Albträume.

Während des Essens erwies Tom sich als angenehmer Gesprächspartner, der Victoria gewandt unterhielt, dabei thematische Minenfelder vermied, doch leider auch alles Berufliche aussparte, weshalb Victoria keine Gelegenheit bekam, unauffällig auf ihr Anliegen hinzuarbeiten. Als die Teller sowie die Rotweingläser geleert waren, wusste Victoria einiges mehr über Toms Film- und Musikgeschmack, kannte sein Lieblingsalbum und wusste, welches Buch er gerade las, hatte allerdings noch immer kein Wort über die Mockgeschichte mit ihm gewechselt. Kurz erwog sie, mit der Tür ins Haus zu fallen. Immerhin war sie die Verteidigerin und hatte als solche ein Recht darauf, über den Verfahrensstand auf dem Laufenden gehalten zu werden. Andererseits stand nur geschrieben, *dass* sie das Recht hatte, nicht aber *wann*. Ob Tom noch genauso bereitwillig mit ihr plaudern würde, sobald er sich von ihr ausgenutzt fühlte, wagte Victoria zu bezweifeln. Falls er dicht machte und sie auf ›Akteneinsicht irgendwann‹ verwies, müsste sie erneut mit leeren Händen bei ihrem Mandanten erscheinen. Eine Vorstellung, die Victorias Magen verknotete.

Während sie ihren Gedanken nachging, hatte Tom weitergesprochen. Sie bekam gerade noch das Ende seiner Frage mit »... was genau du machst. Die Juristerei ist ja ein weites Feld!«

Jetzt oder nie. Wenn sie heute noch etwas erfahren wollte, musste sie es mit dem direkten Weg versuchen.

»Ich bin in der Kanzlei ›Stein und Froh‹. Tätigkeitsschwerpunkt Familienrecht, aber prinzipiell sind wir breit aufgestellt.« Sie blickte ihn unverbindlich an und wartete auf seine Reaktion.

Tom lächelte entschuldigend, er hatte noch keine Zusammenhänge hergestellt. »Ist es ungehörig, wenn ich nicht vorgebe, euch und euren sicherlich guten Ruf zu kennen? Ihr übernehmt keine Strafverteidigungen, oder?«

»Ich eher nicht, mein Kollege Marcus Froh zuweilen schon. Vermutlich seid ihr euch noch nicht begegnet, weil wir noch nie ein Tötungsdelikt hatten. Bis jetzt.« Sie holte tief Luft und schaute ihm in die Augen. »Wir haben jetzt den ersten Mord ... ähm ... Totschlag ... ich meine Tötungsdelikt.« Verflixt, das lief ja prima. So unsicher hatte sie sich das letzte Mal gefühlt, als sie mit zitternden Knien aufgestanden war, um ihr erstes Plädoyer zu halten. Victoria wischte sich unauffällig die schweißnassen Hände an ihrem Rock ab und betete inständig, Tom würde es nicht bemerken.

Der Staatsanwalt wirkte erstaunt, vielleicht weil sie noch nie einen Mordfall bearbeitet hatte oder er wunderte sich über ihre offensichtliche Verunsicherung.

Und plötzlich begriff er.

»Natürlich – Victoria Stein! Du hattest die Tage wegen des Mockmords mit der Geschäftsstelle telefoniert, oder?«

»Totschlag!«

»Bitte?«

»Du weißt doch noch gar nicht, ob es Mord war!«

»Für jemanden, der bisher nur Eierdiebe verteidigt hat, bist du ganz schön vorlaut!«

Victoria wollte gerade beleidigt darauf hinweisen, dass sie trotzdem den Unterschied zwischen Mord und Totschlag kannte und sehr wohl über das Verhältnis dieser beiden Tatbestände mitdiskutieren konnte, als sie seinen belustigten Blick sah. Er nahm die Sache mit Humor und sie grinste erleichtert zurück. Allerdings hatte sie zu früh aufgeatmet. Tom kletterte nicht ohne Grund die Karriereleiter bei der Staatsanwaltschaft steil nach oben. Er besaß den Scharfsinn, jeden Sachverhalt mit einer gehörigen Portion Skepsis zu hinterfragen. Seine Augen verengten sich. »Sag mir bitte, dass unser Treffen in der Gerichtsmedizin wirklich nur ein Zufall war. Du führst doch nichts im Schilde?«

Sie wollte Tom nicht anlügen. Das ist bei Menschen, die seit Jahr und Tag darin geübt sind, Lügner zu überführen, ohnehin eine schlechte Idee. Andererseits konnte sie Jo nicht ans Messer liefern. Victoria beherzigte nun den Rat, den sie ihren Mandanten mit auf den Weg gab: Gut zu lügen, ist eine Kunst. Wenn es also gar nicht anders geht, dann so nah wie möglich an der Wahrheit bleiben!

Sie suchte Toms Augen, darum bemüht, dem durchdringenden Blick standzuhalten. »Ich habe ganz sicher nicht geplant, heute in der Rechtsmedizin neben dir stehend dabei zuzusehen, wie ein Toter skalpiert wird, bis mein Magen rebelliert«, antwortete sie ihm mit argloser Stimme und ohne zu blinzeln.

Tom zog amüsiert die Mundwinkel nach oben. Ob er ihren unbeholfenen Versuch, die Wahrheit zu verschweigen durchschaut hatte? Er ließ sich nichts anmerken, das spitzbübische Funkeln kehrte in seine Augen zurück. Gleich darauf sah er bedauernd auf seine Armbanduhr. »Es war ein sehr nettes Treffen mit dir, aber ich muss leider los«, sagte er. Er gab der Bedienung ein Zeichen und bat um die Rechnung, die er für beide beglich.

»Du kannst dich ein anderes Mal revanchieren«, sagt er augenzwinkernd, als er Victorias Stirnrunzeln bemerkte. Lächelnd gestand Victoria sich ein, wie sehr sie sich über ein Wiedersehen freuen würde. Hoffentlich dachte Tom nicht, sie habe nur deshalb mit ihm zu Mittag gegessen, um ihn über den Fall auszuhorchen – und falls doch, nahm er ihr den ursprünglichen Plan mit etwas Glück nicht übel. Sie war lange nicht mehr mit einem Mann ausgegangen, der sie auf diese Art ansprach. Er hatte eine selbstbewusste, aber zugleich herzliche Ausstrahlung, die warme Wellen durch ihren Körper schickte, sobald ihr Blick auf ihn fiel. Sie hätte ihn gerne privat wiedergetroffen. Trotzdem vergaß Victoria ihren Auftrag nicht völlig. »Tom«, unternahm noch einen letzten Versuch, als sie vor dem Gebäude der Staatsanwaltschaft standen, »hast du einen Moment Zeit, mit mir über die Mocksache zu reden? Wenn ich schon mal hier bin, bietet es sich doch geradezu an.« Aus großen Augen sah sie ihn an und hoffte, ihn damit einwickeln zu können.

Tom machte zwar einen eher belustigten Eindruck, aber reagierte immerhin nicht ablehnend. »Es ist dir ganz schön wichtig, oder?« Er lächelte sie an.

»Ehrlich gesagt schon. Ich telefoniere seit Tagen hinter dir her.«

»Unter anderen Umständen wären das schmeichelhafte Worte«, lachte Tom. »Aber ich weiß ja – du willst nur meine Akten.« Er zwinkerte ihr zu. »Was hältst du davon, wenn ich dich auf einen Kaffee zu mir hinaufbitte? Dann kann ich nachher zumindest in mein Tagebuch schreiben, ich hatte heute ein Date mit einer hübschen Blondine.«

Victoria lachte. »Kaffee klingt gut. Solange du mir nur Akten zeigst und keine Briefmarkensammlung, ist es ja ein harmloses Treffen.«

»Keine Sorge, wir haben nur Frankiermaschinen. Weit und breit ist keine einzige Briefmarke mehr zu sehen!«

Kapitel 5

Toms Büro sah noch schlimmer aus, als Victoria es sich vorgestellt hatte. Vollgestopfte Regale und Papiere, wohin man auch sah – also ähnlich wie ihre Kanzlei – damit hatte sie gerechnet. Aber nicht damit, gegen eine rote Wand zu prallen. Die roten Aktendeckel der Staatsanwaltschaft bedeckten jede mögliche Ablagefläche in dem Raum. Sie stapelten sich auf der Fensterbank und bildeten einen Teppich auf dem Fußboden. Zwischen dem allgegenwärtigen Rot entdeckte sie zweckmäßige Büromöbel, die an eine Schlittschuhbahn kurz vor der Eispause erinnerten, so zerfurcht waren die Oberflächen von all den Akten, die Jahr für Jahr dort hinüberwanderten. Victoria starrte mit offenem Mund auf das Chaos.

Tom grinste schuldbewusst. »Ich habe nicht damit gerechnet, heute Damenbesuch zu bekommen, sonst hätte ich aufgeräumt. Obwohl ich befürchte, hier kann nur noch ein Großbrand helfen.« Er zuckte mit den Schultern, hob mit einem resignierten Seufzer einen Stapel Papiere vom Besucherstuhl und versuchte, diesen auf einen der letzten freien Flecken auf dem Fußboden umzuschichten.

»Himmel, was ist denn hier passiert?«, platzte Victoria heraus, als sie ihre Sprache wiederfand.

»Der alltägliche Wahnsinn.« Tom fuhr sich mit beiden Händen durchs Haar. »Eine Kollegin ist dauererkrankt. Burn-out. Eine andere ist in Mutterschutz. Deine Freundin Jo konnte zum Glück ihre dreiviertel Stelle auf eine volle Stelle aufstocken und widmet uns nun das zusätzliche Viertel. Aber das reicht beileibe nicht. Hier geht es drunter und drüber.« Er sah plötzlich erschöpft aus.

»Wenn du lieber weiterarbeiten möchtest, dann sag es ruhig.« Victoria fühlte sich sofort schuldig, weil sie ihm jetzt auch noch Zeit raubte.

»Nein, Unsinn!« Tom lächelte schwach. »Ob hier eine Akte mehr oder weniger liegt, macht keinen Unterschied. Lass mich dir den versprochenen Kaffee machen.«

Er dirigierte Victoria mit einer Handbewegung zum Besucherstuhl, bevor er aus einem Schränkchen neben seinem Schreibtisch zwei Tassen hervorzauberte. In der Ecke entdeckte Victoria zwischen Aktenbergen versteckt einen edelstahlglänzenden Kaffeevollautomaten, der so manchen Barista vor Neid erblassen ließe. Sie war beeindruckt. Dagegen wirkte der geliebte Kaffeeautomat in der Kanzlei, auf den sie so stolz war, wie Muttis Filterkaffeemaschine.

Tom deutete ihren Blick richtig. »Zumindest den habe ich aus dem Haus geschafft, als meine Exfrau sich so ziemlich alles andere unter den Nagel gerissen hat, was sie bei der Trennung irgendwie an sich raffen konnte.« Seine Stimme klang spröde, der Versuch eines trockenen Lachens misslang. Er konnte nicht verbergen, wie verletzt er war.

Victorias Gewissen meldete sich. Tom war so nett. Sie hatte einen kühlen, unnahbaren Mann erwartet, immerhin hatte Dr. Hertzmeier den Ruf eines knallharten Juristen. Stattdessen lag eine überraschende Wärme in seinen braunen Augen, in denen gelegentlich – wie jetzt – Spuren verborgener Traurigkeit erschienen. Victoria senkte den Kopf. Sie fragte sich, was in sie gefahren war, seinen verwundbaren Zustand nach der Scheidung auszunutzen, nur um ein paar Tage eher an Informationen zu kommen. Andererseits konnte sie diese Gelegenheit nicht einfach verstreichen lassen, wenn sie nicht jeden Morgen mit Magenschmerzen zum Büro fahren wollte. Außerdem es ging ja schließlich auch nur darum, sich etwas zu unterhalten, während sie gemeinsam einen Kaffee tranken. Irgendwie fand sie dieses Opfer für beide Seiten nicht allzu groß.

Tom hatte zwischenzeitlich das Kaffeemonstrum in Gang gesetzt. Er lehnte sich Victoria gegenüber lässig an den Schreibtisch und reichte ihr eine Tasse Cappuccino mit einem Berg aus Milchschaum.

»Der sieht prima aus«, sagte Victoria und grinste in sich hinein, als ihr auffiel, wie sehr der Satz sowohl auf Tom, als auch das Getränk zutraf. Sie schnupperte an dem aromatischen Kaffee.

»Danke.« Tom lächelte, was ihn sofort entspannter erscheinen ließ. »Meinen Kaffeeautomaten liebe ich. Koffein ist die Droge, auf die ich am allerwenigsten verzichten könnte. Wenn es stimmt, dass der normale Mensch zu siebzig Prozent aus Wasser besteht, bestehe ich vermutlich zu siebzig Prozent aus Kaffee«. Er lachte kurz, dann setzte er eine geschäftsmäßige Miene auf. »So, nun aber zu deinem Anliegen. Du wolltest mit mir über die Mocksache reden?«

Victoria wischte die letzten Bedenken beiseite. Immerhin hatte er jetzt das Thema zur Sprache gebracht.

»Ja, das würde ich gerne.« Sie nickte. »Wieso sind wir uns eigentlich nicht schon beim Vorführtermin begegnet?«

»Schau dich hier um, dann weißt du es.« Tom machte eine ausholende Handbewegung. »Es war ohnehin klar, dass Mock nicht aus der Haft entlassen werden würde. So einen Routineauftritt kann auch jemand anderes aus der Abteilung übernehmen.«

Victoria fühlte sich, als hätte Tom einen Kübel Eiswasser über ihr ausgeleert. Der Termin, der sie seit Tagen peinigte, war reine Formsache gewesen? Der Termin, in den ihr Mandant die Hoffnung gesetzt hatte, nun werde sich alles aufklären, hatte von vornherein ein feststehendes Ergebnis gehabt? So funktionierte das Strafrechtssystem also? In ihr brannte Empörung. Mit einem Mal kam dieses von Jo als Robin-Hood-Einstellung bespöttelte Gefühl mit aller Macht zurück, das sie im Studium begleitet hatte. Niemand würde ihr am Ende vorwerfen können, sie hätte nicht alles für ihren Mandanten getan. Sollte sich herausstellen, dass Benedikt Mock schuldig war, dann sollte er seine Strafe bekommen. Sollte er aber unschuldig sein, dann würde sie für seinen Freispruch kämpfen. Keinesfalls würde sie ein Verfahren zulassen, bei dem Ergebnisse bereits vorher feststanden! Sie reckte ihr Kinn vor. »Okay, die erste Runde geht an dich. Mock ist in U-Haft und so wie es aussieht, bleibt er vorerst dort. Doch mit welcher *guten* Begründung?«

Tom ließ sich von Victorias beißendem Tonfall nicht aus der Reserve locken. »Du hast aber schon mitbekommen, dass die Frau deines Mandanten getötet wurde? Und dass eben dieser Vorwurf im Vorführtermin verlesen wurde?«, entgegnete er ruhig.

»Ja, und zwar so oberflächlich und derartig standardisiert verfasst, dass ich mich gefragt habe, warum ihr euch überhaupt die Mühe macht, Textbausteine zu verwenden. Multiple-Choice-Formulare mit Kreuzen an der gewünschten Stelle könnten die Sache sicherlich noch weiter vereinfachen.« Victoria funkelte ihn an.

»Hast du keine Antwort bekommen, als du während der Verhandlung diese Standardformulierungen als zu unsubstantiiertes Vorbringen gerügt hast?«, erkundigte sich Tom trocken.

Genau genommen hatte sie in diesem unseligen Termin gar nichts gerügt. Sie hatte ihre mageren Argumente vorgebracht und ansonsten still zugehört, darauf bedacht, sich ihre Unsicherheit nicht anmerken zu lassen. Konfliktverteidigung war ohnehin nie ihr Ding gewesen, sie griff die anderen Verfahrensbeteiligten ungern direkt an, weil man damit schnell selbst zur Zielscheibe wurde, sobald man den kleinsten Fehler machte. Allerdings konnte sie das jetzt unmöglich zugeben.

»Nein, habe ich nicht. Was sollte dein Vertreter auch dazu sagen?«, setzte sie sich zur Wehr. »Der Sachbearbeiter hatte es ja vorgezogen, sich für so eine Bagatelle erst gar nicht in den Gerichtssaal zu bemühen.« Ihre Stimme troff vor Sarkasmus. Tom nahm ihr jedoch sofort den Wind aus den Segeln.

»Auch mein Stellvertreter ist des Lesens mächtig und alles Wichtige steht in der Akte. Er hätte rasch nachschlagen können, wenn du mehr Substanz gebraucht hättest.« Seine Mundwinkel zuckten, seine Augen blitzten lebendig.

Victoria, die deutlich weniger Spaß an diesem Schlagabtausch hatte als Tom, fand es ratsam, nicht weiter auf den Vorführtermin einzugehen, sondern das Thema auf den Akteninhalt zu bringen.

»Dann sei doch so gut und verrate mir wenigstens jetzt, wieso du Benedikt Mock für so dringend tatverdächtig hältst, dass du einen Vorführtermin nur als Formsache ansiehst. Vor allem lüfte bitte endlich das Geheimnis, wann ich Akteneinsicht erhalte.« Victoria konnte nicht verhindern, immer noch gereizt zu klingen. Die Leichtigkeit, mit der Tom ihren Mandanten vorverurteilte, nagte ebenso an ihr, wie ihre Ohnmacht, etwas dagegen zu unternehmen.

»Du bekommst die Akten, wenn das Ermittlungsverfahren ein Stadium erreicht hat, in dem das möglich ist«, entgegnete Tom eine Spur kühler. Victoria zuckte innerlich zusammen. Wie mühelos er sie mal eben nebenbei in ihre Schranken gewiesen hatte. Jetzt entdeckte sie doch den gefürchteten Staatsanwalt, der den Gerichtssaal beherrschte. Es würde nicht einfach werden, neben ihm im Verfahren zu bestehen. Mit Erleichterung nahm sie seinen wieder versöhnlicheren Tonfall wahr, als er fortfuhr: »Aber wenn du schon einmal hier bist, kann ich dir das wesentliche Ergebnis der bisherigen Ermittlungen ruhig mitteilen.«

Endlich! Victoria atmete auf. Sie hatte allmählich den Verdacht, für eine Spionin sei es einfacher, an Staatsgeheimnisse zu gelangen, als für eine Verteidigerin Dinge aus einer Strafakte zu erfahren.

Tom zog zielstrebig eine Akte aus einem Stapel zu seiner Linken. In dem Chaos schien ein System zu stecken. Er blätterte einen Moment in den Seiten, dann sah er Victoria an.

»Also, wir wissen, dass die Frau deines Mandanten, Saskia Mock, am frühen Montagmorgen von einer Hausangestellten tot aufgefunden wurde. Bei der Obduktion stellte sich als Todesursache eine Stichwunde heraus, die ihr mit einem großen Küchenmesser beigebracht wurde.« Tom fuhr mit dem Finger über ein paar Zeilen. »Konkret handelt es sich um einen glatten Einstich in den sechsten Intercostalraum, wodurch Lunge und Milz verletzt wurden und Frau Mock verblutet ist. Auf dem sichergestellten Messer befinden sich verwischte Fingerabdruckspuren, die mutmaßliche Tatwaffe wurde so nachlässig abgewischt, dass zwei Teilabdrücke gesichert werden konnten. In der daktyloskopischen Auswertung wurden sie eindeutig deinem Mandanten zugeordnet.«

»Der auch in dem Haus lebt und die Haushaltsgegenstände dort mitbenutzt!«

»Übst du schon für dein Plädoyer? Oder soll ich hier erstmal weitermachen?«

Victoria gab ein unwilliges Brummen von sich, das Tom als Aufforderung verstand, seine Ausführungen fortzusetzen. Er blätterte einige Seiten weiter. »Zum Tathergang haben wir Folgendes feststellen können: Es gibt keine Einbruchsspuren. Auch keine Abwehrverletzung, obwohl der Verlauf des Stichkanals darauf hinweist, dass der Angriff von vorne erfolgte. Das spricht dafür, dass die Tat überraschend von einer Person durchgeführt wurde, die Frau Mock nahe an sich heranließ, also jemand, den sie kannte und dem sie vertraute. Sag jetzt nicht, dass ihr Mann, mithin dein Mandant, nicht ein ganz heißer Kandidat wäre!«

»Einspruch, Euer Ehren! Du weißt schon, dass es noch unzählige weitere Erklärungsmöglichkeiten für das Fehlen jeglicher Abwehrverletzungen gibt? Vielleicht hat sie geschlafen? Oder stand unter Drogen?«

Tom lächelte Victoria auf eine Art an, die sie bislang nur aus Schulzeiten von ihrem Nachhilfelehrer in Mathe kannte. Milde Nachsichtigkeit im Angesicht völliger Ahnungslosigkeit.

»Einspruch abgewiesen! Du könntest zwar grundsätzlich damit recht haben, doch nichts deutet bisher darauf hin. Die Rotweinflasche haben wir sichergestellt, der Test des restlichen Weins darin hat keine Auffälligkeiten ergeben. Die Ergebnisse der Blutuntersuchung liegen mir bis jetzt nicht vor, aber ich würde wetten, das Opfer war weder betrunken, noch betäubt. Es sieht für mich nach einer typischen Beziehungstat aus. Die Haushaltshilfe hat ebenfalls ausgesagt, die Eheleute seien äußerst distanziert miteinander umgegangen. Man unterhält sich also, gerät in Streit, greift nach der erstbesten verfügbaren Waffe – klassischerweise ist es das Küchenmesser – und sticht zu. Danach rast der Mann in Panik zum Flughafen, um so zu versuchen, der unausweichlichen Verurteilung zu entkommen.«

Victoria ärgerte sich darüber, wie leicht Tom es sich machte. Natürlich war seine Schilderung plausibel, aber er legte sich die Sache bereits schön zurecht, während noch nicht einmal alle Ermittlungsergebnisse bekannt waren. Andererseits sah sie das Aktendeckelrot, das sich drohend um sie herum auftürmte. Konnte man es dem Staatsanwalt wirklich verübeln, wenn er sich nicht mit der Akribie eines Sherlock Holmes in jeden Fall verbiss? Vielleicht würden die Ermittlungsbehörden wenigstens deshalb etwas mehr Zeit investieren, weil Benedikt Mock mit dem leitenden Oberstaatsanwalt verkehrte?

»Bist du dir deiner Sache bereits sicher?«, fragte Victoria. »Oder ermittelst du auch in andere Richtungen? Der LOStA guckt dir doch bestimmt besonders auf die Finger.«

»Du meinst, weil die beiden Golfpartner sind? Na ja, bislang geht es.« Tom zuckte mit den Schultern. »Glücklich ist er nicht, seinen Golfpartner inhaftiert zu sehen, aber er kennt unsere Situation, und wenn er mir zu sehr auf die Füße tritt, kann es gut sein, dass der Schuss nach hinten losgeht. Sobald er zu häufig hier vorbeischaut, kann er dem Thema der prall gefüllten Überstundenkonten nicht mehr ausweichen oder weiterhin seine Augen vor den Aktenbergen verschließen, deshalb vermute ich, er wird sich eher heraushalten.«

Victorias Blick glitt über die Aktentürme. Bei allem Verständnis würde sie allerdings nicht dabei zusehen, wie ihr Mandant vorverurteilt wurde, nur weil die Kapazitäten nicht reichten, um in alle Richtungen zu ermitteln.

»Du machst aber trotzdem weiter? Die Sache ist nicht schon erledigt für dich?«, fragte sie drängend.

Toms Haltung fehlte jegliche Energie, als er Victoria ansah. »Natürlich ist die Sache hier noch nicht durch. So einfach machen wir es uns auch nicht. Und dennoch…« Er klappte die Strafsache Mock zu und legte sie nachdrücklich wieder auf den Stapel zurück. »Wie du weißt, kannst du als Verteidigerin ebenfalls bestimmte Ermittlungen anregen, sofern sie zweckdienlich sind. Vielleicht solltest du darauf setzen. Denn wir sind hier nicht in einer amerikanischen Fernsehserie, in der sich Staatsanwaltschaft und Ermittler wochenlang ausschließlich mit ein und demselben Fall befassen können, bis schließlich das Haar auf dem Pulli des Opfers, das zu einer Bergziegenart gehört, die endemisch in derselben Bergregion lebt, der man auch den Lehmkrümel unter der Schuhsohle des Tatverdächtigen zuordnen konnte, den endgültigen Beweis erbringt, dass der Verdächtige der Mörder ist.«

Trotz des bitteren Hintergrundes seiner Worte musste Victoria lachen. »Du solltest Drehbücher schreiben. Die Bergziegenidee kommt bestimmt beim Publikum an.« Dann wurde sie wieder ernst. »Mir ist deine Situation schon klar, ganz so fremd ist mir die Materie nicht. Ich bin dereinst auch juristisch ausgebildet worden. Selbst wenn du offensichtlich anderes vermutest, habe ich nicht mein gesamtes strafrechtliches Wissen aus Law & Order, sondern durchaus bereits den einen oder anderen Sitzungssaal von innen gesehen.«

Tom hob kapitulierend die Hände. »Okay, du hast mich überzeugt. Darf ich dir als Friedensangebot noch einen Cappuccino bereiten?« Er nahm ihr die leere Tasse ab.

»Nein, lieber nicht. Ich muss mich heute noch einmal im Büro sehen lassen und möchte deine Zeit nicht über Gebühr beanspruchen.«

»Schade.« Sein Bedauern wirkte echt. »Wollen wir den Kaffee ein anderes Mal nachholen?«

»Da ich ähnlich koffeinabhängig bin wie du, kann ich diesem Angebot vermutlich nicht widerstehen«, entgegnete Victoria lächelnd, während sie sich erhob und zur Tür ging. »Also danke und bis zum nächsten Kaffee!«

Als sie fast draußen war, rief Tom: »Victoria, warte kurz! Ich habe noch eine wichtige Info für dich!«

Gespannt drehte sie sich um. »Nämlich welche?«

»Du weißt schon, dass die Sache mit den Einsprüchen nur in US-Fernsehserien funktioniert? In deutschen Gerichtsverhandlungen machen wir das nicht.«

Victoria rollte mit den Augen und zog die Tür hinter sich zu, bevor sie lachend das Gebäude der Staatsanwaltschaft verließ.

Kapitel 6

Am nächsten Tag saßen sich Victoria und Benedikt Mock erneut gegenüber.

Obwohl ihr Mandant vermutlich in unzähligen geschäftlichen Verhandlungen gelernt hatte, sich nicht in die Karten sehen zu lassen, schaffte er es nicht mehr, seinen Blick so fest auf Victoria zu richten, wie noch bei ihrem ersten Treffen. Seine ruhelosen Augen verrieten, wie sehr die Tage Wirkung zeigten, die er in der engen Zelle verbringen musste, in Gesellschaft mit Menschen, die ihm sonst nicht einmal die Toilette hätten putzen dürfen.

Beim Anblick ihres angeschlagenen Mandanten zog sich Victorias Magen schmerzhaft zusammen. Ein Gefühl, schwer wie ein Steinquader, drückte auf ihre Schultern. Sie hatte nicht vorausgeahnt, welches Gewicht Verantwortung entwickeln konnte. Es ging um nichts weniger als um ein Menschenleben. Benedikt Mock würde eine lebenslange Haftstrafe nicht überstehen, ohne innerlich zu sterben. Sie dachte an das Treffen mit Tom. An seine Resignation und ihren Eindruck, er würde nicht besonders intensiv weiterermitteln, solange er einen Verdächtigen am Haken hatte, dessen Verurteilung er mit einer hohen Wahrscheinlichkeit herbeiführen konnte.

»Wir müssen etwas unternehmen«, sagte sie mit fester Stimme, noch bevor sie ihren Mandanten über die bisherigen Ermittlungsergebnisse in Kenntnis setzte.

Benedikt Mock zog die Augenbrauen hoch. Er schien erstaunt über das veränderte Auftreten seiner Anwältin. Die Bestimmtheit, mit der Victoria sprach, war neu und überraschte Victoria selbst. Der gestrige Tag hatte etwas in ihr bewegt – das spürte sie in diesem Moment.

In seiner Miene lag neu gewonnener Respekt, als ihr Mandant schweigend darauf wartete, dass sie fortfuhr.

Victoria holte tief Luft, dann berichtete sie über das Treffen mit dem Oberstaatsanwalt. Sie unterstrich ihre Vermutung, die Staatsanwaltschaft werde aufgrund der Überlastung nicht energisch in weitere Richtungen ermitteln. »Offen gesagt scheint man sich dort mit Ihnen als Hauptverdächtigen ganz wohlzufühlen«, schloss sie ihren Bericht und sah ihren Mandanten ernst an.

Dieser war im Verlauf der Schilderung immer blasser geworden. Nur ein Muskel in seinem Gesicht zuckte, während er regungslos auf dem harten Stuhl saß und die Worte seiner Anwältin verarbeitete.

»Was können wir tun?«, presste er schließlich hervor.

Victoria war klar, dass reine Juristerei hier nicht weiterhelfen würde. »Wir müssen plausible Alternativen präsentieren«, konstatierte sie. »Andere Tatverdächtige, andere Motive.« Sie legte Optimismus in ihre Stimme. »Damit können wir weitere Ermittlungen anstoßen, um die Staatsanwaltschaft auf neue Wege zu lenken. Da so eine Anregung allerdings nicht ins Blaue hinein geht, müssen wir begründen, warum wir eine konkrete Maßnahme wünschen.

Benedikt Mock nickte verhalten. «Das klingt gut. Nur habe ich leider keine Ahnung, wer da an dem Abend bei meiner Frau war – denn ich befand mich mit Sicherheit nicht dort.« Er schüttelte nachdrücklich den Kopf. »Ganz bestimmt habe ich zum fraglichen Zeitpunkt auch keinen Wein mit ihr getrunken. Ich weiß nicht, aus welchem Grund meine Fingerabdrücke auf den Weingläsern sind. Und vermutlich zudem meine DNA, wenn alles so gut weiterläuft.« Ihr Mandant lachte freudlos auf. Dann schlug er wütend mit der Faust auf die Tischplatte. »Was unsere Haushälterin angeht, so ist sie eine widerliche Klatschtante. Sie konnte meine Frau nicht leiden – was durchaus auf Gegenseitigkeit beruhte. Wir hätten sie schon längst vor die Tür setzen sollen, sie ist jedoch eine ordentliche Haushaltshilfe, die sind schwer zu finden.« Er rieb sich mit den Händen über das Gesicht. Zorn blitzte in seinen Augen, als er weitersprach. »Sie sagen, es gab keine Einbruchspuren? Vielleicht sollte man mal das Alibi dieses Waschweibs überprüfen, die ja einen Haustürschlüssel besitzt. Es würde mich gar nicht überraschen, wenn meine Frau sie wieder einmal zurechtgewiesen hätte und es dann zum Streit kam.« Sein Tonfall wurde beinahe triumphierend. »Ja, das kann ich mir wirklich gut vorstellen! Sie wollen andere Tatverdächtige für die Staatsanwaltschaft? Da haben sie eine!«

Victoria schluckte trocken. Der Gemütszustand ihres Mandanten hatte in den Tagen der Inhaftierung merklich gelitten. Die These mit der Haushaltshilfe klang in ihren Ohren eher nach Rettungsleine als nach plausibler Theorie. Sie wählte ihre Worte mit Bedacht, weil sie ahnte, wie wichtig jetzt jeder Strohhalm für ihn war, an den er sich klammern konnte.

»Ich werde natürlich im Auge behalten, ob die Angestellte überprüft wird«, versicherte sie. »Allerdings gibt es keinerlei Kampfspuren oder Abwehrverletzungen. Hätte sich ihre Frau nicht gegen die Angreiferin verteidigt, wenn diese im Streit wütend auf sie zustürzt?«

Benedikt Mock kaute auf seiner Unterlippe. Es schien ihm gleichgültig zu sein, dass er damit die Fassade der routinierten Souveränität weiter einriss. Victoria unterdrückte den Impuls, tröstend nach seiner Hand zu greifen, so verzagt wirkte er in diesem Moment.

»N...nein, das sieht wirklich nicht nach einer spontanen Handgreiflichkeit aus«, räumte er zögerlich ein. »Was schlagen Sie vor? Tatsache ist, dass ich nicht der Mörder meiner Frau bin. Doch mir fällt niemand ein, der meiner Frau den Tod gewünscht haben könnte oder von ihrem Tod profitiert.«

Mit dem letzten Satz war er ihrer nächsten Frage zuvorgekommen.

»Kann es denn sein, dass *Ihnen* jemand schaden wollte?«, überlegte Vicotria laut. »Ein Konkurrent vielleicht? Immerhin sitzen Sie in Haft und müssen fürchten, dass Ihr Unternehmen darunter leidet.«

Benedikt Mock schloss einen Moment die Augen. »Interessanter Gedankengang. Nicht von der Hand zu weisen.« Er massierte sich mit Daumen und Zeigefinger seine Stirn. »Ja ... ja ... Das kann sein. Das erscheint mir plausibler, als dass jemand meiner Frau gezielt das Leben nehmen wollte.«

Victoria ließ ihm Zeit, die neue These gedanklich hin- und herzuschieben, bevor sie nachhakte: »Haben Sie denn eine Idee, wer Ihnen Schaden zufügen möchte? Oder sich rächen könnte? Wer gewinnt dadurch etwas?«

Er zuckte mit den Achseln. »Ehrlich gesagt ist Mord eine Nummer zu groß für alle, die mir in den Sinn kommen könnten.« Benedikt Mock lehnte sich auf dem Stuhl zurück und starrte an die Decke. »Ich bin in einer schonungslosen Branche tätig, da wird mit harten Bandagen gekämpft. Mit Sicherheit habe ich mir damit nicht nur Freunde gemacht. Dennoch ist da niemand, dem ich derartig auf die Füße getreten bin, dass er sich auf diese Weise rächen könnte. Wir reden hier schließlich von einem Mord und nicht davon, jemanden anonym bei den Finanzbehörden zu melden!«

Stille senkte sich über den Raum. Der Blick ihres Mandanten klebte an einem Punkt an der Decke, während Victorias Augen einen Riss in der betongrauen Wand untersuchten, der dem Verlauf des Rheins ähnelte. Sogar eine Verzweigung hatte er, der die Ruhr darstellen könnte. Ein hilfreicher Gedanke kam ihr dabei nicht.

Plötzlich ging ein Ruck durch Benedikt Mock. »Was wäre mit einem Privatdetektiv?«

»Bitte?«

»Ein Privatdetektiv! Wir brauchen eigene Ermittlungen. Und wer ermittelt? Ein Detektiv!«

Das klang einleuchtend. In Victorias Kopf begann es, zu rattern. Erst gestern war ihr unterschwellig vorgeworfen worden, ihr strafrechtliches Wissen aus amerikanischen TV-Serien zu beziehen. Vielleicht schaute auch ihr Mandant zu viel Fernsehen? Ein Anwaltskollege hatte bekanntlich jahrelang im Vorabendprogramm eines Privatsenders sein Ermittlerduo losgeschickt, sobald es brenzlig wurde – wie sehr das in den Köpfen der Mandanten steckte, merkte Victoria immer wieder. In Wahrheit hatte sie keine Ahnung, ob die Einschaltung eines Detektivs in Fällen wie hier realistisch war oder der Fantasie eines Drehbuchautors entsprang. Vielleicht war es sogar eine Art Notwendigkeit und in anderen Kanzleien mit betuchten Auftraggebern das übliche Vorgehen?

Victoria erinnerte sich, einmal den Werbeflyer einer Detektei in Händen gehalten zu haben, die mit der diskreten Überprüfung Unterhaltspflichtiger warb. Warum sollte es also nicht auch Ermittler für strafrechtliche Fälle geben?

Sie entschied sich für einen strategischen Rückzug, um diese Frage zu klären. »Wir kommen an dieser Stelle ohne neuen Anstoß nicht weiter«, sagte sie, während sie bereits ihren Stift in die Kladde steckte. »Ich schlage vor, Sie überdenken noch einmal in Ruhe den Gesichtspunkt eines Konkurrenten, der Ihnen schaden oder sich rächen möchte. Ich erkundige mich derweil, welcher Privatermittler ... ähm ... Kapazitäten frei hat und wie es mit der Vergütung aussieht.«

»Einverstanden«, nickte Benedikt Mock. »Zum Nachdenken habe ich bekanntlich momentan ausreichend Zeit.« Er lachte trocken auf. »Was den Ermittler angeht, so haben Sie freie Hand. Ich werde Frau Fritz anweisen, Ihnen entsprechende Vorschüsse auszuzahlen, so dass Sie den Detektiv ohne Rücksprache unmittelbar beauftragen können.«

Kapitel 7

Marcus lachte laut auf, als Victoria ihn nach seinen Erfahrungen mit Privatermittlern fragte, wies darauf hin, dass die Pflichtverteidigergebühren den Einsatz eines Detektivs nicht umfassten, und hatte damit seiner Ansicht nach eine umfassende Antwort gegeben.

Also musste sie sich an Josephine wenden. Victoria seufzte gequält auf, als sie zum Hörer griff, obwohl sie ihrer Freundin – genauer gesagt deren Fragen – gerade lieber aus dem Weg gehen wollte. Seit der Begegnung mit Tom hatte sie noch keine Gelegenheit gehabt, mit Jo zu sprechen. Sie wusste, sie hätte ihr erst Rede und Antwort zu stehen, bevor ihre Freundin bereit wäre, sich ihres Problems anzunehmen. Danach stand Victoria überhaupt nicht der Sinn – zumal sie das Mittagessen mit dem Staatsanwalt selbst nicht einordnen konnte. Aber der Fall verlangte nach Opfern und so verabredete sich Victoria für den frühen Abend am See.

Jo überfiel sie schon mit Fragen, während sie die Laufschuhe aus dem Kofferraum nahm. »Du bist ja vorgestern ziemlich rasch mit Tom aus der Rechtsmedizin verschwunden. Und wie der Flurfunk vermeldet, ist Tom am späten Nachmittag mit einer blonden Frau an der Seite auf dem Weg in sein Büro gesehen worden.« Anzüglich grinste Jo sie an. »Hast du mir etwas zu erzählen?«

Victoria rollte genervt mit den Augen. »Guck bloß nicht so! Es war doch dein Vorschlag, Tom zu umgarnen, um schneller an meine Infos zu kommen!«

»Das erklärt noch nicht, warum du mittags mit Tom zusammen die Rechtsmedizin verlässt, aber erst Stunden später bei der Staatsanwaltschaft erscheinst! Zudem bleibt die Frage, wieso du mich nicht gestern schon angerufen hast, um mir alles haarklein zu erzählen.« Jo konnte beeindruckend vorwurfsvoll dreinblicken, vermutlich eine Art Berufskrankheit bei Staatsanwälten.

»Wann hätten wir denn reden sollen?«, wiegelte Victoria ab. »Erst hatte ich einen Termin in der JVA, später warst du auf dem Tennisplatz.« Sie beugte sich zu ihrem Schuh hinunter und begann, die Schnürung sorgfältig strammzuziehen. Als sie wieder aufsah, schaute sie direkt in Jos Gesicht. Mit der Geduld eines Menschen, der wusste, er würde ohnehin alle Informationen bekommen, die er haben wollte, beobachtete die Staatsanwältin sie abwartend. Jo hob die Augenbrauen. »Und?«

»Nichts ›und‹! Da gibt es nichts zu erzählen. Mir war ein bisschen flau im Magen, deshalb haben Tom und ich vor der Besprechung in seinem Büro ein paar Tapas gegessen.« Victoria lief los, aber Jo war sofort auf gleicher Höhe und warf ihr den bohrenden Blick zu, den sie sich sonst für die Angeklagten aufsparte – sowie gelegentlich für ihre beste Freundin.

»Ganz harmlos – wirklich!«, beteuerte Victoria.

Josephines Miene blieb skeptisch. »Harmlos? Kein knisternder Flirt? Findest du ihn nicht attraktiv?«

Victorias Mundwinkel zuckten. Von wegen, Josephine wolle ihr nur dabei helfen, auf dem kurzen Dienstweg an Informationen zu kommen. Ihre Freundin, die es selbst nie länger als ein paar Wochen in einer Beziehung aushielt, hatte sich irgendwann in den Kopf gesetzt, zumindest eine von beiden habe ein spießbürgerliches Leben mit Reihenhaus, Ehemann und Kind, vielleicht auch Hund, zu führen. Da Jo Kinder am liebsten außer Sicht- und Hörweite mochte, ein Katzenmensch war und sich – wenn überhaupt – nur an eine Lebenspartnerin binden würde, war Victoria diejenige, die für das Experiment Spießbürgertum auserkoren worden war. Dass sich Victoria bei dieser Konstellation am ehesten mit dem Hund hätte anfreunden können, an allem anderen jedoch derzeit kein Interesse hatte, übersah Jo geflissentlich.

Victoria schüttelte halb belustigt, halb verärgert den Kopf. »Sag mal, hast du nicht selbst gesagt, Dr. Hertzmeier sei in der Trennungsverarbeitungsphase, in der er Selbstbestätigung suche? Was grob mit ›er jagt allem nach, was potenziell einen Rock trägt‹ zu übersetzen ist. Mit diesem Mann willst du mich tatsächlich verkuppeln?«

»Verkuppeln? Ich? Dich?« Jo riss die Augen auf, so umwerfend unschuldig, dass Victoria laut lachte.

Attraktiv hatte sie Tom ja wirklich gefunden und sicherlich auch die Unterhaltung unabhängig von ihrem ursprünglichen Zweck genossen. Frisch geschiedene Männer schrien allerdings förmlich nach Beziehungsproblemen. »Eigentlich möchte ich viel lieber die Bekanntschaft mit einem anderen Mann machen«, wechselte Victoria vorsichtshalber das Thema, bevor die Staatsanwältin neben ihr das Verhör fortsetzen konnte. Jo riss erwartungsgemäß die Augen auf. »Wäre übrigens super, wenn du mir einen Guten empfehlen könntest«, legte Victoria nach und amüsierte sich über den Gesichtsausdruck ihrer Freundin.

»Okay«, antwortete diese gedehnt, »und welcher Typ schwebt dir so vor?«

Während sie durch den Wald trabten, fasste Victoria ihre Gespräche mit Tom und mit Benedikt Mock zusammen und skizzierte die Idee, einen Privatermittler einzuschalten, um die Angelegenheit nicht nur so einseitig zu beleuchten, wie es die Staatsanwaltschaft derzeit offenbar machte.

»Ganz so einseitig, wie du befürchtest, werden wir sicher nicht ermitteln«, verteidigte Jo ihre Kollegen. »Aber natürlich kann jemand, der sich auf diesen einen Fall konzentriert, viel umfangreicher arbeiten. Wenn dein Mandant das nötige Kleingeld hat, um so eine Untersuchung zu finanzieren, warum also nicht?«

Victoria war erleichtert, dass Jo die Idee nicht als völlig absurd abtat.

»Das Geld macht Mock locker. Allerdings habe ich keine Ahnung, wie man einen guten Privatdetektiv findet. Damit hatte ich noch nie zu tun.«

»Lass mich kurz überlegen«, sagte Jo, während sie ihre Schritte verlangsamte. »Ich hatte vor ein paar Monaten einen Fall, da wurde von der Familie des Opfers ein Privatermittler eingeschaltet, der einige Hinweise geliefert hat. Auf mich machte er einen kompetenten Eindruck.«

»Das klingt doch gut!«

»Das Allerbeste kommt noch!«

»Nämlich?«

»Er ist ausgesprochen attraktiv!«, grinste Jo und legte lachend einen Zwischenspurt ein, um sich vor Victorias bösen Blicken in Sicherheit zu bringen.

Jo mailte am kommenden Tag die Kontaktdaten des Privatermittlers.

Jarne de Zand. Daneben eine Telefonnummer.

Unschlüssig starrte Victoria auf den Bildschirm. Wie beauftragt man einen Privatdetektiv? Erzählt man gleich alle Details oder lernt man sich erst einmal kennen? Was, wenn sie sich mit ihrem Anliegen blamierte? Ihre Augen wanderten vom Tastenfeld des Telefons zur Rufnummer auf dem Monitor und zurück, aber noch zögerte sie. Als Anwältin war sie es gewohnt, mit verschiedenen Menschen zu reden, jedoch bewegte sie sich dabei in aller Regel thematisch auf vertrauten Gebieten.

Dies hier war neues Terrain. Nach einem kurzen Moment gab sie sich einen Ruck, griff zum Hörer und wählte Jarne de Zands Nummer.

Es klingelte mehrmals, bevor sich eine männliche Stimme meldete. »Hallo?«, erklang es rauschuntermalt.

Die Qualität des Gesprächs verriet, dass der Anruf auf ein Handy umgeleitet worden war – eines, das sich anscheinend im äußersten Empfangsbereich eines entlegenen Funkmasts befand. Victorias Überlegungen zu dem üblichen Inhalt eines Anbahnungsgesprächs erwiesen sich als überflüssig, denn die eigentliche Herausforderung bestand darin, sich überhaupt zu verständigen. Sie versuchte, trotz der Lautstärke, mit der sie in das Telefon brüllen musste, freundlich zu wirken, als sie ihren Namen nannte und nach einem Herrn Jarne de Zand wegen eines Auftrags für den Privatdetektiv fragte. Den ankommenden Gesprächsfetzen glaubte sie zu entnehmen, er könne heute um 18 Uhr bei ihr sein, sofern sie ihm ihre Anschrift gab.

Victoria war sich nicht sicher, ob er die Adresse noch verstanden hatte, danach wurde die Verbindung so schlecht, dass sie sich nur der Form halber verabschiedete, als das Rauschen bereits in ein Besetztzeichen überging.

17.55 Uhr. Der Zeiger der Wanduhr tickte laut in die Stille des Büros. Svenja und Elena hatten Feierabend gemacht und auch Marcus war schon auf dem Heimweg. Victoria starrte gelangweilt auf das Stück des blauen Himmels, das sie aus dem Bürofenster sehen konnte, und wartete auf Jarne de Zand. Sie hasste es, zur Untätigkeit verdammt herumzusitzen, aber es lohnte sich nicht mehr, mit etwas Neuem anzufangen. Wenn die Verbindung nicht zu früh abgebrochen war, würde der Privatermittler jeden Augenblick erscheinen. Da er sich nicht noch einmal gemeldet hatte, ging Victoria davon aus, dass er die notwendigen Informationen erhalten hatte, bevor das Gespräch gestört wurde.

Ihre Rufnummer wurde übertragen, die Nummer der Kanzlei hatte er also.

Zwanzig Minuten später packte Victoria entnervt ihre Sachen zusammen. Der Termin war wohl doch ein Opfer der schlechten Verbindung geworden. Sie überlegte, ob es Sinn machte, noch einmal de Zands Nummer zu wählen, als es schellte. Verärgert runzelte sie die Stirn. Das fing ja gut an! Der Ermittler hatte also doch alles verstanden, sich schlicht verspätet, und sie saß deshalb an einem der ersten schönen Sommerabende eine Ewigkeit im Büro, anstatt gemütlich in irgendeinem Biergarten. Missmutig betätigte sie den Türöffner.

Als der Privatermittler eintrat, wunderte sich Victoria über Josephines Behauptung, Jarne de Zand sei attraktiv, denn in seiner ausgeblichenen Jeans und dem weiten T-Shirt erschien er ihr einige Jahre zu jung. Für Victoria musste ein Mann mindestens gleich alt sein – das sollte auch Jo wissen. Allerdings wurde der erste knabenhafte Eindruck auf den zweiten Blick durch winzige Fältchen um seine grau-blauen Augen gemildert. Auch sein athletischer Körperbau mit den breiten Schultern wirkte durchaus männlich. Dennoch strahlte er etwas Jungenhaftes aus. Vielleicht lag es an seiner verschmitzten Miene sowie dem dichten blonden Haar, das zerzaust in alle Richtungen abstand und ihm eine Lausbubenmimik verlieh, die in jede Astrid Lindgren Verfilmung gepasst hätte.

Jarne de Zand stellte sich mit einem breiten Lächeln vor, das Victoria schmallippig erwiderte. Sie war noch immer wegen der Verspätung verstimmt und führte den Besucher steif in das Besprechungszimmer.

Nachdem sie ihm Kaffee serviert hatte, beobachtete sie fasziniert, wie der Privatdetektiv das Getränk mit unfassbar viel Zucker und Milch in eine Mischung verwandelte, die keinesfalls genießbar sein konnte. Er nippte jedoch anscheinend zufrieden an dem Gebräu. »Genau das Richtige nach der langen Fahrt«, sagte er dankbar. Dann stellte er die Tasse ab und sah Victoria aufmerksam an. »Sie hatten am Telefon einen Auftrag für mich erwähnt«, kam er auf den Grund ihres Treffens zu sprechen. »Worum handelt es sich?«

»Es geht um einen Mandanten von mir, der in Untersuchungshaft sitzt. Die Staatsanwaltschaft erscheint mir recht voreingenommen, was die Täterschaft meines Auftraggebers angeht. Deshalb ist es wichtig, auf anderem Wege den wahren Sachverhalt aufzuklären. Da die notwendigen finanziellen Mittel zur Verfügung stehen, überlegten wir, uns an einen Privatermittler zu wenden. Sie wurden uns empfohlen.«

»Freut mich, zu hören – Empfehlungen sind das größte Kompliment für meine Arbeit.« Jarne de Zand strahlte. »Ich würde mir die Angelegenheit gerne näher ansehen. Kann ich einen Blick in die Ermittlungsakte werfen?« Seine Augen glitten suchend umher.

»Die Ermittlungsakte ist noch nicht da. Aber natürlich hatte ich einige Aufzeichnungen für Sie zusammengestellt«, erwiderte Victoria, »ich habe sie nur bereits weggeräumt, nachdem ich davon ausgehen musste, dass Sie es heute doch nicht mehr schaffen.« Die Spitze konnte sie sich nicht verkneifen.

»Wieso nicht schaffen? Ach ... Sie meinen, weil ich ein paar Minuten zu spät war.« Der Detektiv zuckte ungerührt mit den Schultern. »Ja, der Verkehr. Ich bin sofort losgefahren, sobald wir wieder an Land waren, aber nachmittags im Berufsverkehr, Sie kennen das.« Er lächelte Victoria auf eine Art an, die er vermutlich für entwaffnend hielt. »Ich habe nach ihrem Anruf sofort meinen Segeltörn abgebrochen, um zu Ihnen zu kommen«, fügte Jarne de Zand hinzu und klang fast entschuldigend.

Widerwillig bemerkte Victoria, wie ihre Verstimmung nachließ, als er sie unbekümmert anlachte. Dennoch blieb sie angespannt, denn irgendetwas an dem Mann machte sie nervös.

Mit ernstem Gesicht, das ihn plötzlich viel erwachsener aussehen ließ, hörte der Detektiv sich Victorias Schilderung der Ereignisse an, bevor er konzentriert durch die wenigen Seiten der Akte blätterte, die Victoria zwischenzeitlich vor ihm abgelegt hatte.

Victoria beobachtete ihn verstohlen und versuchte zu ergründen, was sie an Jarne de Zand so irritierte. Als er die Akte zuklappte, nach der Kaffeetasse griff und sich so lässig im Besuchersessel zurücklehnte, als sei er im heimischen Wohnzimmer, erkannte sie es – jede Pore seines Körpers strahlte aufreizendes Selbstvertrauen aus. Nicht auf die arrogante Art eines Benedikt Mock, sondern auf eine sorglose Weise, die vermittelte, alles werde schon irgendwie klappen. Victoria, die es bevorzugte, Dinge zu durchdenken, hegte Zweifel, ob ihre Arbeitsmethoden nicht miteinander kollidierten, aber da er nun einmal hier war und sie ohnehin keinen anderen Privatermittler kannte, seufzte sie leise, zwang sich zu einem professionellen Lächeln und begann, mit dem Detektiv die Modalitäten seiner Beauftragung durchzugehen.

Kapitel 8

Die folgenden Tage verliefen ruhig. Victoria hatte sich mit Mocks Mitarbeiterin Nora Fritz getroffen und die Vorschusszahlung an Jarne de Zand veranlasst.

Jo und Marcus verbrachten ihre Freizeit auf dem Tennisplatz, um für das bevorstehende Turnier zu trainieren, und Victoria konzentrierte sich auf den Fallstapel, der am Rande ihrer Schreibtischplatte emporwuchs. Die Mocksache hatte ihre Zeit beansprucht – obwohl bisher nicht viel Juristisches passiert war. Abgesehen von dem unglücklich verlaufenen Vorführtermin hatte nichts besondere rechtswissenschaftliche Kenntnisse verlangt.

Die versprochene Einladung zum Kaffee mit Tom blieb aus. Victoria schwankte zwischen Enttäuschung und Verständnis. Sie hatte das Gebirge aus Akten in seinem Büro noch deutlich vor Augen. Mit der Tasse in der Hand lehnte sie sich in ihrem Schreibtischstuhl zurück und gab sich den Tagträumen hin. In ihnen gab es ein filmreifes Happy-End, in dem die erfolgreiche Strafverteidigerin nicht nur die Unschuld ihres Mandanten bewies, sondern ihre Ermittlungsergebnisse auch zu einer Verurteilung des wahren Täters führten, was ihr die bewundernden Blicke eines gewissen Staatsanwalts einbrachte, der einsehen musste, wie sehr er sie unterschätzt hatte. Wie weit sie von diesem Moment entfernt war, wurde ihr bewusst, als das Telefonläuten sie in die Realität zurückholte und sich Josephine mit dienstlicher Stimme meldete.

»Hör mal«, kam sie nach einer kurzen Begrüßung gleich zur Sache, »ich sehe, du wartest noch auf Akteneinsicht. Dann will ich mal die unangenehmen Fakten vorwegnehmen, damit du nicht vom Stuhl kippst, wenn du die Akte in den nächsten Tagen bekommst.«

Das klang nicht allzu gut. »Ich bin ganz Ohr.«

»Zunächst einmal haben wir einige Zeugenaussagen aus der Nachbarschaft. Mindestens zwei Zeuginnen waren sich unabhängig voneinander sicher, Benedikt Mocks Firmenwagen am fraglichen Abend in der Auffahrt der Mocks gesehen zu haben.«

Victoria schluckte, sie suchte nach einer passenden Erwiderung. »Wie können die so sicher sein? Die Auffahrt der Mocks ist lang, war es überhaupt noch hell genug, um Details zu erkennen?« Jahrelanger Fernsehkonsum diverser Ermittlerserien zahlt sich eben doch irgendwann aus, dachte sie – einen kurzen Moment zufrieden mit ihrer Antwort, bevor Jo entgegnete: »Vicky, du hast dir das Grundstück angesehen. Die Auffahrt ist gut von der Straße bis zum Haus einsehbar, und im Juni wird es erst spät dunkel. Über das Logo auf den Firmenwagen muss ich kein Wort verlieren. Das ist so dezent wie eine Leuchtreklame am Times Square, nicht zu übersehen. Wenn Benedikt Mock dieses zurückhaltend gestaltete Auto vor der Villa abstellt, muss er sich nicht wundern, dass es gesehen wird.«

»Kommt dir das nicht merkwürdig vor? Warum sollte er das Fahrzeug mit dem auffälligen Logo nehmen und nicht seinen Privatwagen, der wesentlich weniger ins Auge springt? Wenn ich doch plane, jemanden zu töten, dann versuche ich schließlich, keinerlei Aufsehen zu erregen!« Jetzt fühlte Victoria sich wirklich wie eine Ermittlerin im Fernsehen.

»Falls es denn geplant war. Es sieht zumindest nicht gut aus mit seiner bisherigen Version, er wäre an dem Abend nicht im Haus gewesen. Obendrein hatte er diesen Koffer voller Geld bei sich, als er geschnappt wurde!«

»Das haben wir doch schon erklärt – er wollte das Land wegen einer geschäftlichen Besprechung verlassen«, erwiderte Victoria lahm. »Deshalb hatte er auch Geld dabei.« Sie merkte selbst, wie wenig überzeugt sie sich anhörte. Es war gut, dass nicht Tom, sondern Jo am anderen Ende der Leitung war.

Selbst ihre engste Freundin klang spöttisch, als sie erwiderte: »Schon klar, Frau Verteidigerin. Ich verreise auch ständig mit einem siebenstelligen Geldbetrag in meinem Aktenköfferchen. Völlig normal. Vor allem ausgerechnet an dem Tag, an dem die Leiche meiner Frau in meinem Wohnzimmer liegt.«

Der Ärger über sich selbst traf Victoria wie ein Tritt in den Magen. Sie hatte Mocks lapidare Erklärungen, das sei eben so gewesen und habe mit dem Fall nichts zu tun, viel zu kritiklos übernommen. Es wäre ihre Aufgabe als Strafverteidigerin gewesen, hartnäckiger nachzuhaken, dann hätte sie jetzt vielleicht eine überzeugende Erwiderung gehabt. Wenn ihr Auftrag nicht schon bereits deswegen scheitern sollte, weil ihr eigener Mandant nicht mitspielte, musste sie Benedikt Mock zukünftig strenger ins Gebet nehmen.

»Komisch ist an dieser Geschäftsreisengeschichte noch etwas«, fuhr Jo fort und Victorias Finger krampften sich um das Telefon. Sie hörte an der Stimme ihrer Freundin, dass diese sich das Schlimmste für den Schluss aufbewahrt hatte.

»Sitzt du gut? Denn jetzt kommt der Hammer.« Dramatisch legte Jo eine Kunstpause ein. Victoria wurde immer mulmiger zumute. »Die angeblichen Geschäftspartner wussten nichts von einem Termin! Ich habe mit allen dreien gesprochen, nicht einer davon konnte eine geplante Besprechung bestätigen. Es schien sogar so, als handelte es sich allenfalls um flüchtige Bekannte. Keine ernsthaften Geschäftsbeziehungen oder gar Geschäftsfreunde. Alle drei hatten wohl mal oberflächlichen Kontakt mit Benedikt Mock, ließen aber keinerlei Zweifel daran, dass sich daraus nie eine Zusammenarbeit ergeben hätte.«

Der nächste Schlag. Bislang hatte die Anklagebehörde nur schwache Indizien gehabt, bestenfalls einen Erfahrungswert, nach dem der Täter bei Mord und Totschlag in den meisten Fällen im persönlichen Umkreis des Opfers zu finden ist. Wenn sich der Flug jedoch nicht als Geschäftsreise erklären ließ, sondern nach Flucht aussah, wurde es eng.

Victoria verabschiedete sich mit belegter Stimme von Josephine. Sie musste schnellstmöglich mit Benedikt Mock reden.

Noch bevor sie die Nummer der JVA wählen konnte, um ihren Besuch dort anzukündigen, klingelte das Telefon erneut. Diesmal war es Jarne de Zand, der sie auf den neuesten Stand bringen wollte.

»Gerne«, entgegnete Victoria und hoffte inständig, endlich gute Neuigkeiten zu hören. »Jetzt am Telefon, oder wollen Sie später vorbeikommen?«

»Tagsüber ist es heute bei mir eng, aber morgen könnte ich in die Kanzlei kommen.«

Victoria überlegte. Am nächsten Vormittag hatte sie einen Gerichtstermin, danach wollte sie in die JVA zu Benedikt Mock fahren.

»Heute geht es bei Ihnen überhaupt nicht? Ich will morgen zu unserem Auftraggeber. Falls Sie etwas entdeckt haben, das einer Besprechung mit Herrn Mock bedarf, wäre es gut, wenn wir uns vorher sehen könnten.«

»Dann bleibt nur der heutige Abend. Ich wollte ins ›Guitarra y más‹. Kennen Sie den Laden?«

»Nein, aber hört sich irgendwie nach Tapas Bar an.«

»Nicht ganz. Das Konzept ist ein anderes. Das erkläre ich Ihnen auf dem Weg dorthin. Sagen wir 19.30 Uhr? Ich hole Sie im Büro ab. Wenn man noch nie dort war, ist der Laden schwer zu finden. Es ist deshalb besser, wenn wir gemeinsam fahren. Also, bis dann!«

Schon signalisierte ein Klick in der Leitung, dass er aufgelegt hatte.

Victoria starrte auf das Telefon. Ganz schön frech irgendwie. Er hätte ja wenigstens noch ihre Antwort abwarten können. Aber vermutlich war er es bei seinem blendenden Aussehen gewohnt, dass Frauen ihm widerspruchslos zustimmten, wenn er sich zu einem Date mit ihnen herabließ.

Sie lachte auf, als ihr bewusst wurde, welche Worte ihr gerade durch den Kopf gingen. ›Blendendes Aussehen‹? ›Date?‹ Sie hatte wirklich zu lange keine echte Verabredung mehr gehabt, wenn sie bei der dienstlichen Zusammenkunft an ein Date dachte. Andererseits hätte sie es sicher auch schlechter treffen können, als den Abend mit einem Mann, der auf seine Art ja doch recht gut aussah, in einer Bar zu verbringen.

Am späten Nachmittag fuhr Victoria nach Hause, um sich für den Abend umzuziehen. Irgendetwas zwischen Geschäftsessen und privatem Treffen. Keinesfalls zu formell, das hätte nicht zu Jarne de Zand gepasst. Der Griff in den Kleiderschrank war dementsprechend schwierig. Sie entschied sich schließlich für ein Kleid, das sie im vergangenen Jahr in Spanien gekauft, aber mangels Gelegenheit noch nicht ausgeführt hatte. Knielang, überwiegend grau und nur dort farbig, wo ein Streifen knallbunter Stoff so pfiffig eingearbeitet war, dass die Taille schmaler erschien. Da der Himmel ausnahmsweise ein strahlendes Blau zeigte, zog sie aus einer hinteren Ecke ihres Schranks ein Paar Sandalen.

Um kurz vor halb acht traf Victoria wieder im Büro ein. Sie hatte plötzlich Spaß daran gefunden, sich Mühe mit ihrem äußeren Erscheinungsbild zu geben, und war mit ihrem Aussehen so weit zufrieden, dass sie sich für den Abend gewappnet fühlte. Die hochgesteckten Haare betonten ihren schlanken Hals, der unsommerlichen Blässe hatte sie mit Make-up und Rouge den Kampf angesagt. Selbst der Lippenstift leuchtete etwas kräftiger rot, als der dezente Farbton, den sie für gewöhnlich im Büro trug.

Die angeschaltete Flurbeleuchtung signalisierte, dass jemand in der Kanzlei war. Tatsächlich lehnte Marcus kurz darauf nonchalant an ihrem Türrahmen und musterte Victoria von Kopf bis Fuß. »Ah, ich sehe, du willst noch arbeiten?«, fragte er grinsend.

»Ja, in der Tat. *Ich* habe gleich ein *berufliches* Treffen«, betonte sie. Aus irgendeinem Grunde fühlte sie sich ertappt.

»Schnapp nicht gleich nach mir!«, lachte Marcus. »Wer immer dein Begleiter ist, hat auf jeden Fall Glück. Du siehst fabelhaft aus.«

»Ähm, ja, danke«, stammelte sie, von dem unerwarteten Kompliment aus dem Konzept gebracht. »Das kann ich so erwidern.«

Offensichtlich war Marcus ebenfalls zuhause gewesen, um sich umzuziehen. Auch sein Styling verriet, dass er den Abend weder auf der Couch vor dem Fernseher, noch im Kreise altehrwürdiger Kollegen auf einer Fortbildung verbringen würde.

»Das will ich hoffen«, grinste ihr Sozius. »Immerhin treffe ich mich gleich mit einer tollen Frau, da muss ich mithalten können. Also, viel Spaß!« Er verschwand, bevor Victoria ihn nach Details fragen konnte. Dabei war sie neugierig. Wenn Marcus von einer ›tollen Frau‹ sprach, musste sie umwerfend sein. Victoria stand auf, um sich einen Kaffee zu machen. Sie kannte Marcus zu lange, um eifersüchtig zu sein, und gönnte ihm seinen Erfolg bei den Frauen. Aber wenn Marcus sein bevorzugtes Beuteschema erfolgreich einfing, waren entschieden zu viele großgewachsene Blondinen in ihrer näheren Umgebung. Als hätte sie nicht mit

Josephine schon deutlich genug vor Augen, was Mutter Natur alles zu verteilen bereit war, wenn man nur rechtzeitig ›hier‹ schrie. Lange Beine zum Beispiel. Oder Haare, aus denen man eine Frisur machen konnte.

Noch immer mit den Ungerechtigkeiten des Lebens hadernd, kehrte sie mit der Tasse in der Hand in ihr Büro zurück, als sie sich plötzlich beobachtet fühlte.

Sie drehte sich um und sah geradewegs in die blau-grauen Augen Jarne de Zands.

Vor Schreck verschüttete sie ihren Kaffee und starrte fassungslos auf den großen Fleck, der sich auf dem neuen Kleid ausbreitete. Der Abend ließ sich großartig an. Und alles nur, weil sich der Privatermittler angeschlichen hatte. Wie kam er überhaupt hier herein? Verärgert funkelte sie ihn an.

»Hi«, grüßte er lässig. »Tut mir leid, ich wollte Sie nicht erschrecken.

Victoria antwortete mit einem eisigen Blick, der lang genug war, um die Details seines Auftretens zu registrieren.

Er war klar der Turnschuhtyp. Heute trug er graue Chucks, dazu eine Jeans, ein graues Shirt und eine Lederjacke, die ihre besten Jahre schon hinter sich hatte und an ihre abgewetzte WG Couch während des Studiums erinnerte. Insgeheim musste Victoria zugeben, dass sein Outfit zu ihm passte – und ihm ausgezeichnet stand.

Ihr auf Minustemperaturen herunter gekühlter Blick verfehlte seine Wirkung. Er musterte sie ungeniert von Kopf bis Fuß »Sie sollten den Fleck herausreiben, sonst ruiniert er Ihr neues Kleid«, riet er ihr dann in liebenswürdigem Tonfall. »Kann ich Ihnen irgendwie behilflich sein?«

Das fehlte noch! »Nein danke, das schaffe ich schon selbst!« Hocherhobenen Hauptes verließ sie ihr Büro in Richtung Waschraum. Sie kochte vor Wut. Natürlich war es kein echtes

Date, aber das war noch lange kein Grund, es von vornherein zu ruinieren. Es war ihr zweites Treffen, zum zweiten Mal hatte er sie verärgert – eine bemerkenswerte Quote! Immerhin schien er als Detektiv etwas zu taugen, schließlich war ihm aufgefallen, dass sie etwas Neues anhatte und das war für einen Mann in aller Regel eine erwähnenswerte Leistung. Dennoch störte es sie, dass er es überhaupt bemerkt hatte. Sie wollte auf keinen Fall den Eindruck vermitteln, dieser Termin sei aus ihrer Sicht mehr als ein rein beruflicher Anlass.

Als Victoria mit dem leidlich gereinigten Kleid wieder in ihr Büro zurückkam, saß Jarne des Zand entspannt in einem Sessel in ihrer Sitzecke und blätterte in einem Buch. Er hob den Blick. »Der Fleck ist ja fast herausgegangen. Gut, dass Sie auf eine bunte Stelle gekleckert haben. Da fällt es kaum auf.« Er zwinkerte ihr zu, legte das Buch zur Seite und stand auf. »Aber wollen Sie nicht das Etikett entfernen, bevor wir gehen? Oder tragen Sie es als Accessoire?« Mit unbewegter Miene blickte er sie an.

Victoria merkte, wie ihr das Blut in den Kopf schoss. Peinlich! Daher wusste er also, dass das Kleid neu war. Sie starrte ihn an, unfähig zu reagieren. Er schaute unschuldig zurück. Dann wich der ernste Gesichtsausdruck seinem vertrauten Grinsen, und das löste etwas in Victoria. Sie fand die Situation plötzlich unglaublich skurril und spürte, wie sich einer dieser Lachanfälle anbahnte, denen sie oft in den unpassendsten Momenten ausgeliefert war. ›Oh nein, nicht jetzt‹, dachte sie noch, doch es war zu spät. Ohne dass es einen wirklichen Grund dafür gab, prustete sie los. Die Anspannung der letzten Tage suchte sich ein Ventil. »Entschuldigung«, japste sie schließlich. Jarne de Zand musste sie für ziemlich überspannt halten, aber sie fühlte sich das erste Mal seit einer Ewigkeit befreit.

Der Privatermittler nahm ihren Ausbruch zunächst erstaunt zur Kenntnis, entschied sich dann jedoch für die unkomplizierteste Art, die Situation aufzulösen: Er lachte einfach mit, angenehm und herzlich.

Und mit einem Mal freute sich Victoria auf den Abend.

Auf dem Weg zum Auto lüftete der Detektiv das Geheimnis, wie er sich in die Kanzlei schleichen konnte. Er war Marcus in die Arme gelaufen. Nach einem kurzen Kennenlernen hatte der Anwalt ihn hereingelassen.

Der Privatermittler fuhr einen silbernen Golf, das Vormodell der aktuellen Version. Victoria war ein bisschen enttäuscht. Natürlich war der Golf kein schlechter Wagen, aber bei jemandem wie Jarne de Zand hätte sie ein Charakterauto erwartet. Einen VW Bulli vielleicht. Jedenfalls etwas, das nicht so durch und durch normal war.

Er schien ihre Gedanken zu erraten. »Als Detektiv muss ich unauffällig unterwegs sein«, erklärte er beinahe entschuldigend. »Da brauche ich ein völlig durchschnittliches Fahrzeug, ohne jede äußerliche Extravaganz.«

Innen war der Wagen deutlich individueller. Lederausstattung, Sportlenkrad und Unmengen an Sachen auf der Rückbank. Eine Sporttasche, diverse Schuhe und sogar ein Buch, dessen Titel aber durch einen Haufen Stoff verdeckt war, der sich bei näherem Hinsehen als Handtücher, mindestens eine Decke und einige verknitterte Shirts entpuppte. Himmel! Lebte der Mann in seinem Auto? Schon wieder hatte der Ermittler ihre Überlegungen erahnt. Er zuckte mit den Schultern. »Es gibt so Tage, da bin ich selten zuhause«, sagte er lakonisch.

Auf der Fahrt zum ›Guitarra y más‹ erklärte er Victoria den konzeptionellen Hintergrund des Themenlokals, das sich in täglichem Wechsel einem anderen lateinamerikanischen Land widmete und den Abend dann gastronomisch sowie musikalisch danach ausrichtete.

»Wobei sie eine recht freie geographische Interpretation zugrundelegen«, lachte Jarne des Zand. »Sicher sein kann man sich im Grunde nur, dass es schmeckt.«

Das hörte sich gut an. Victoria verfolgte erwartungsvoll, wie der Golf immer unbekanntere Straßen passierte, bis die Gebäude schäbiger wurden und Wohnhäuser irgendwann in Industriebebauung übergingen. Diesen Teil des Stadtrands hatte Victoria noch nie betreten.

Als sie schließlich das Fahrzeug abstellten und ausstiegen, war Victoria klar, warum Jarne angeboten hatte, sie abzuholen. Das ›Guitarra y más‹ hätte sie ohne seine Begleitung tatsächlich niemals gefunden.

Sie standen in einem alten Industriegebiet. Die wenigen Betriebe, die hier überlebt hatten, lagen wegen des Feierabends still da. In den allermeisten Gebäuden wurde jedoch längst nichts mehr produziert. Eingeworfene Fensterscheiben, notdürftig vernagelte Türen und nicht ein Backstein in der Fassade, der nicht mit Tags oder Graffiti beschmiert war, zeugten vom Niedergang und Verfall dieser Gegend. Vom ›Guitarra y más‹ keine Spur. Victoria wurde ein bisschen mulmig zumute. Es war noch hell, aber selbst im Tageslicht wirkte dieser Straßenzug nicht sehr anheimelnd. Eine perfekte Kulisse für brennende Ölfässer, um die sich zwielichtige Gestalten versammelten.

Jarne de Zand sah sie prüfend an. »Nicht besonders einladend hier, oder?«

Victoria schüttelte den Kopf. »Nicht wirklich.« Zumal sie mit den schmalen Absätzen ihrer Sandalen eher hilflos über die Straße balancierte. Mit einer Mischung aus Kopfsteinpflaster, einigen Fleckchen Teer und unzähligen Schlaglöchern war der Untergrund nicht für Schuhe geeignet, die nur aus Riemchen und Absatz bestanden. Die Gegend war hoffentlich sicherer, als sie aussah und würde keinen Grund liefern, fluchtartig durch holprige Gassen rennen zu müssen. Nach wenigen Schritten knickte Victoria das erste Mal um, nach weiteren fünf Metern stolperte sie erneut und Jarne de Zand konnte sie gerade noch auffangen.

»Ist es noch weit?« Victoria war besorgt, das Lokal nicht ohne den nächsten peinlichen Zwischenfall zu erreichen. Vor ihrem geistigen Auge sah sie sich bereits auf allen vieren auf dem Boden.

»Nein, gleich hier in den Hof hinein« Jarne wies auf die gegenüberliegende Seite. Ein Torpfosten markierte dort das Ende einer hohen Mauer, hatte aber seine ursprüngliche Funktion schon lange verloren. Ein Tor hielten die rostigen Scharniere seit Ewigkeiten nicht mehr. »Wenn Sie erlauben, unterstütze ich Sie dabei, diesen Parcours zu überwinden.« Er reichte Victoria seinen Arm. Die zögerte kurz, eigentlich war sie zu emanzipiert für die Rolle des hilflosen Fräuleins, das rettungssuchend am Arm des Kavaliers hing. Das letzte Mal, als ihr jemand beim Gehen helfen musste, lag Jahre zurück, und eine unbekannte Menge wirklich guten Rotweins hatte eine nicht unbedeutende Rolle gespielt. Sie wollte gerade seine Hilfe ablehnen, als sie erneut strauchelte und sich soeben noch an seinem dargebotenen Arm festklammern konnte.

»So überschwänglich hätten Sie mein Angebot gar nicht annehmen müssen, ein einfaches Einhaken hätte gereicht«, grinste Jarne de Zand.

Victoria presste die Lippen aufeinander. Sie wollte keine Zicke sein, dennoch konnte sie den Impuls kaum unterdrücken, entnervt aufzustöhnen. Wie hatte sie sich vorhin nur auf diesen Abend freuen können? Musste Jarne wirklich jeden ihrer peinlichen Augenblicke kommentieren, anstatt höflich darüber hinwegzusehen? »Können wir dann weiter?« Sie musterte ihn kühl. »Ich würde es begrüßen, wenn Sie mich nun schnell über

Ihre Erkenntnisse unterrichten würden. Ich habe auch nicht ewig Zeit!«

»Natürlich. Wie Sie wünschen. Sie sind die Auftraggeberin«, entgegnete er unbeeindruckt, ließ aber ihren Arm nicht los, sondern führte sie sicher bis zu einer breiten Tür, hinter der sich eine ehemalige Montagehalle erstreckte. Staunend sah Victoria sich um. So etwas hatte sie hier nicht erwartet. Das weitläufige Industriegebäude war nach dem Auszug der Maschinen nicht wesentlich verändert worden. Unverputzte Ziegelmauern erzeugten einen rauen Charme im Inneren des Gebäudes, dessen Dach von Stahlträgern durchzogen war. Deren rostzerfressene Oberflächen hätten die Vergänglichkeit dieser Industrieanlagen kaum besser zum Ausdruck bringen können. Nur den Boden hatte man aufbereitet. Hier bestand keine Stolpergefahr mehr. Beiläufig entzog Victoria Jarne ihren Arm.

Am Kopf der Halle befand sich eine Bühne, davor ein freier Bereich für tanzwilliges Publikum. Die übrige Fläche wurde eingenommen von einer karibisch anmutenden Bar und vielen Tischen unterschiedlicher Größe. Jarne de Zand führte sie jedoch nicht dorthin, sondern dirigierte sie auf die gegenüberliegende Seite. Erst jetzt fiel Victoria eine weitere Besonderheit des Lokals auf. Durch kleine Torbögen erreichte man Räume, die nebeneinander an der hinteren Längsseite der Halle aufgereiht lagen. Vermutlich waren das früher Büros der Verwaltung oder Lagerräume gewesen. Heute standen hier pro Raum einige Tische. Das Mobiliar war schlicht, die Dekoration rustikal. Aus versteckten Lautsprechern drang gedämpfte lateinamerikanische Musik. Victoria erkannte ein Stück von Maná. Augenblicklich fühlte sie sich in eine mexikanische Cantina versetzt.

»Wie hübsch!«, entfuhr es ihr.

Jarne de Zand sah zufrieden aus. »Freut mich, dass es Ihnen gefällt.«

Kaum hatten sie sich gesetzt, als eine attraktive junge Frau mit eindeutig karibischen Wurzeln an ihren Tisch kam. Sie begrüßte den Ermittler wie einen alten Freund und lächelte Victoria herzlich an. »Hola. Bienvenidos! Ich heiße Livia.«

»Das ist Victoria Stein«, stellte Jarne sie vor.

»Freut mich.« Ihr Lächeln vertiefte sich. »Bier, Wein oder alkoholfrei?«

Jarne de Zand sah zu Victoria. »Rotwein?«, tippte er. Als Victoria nickte, wandte er sich wieder an Livia. »Also Bier, Rotwein und natürlich möchten wir auch essen.«

»Kommt sofort, cariño«, säuselte sie und verschwand. Victoria schmunzelte. Es gab offenbar Frauen, die Jarne de Zand mit seinem Lächeln erfolgreich beeindrucken konnte.

Noch bevor eine Unterhaltung in Gang kam, wurden die Getränke serviert.

»Man duzt sich hier übrigens«, sagte Jarne mit einem Augenzwinkern und sah Victoria mit zur Seite geneigtem Kopf an. »Ich glaube, Livia erteilt jedem Hausverbot, der sich nicht daran hält.« Er hob sein Glas. »Ich bin Jarne. Das hast du vielleicht schon mitbekommen.«

Sie lachte. »Die Hausordnung darf ich natürlich nicht missachten«. Sie stieß schnell über den Tisch hinweg mit ihrem Weinglas an sein Bier. In diesem Augenblick kam das Essen und enthob sie der Entscheidung, ob sie sich gegenseitig einen Kuss auf die Wange hauchen mussten.

»Man isst hier nicht a la carte, sondern das, was die Küche am jeweiligen Abend eben so vorsieht«, erklärte Jarne, als er Victorias fragenden Blick bemerkte. Die Speisen waren fremd, aber köstlich. Victoria erkannte Guacamole, es gab weitere Saucen, sie schmeckte Fisch heraus, Geflügel und Paprika. Die milde Schärfe war genau richtig. Beide aßen mit Appetit, ohne viel zu reden.

»Du fragst ja nicht einmal, was du da genau isst«, stellte Jarne de Zand nach einer Weile fest.

»Du doch auch nicht!«

»Aber ich kenne den Laden hier und weiß, dass alles gut schmeckt, was auf den Tisch gestellt wird.«

»Und ich vertraue dir. Zumindest in diesem Punkt.«

»Sonst nicht?«

Victoria nahm schnell einen großen Bissen von irgendetwas mit Avocado. Auf seine Frage hätte sie keine Antwort gewusst.

Sie genossen das Essen schweigend, bis Jarne vorschlug, später in die Halle hinüberzuwechseln. »Da gibt es gleich Live-Musik.«

»Ich würde lieber erst über die Angelegenheit Mock sprechen«, erinnerte Victoria ihn an den Grund ihrer Verabredung.

»Richtig, da war ja noch was.« Jarne lächelte entspannt. Ob er wirklich vergessen hatte, dass sie nicht zum Privatvergnügen hierher gekommen waren? Es hätte Victoria nicht überrascht. Sie selbst hatte während des Essens auch keinen Gedanken an den beruflichen Hintergrund des Treffens verschwendet. Diese angenehme Auszeit musste nun jedoch ein Ende haben. Auffordernd sah sie ihn an. »Ja, da war noch etwas. Und ich hoffe, ich höre nur gute Neuigkeiten, denn schlechte hatte ich heute schon!« Mit knappen Worten schilderte sie ihm, was Josephine ihr weitergegeben hatte. Als sie ihren Bericht beendet hatte, sah sie in Jarnes Augen, dass seine Informationen auch nicht vielversprechender waren.

»Ich fürchte, meine Entdeckungen werden dich ebenfalls nicht aufheitern.« Der Privatermittler verzog das Gesicht. »Ich mache es kurz: Ich nehme nicht an, dass unser Auftraggeber dir bereits von der Affäre mit seiner Sekretärin erzählt hat?«

Victoria verschluckte sich an ihrem Wein. Nachdem sich der Hustenanfall gelegt hatte, starrte sie Jarne de Zand an. »Das ist ein Scherz, oder?« Sie wartete auf das schelmische Funkeln in seinen Augen, das ihr sagte, er habe sie nur auf den Arm genommen. Der Detektiv wirkte jedoch ganz ernst. Victoria schüttelte den Kopf. »Das ist viel zu klischeehaft, um wahr zu sein! Und liefert leider das älteste Mordmotiv der Welt. Bitte sag mir, dass das erfunden ist!«

Jarne hob ergeben die Hände. »Ich habe ja gesagt, dir würde es nicht gefallen. Aber in der Firma ist es ein offenes Geheimnis. Ich war eigentlich dort, um zu sehen, ob es nicht doch ein Alibi für den fraglichen Abend gibt. Irgendjemand, der den Chef vielleicht zufällig gesehen hat.« Er seufzte. »Ein Alibi fand ich nicht. Dafür eindeutigen Firmentratsch, was diese Affäre mit Nora Fritz angeht. Selbst Benedikt Mocks Schwester scheint davon zu wissen.«

»Du hast mit Beatrice Mock gesprochen?«

»Ich musste ja irgendwie in die Firma kommen.« Jarne nickte. »Sie schien nicht begeistert von meiner Beauftragung zu sein. Ihre Erlaubnis, mich im Betrieb umzuhören, hat sie mir äußerst widerwillig gegeben. Stattdessen hat sie umso bereitwilliger kein gutes Haar an Nora Fritz gelassen, die ihre Fühler recht ungeniert in Richtung des Chefs ausgestreckt haben soll.«

»Dass sie nur widerwillig geholfen hat, wundert mich nicht. Sie hat uns ziemlich deutlich zu verstehen gegeben, wie gleichgültig ihr das Schicksal ihres Bruders ist, solange nur niemand bemerkt, wie egal er ihr ist.«

In diesem Augenblick trat Livia an ihren Tisch. »Was macht ihr beiden denn noch hier hinten? Gleich fängt die Live-Musik an! Los, los, ab mit euch nach vorne! Das wollt ihr doch wohl nicht verpassen!«

Der Detektiv sah Victoria fragend an. Als diese nickte, standen sie auf und gingen in die Halle, die sich zwischenzeitlich deutlich gefüllt hatte. Besucher unterschiedlicher Altersklassen drängten sich vor der Bühne, auch die Tische waren nahezu alle besetzt.

Nachdem sie in einer Ecke noch Platz gefunden hatten, ließ Victoria ihren Blick über die Menschenmenge gleiten. »Ich bin beeindruckt. Ich hätte nicht gedacht, dass sich so viele Leute hierher verirren. Es hängt ja nicht einmal ein Schild draußen! Ich wollte schon fragen, ob das eine Geheimorganisation sei oder warum man sonst so bemüht ist, bloß keinen Hinweis auf die Existenz dieses Ladens zu geben?«

Jarne de Zand lachte. »Ehrlich gesagt sind Livia und Edgar nicht unbedingt Vorzeigegeschäftsleute. Sie stürzen sich ebenso leidenschaftlich wie ungeplant in alles, was sie tun. Ich glaube, sie hatten anfangs sogar ein Schild über der Tür, bis es irgendwann von einem Sturm heruntergerissen wurde und danach hat wohl niemand daran gedacht, es zu ersetzen. Aber du kannst sie ja selbst fragen, da kommt Livia!« Er winkte der karibischen Frau zu, die auf ihren Tisch zusteuerte und sich den noch freien Stuhl nahm.

»So, Feierabend für heute«, sagte sie. »Jetzt kommt nur noch der pure Musikgenuss. Mir ist nach einem Drink. Wie klingt Mojito für dich? Bist du dabei?« Die Frage war an Victoria gerichtet.

Ihr gefiel diese unkomplizierte Art, ebenso wie der Gedanke an einen Mojito. Sie nickte. Schon wirbelte Livia davon, um kurz darauf mit den Getränken wieder zu erscheinen. Sie reichte Victoria ihren Cocktail und Jarne ein alkoholfreies Bier, bevor sie sich neben die beiden setzte, genüsslich an ihrem Mojito nippte und sie dann gespannt ansah. »Jetzt erzählt mal. Woher kennt ihr zwei euch?«

»Wir haben einen gemeinsamen Klienten«, antwortete Jarne.

»Ah, du bist auch Detektivin?«, wandte sich Livia nun an Victoria.

»Nein«, lachte sie, »ich bin Anwältin. Ich brauchte für einen Fall die Hilfe eines Privatermittlers. So bin ich auf Jarne gestoßen.«

Ein ohrenbetäubendes Gitarrensolo, das den Beginn der Live-Musik verkündete, unterbrach für die nächste Stunde jegliche Unterhaltung. Victoria gab sich ganz der Musik und den Mojitos hin. Erst nachdem die Band auch die Zugabe beendet hatte, merkte sie, wie müde sie mittlerweile war. Sie verabschiedeten sich von Livia, dann schlenderten sie zu Jarnes Golf zurück. Victoria registrierte nicht nur wegen der Schlaglöcher dankbar, dass Jarne dicht bei ihr blieb. Sie war froh, als sie das unwirtliche Industriegebiet verlassen hatten.

Nachdem Jarne sie vor ihrem Haus abgesetzt hatte, sah Victoria den Rücklichtern des Golfs lächelnd nach, bevor sie die Haustüre langsam hinter sich schloss.

Kapitel 9

Der nächste Tag begann für Victoria mit einer großen Tasse Kaffee und einer Kopfschmerztablette. Diese Art des Frühstücks hatte sie lange nicht mehr benötigt. Der Rotwein und die darauffolgenden Mojitos hatten Spuren hinterlassen. Aber der Abend war es wert gewesen.

Nachdem sie ausgiebig geduscht hatte, fühlte sie sich lebendiger. Ihr Auto stand noch vor dem Büro. Die frische Luft auf dem Weg zum Bus erledigte hoffentlich den Rest der Kopfschmerzen. Beim Hinausgehen angelte sie einen Smoothie aus dem Kühlschrank. Vitamine halfen angeblich und am Nachmittag musste sie fit sein. Es galt, einige unangenehme Fragen mit ihrem Mandanten zu klären.

Den Vormittag verbrachte Victoria über Akten und mit einem rasch erledigten Gerichtstermin, bevor sie mit gemischten Gefühlen zu Benedikt Mock fuhr.

Die Einlasskontrollen waren inzwischen Routine. Kurz darauf wartete sie in dem betongrauen Anwaltssprechzimmer auf ihren Mandanten, während sie auf die zerkratzte Tischplatte und schrundige Mauern blickte.

Als Benedikt Mock eintrat, fiel ihr sofort auf, dass seine Garderobe nicht mehr der hiesigen Kleiderkammer entstammte. Die Designerjeans sowie das Hemd saßen wie angegossen. Nun wirkte er wie ein erfolgreicher Geschäftsmann, der sich nur versehentlich in dieses graue Zimmer mit dem rheinförmigen Riss in der Wand verirrt hatte. Obwohl er um eine lässige Haltung bemüht war, bemerkte Victoria den erwartungsvollen Ausdruck in seinen Augen.

»Sie sind schneller wieder da, als ich gedacht hatte«, begann er nach der Begrüßung. Seine Stimme zeugte ebenfalls von der Anspannung, unter der er stand. »Ich nehme an, es gibt neue Entwicklungen?«

Victoria tat es fast körperlich weh, diejenige zu sein, die dieses hoffnungsvolle Leuchten gleich erlöschen ließe. Wie gerne würde sie einmal gute Neuigkeiten überbringen. Benedikt Mock erschien mit jedem Tag, den er inhaftiert war, angegriffener. Darüber konnten auch die Designergarderobe und die aufrechte Haltung nicht hinwegtäuschen. Augen und Stimme verrieten ihn.

»Ja, es gibt neue Entwicklungen« Sie schlug einen bewusst sachlichen Ton an. Er sollte nicht merken, wie viele Zweifel die jüngsten Informationen gesät hatten. »Ich fürchte, wir müssen einiges an Aufklärung leisten.« Sie berichtete knapp von den Zeugen, die sein Fahrzeug am Tatabend gesehen haben wollten, von den Geschäftspartnern, die den Termin nicht bestätigten und zuletzt deutete sie – nun recht behutsam – an, was dem Privatermittler im Hinblick auf seine Mitarbeiterin zugetragen worden war. Dabei ließ sie ihren Mandanten nicht aus den Augen.

Benedikt Mock war blass geworden. Der anfangs ungläubige Gesichtsausdruck wich nach und nach einem starren Blick. Am Ende ihres Berichts wirkte er völlig versteinert, sein Mund ein bleistiftdünner Strich.

Victoria beobachtete, wie sich rote Flecken auf der fahlen Haut bildeten. Im unbarmherzigen Licht der Neonröhren leuchteten sie wie Alarmsignale.

Dennoch war sie nicht gewappnet für das, was nun folgte. Ansatzlos donnerte Benedikt Mocks Faust auf die Tischplatte. Er fluchte laut. Als er seinen Blick auf Victoria richtete, zuckte sie zusammen. So stellte sie sich die Augen eines Wahnsinnigen vor. Benedikt Mock holte tief Luft, dann brüllte er sie an: »Ich erwarte von Ihnen, gefälligst meine Unschuld zu beweisen! Mich hier rauszuholen! Und das zügig! Für was habe ich denn eine Anwältin! Ich brauche keinen Privatermittler, der *gegen* mich ermittelt! Was soll dieser Mist? Natürlich war ich auf dem Weg zu einer geschäftlichen Besprechung! Mein Privatleben geht niemanden etwas an und Sie schon gar nicht!«

Schwer atmend setzte er sich wieder auf den Stuhl, von dem er erregt aufgesprungen war.

Victoria beobachtete halb besorgt, halb hoffnungsvoll die Tür. Der Wärter musste diesen Lärm doch mitbekommen haben. Aber draußen blieb alles ruhig. Kurz glaubte sie, ein Gesicht vor der Scheibe zu sehen, die Tür blieb jedoch verschlossen. Vermutlich hatte der Aufseher nur noch die betäubte Stille wahrgenommen, die nach dem Ausbruch über dem Raum lag. Er dachte anscheinend, jede Hilfe käme ohnehin zu spät, oder die Situation hätte sich von selbst beruhigt.

Victoria fühlte sich wie vor den Kopf geschlagen. Sie verstand nicht, was in ihren Mandanten gefahren war, aber eines war klar: Sie sah in diesem Augenblick hinter die Fassade. Dies war keine Maske, sondern der wahre Benedikt Mock, der soeben seine unschöne Seite offenbarte. Unbeherrscht und aufbrausend. Sie fragte sich unvermittelt, ob Toms Darstellung der Tat zutraf. Hatten sich die Eheleute Mock so heftig gestritten, dass Benedikt Mock in einem Anfall von Raserei seine Frau erstochen hatte? Mit einem Mal kam ihr das von Tom entworfene Szenario nicht mehr so abwegig vor. Vor ihren Augen verwandelte er sich von dem unschuldig Inhaftierten, als den sie ihn so gerne sehen wollte, in einen dringend Tatverdächtigen. Verärgert schlug sie die Akte zu, bereit, beim nächsten Wutanfall ihres Mandanten das Sprechzimmer zu verlassen. So konnte sie mit dem Mann ohnehin kein vernünftiges Wort wechseln.

Benedikt Mock atmete inzwischen ruhiger, auch seine Gesichtsfarbe hatte sich normalisiert. Seine Augenbrauen, die er zu einer einzigen langen Linie zusammengezogen hatte, warnten jedoch davor, dem Frieden zu trauen.

»Ich denke, Sie sollten jetzt gehen«, sagte er schließlich mit drohendem Groll in der Stimme. »Ich habe ihnen derzeit nichts zu sagen.«

Brüsk stand er auf und hämmerte gegen die Tür, die augenblicklich von außen geöffnet wurde. Grußlos verließ er den Raum.

Victoria starrte ihm fassungslos hinterher. Ihr war deutlich wohler gewesen, bevor sie den jähzornigen Wesenszug ihres Mandanten kennengelernt hatte.

In der Kanzlei lief sie Marcus in die Arme, der sie prüfend musterte. »Alles klar bei dir? Du siehst ein bisschen blass aus.«

»Nur schlecht geschlafen«, murmelte Victoria und schlüpfte an ihm vorbei in ihr Büro. Sie hatte keine Lust auf ein längeres Gespräch. Ihre Kopfschmerzen vom Vormittag kehrten zurück. Sie wollte eine Schmerztablette und dann in Ruhe darüber nachdenken, was dieser Wutausbruch von Benedikt Mock zu bedeuten hatte.

Marcus, der grundsätzlich die Meinung vertrat, der menschliche Kontakt werde überbewertet, konnte gelegentlich erstaunlich feinfühlig sein. Wenige Minuten später erschien er in ihrem Büro und stellte wortlos eine große Tasse Kaffee vor ihr ab. Victoria hob kurz die Mundwinkel, um ein dankbares Lächeln anzudeuten. Marcus sah sie fragend an, während sie regungslos die kleinen Dampffähnchen beobachtete, die aus dem unberührten Getränk emporstiegen wie Rauchzeichen über der Prärie.

»Dich muntert nicht einmal Kaffee auf? Dann ist die Lage ernst! Was ist passiert?« Marcus setzte sich unaufgefordert auf den Besucherstuhl vor ihrem Schreibtisch. Victoria wusste, er würde nicht locker lassen, bis sie ihm alles erzählt hatte. Also lehnte sie sich ergeben in ihrem Sessel zurück, holte tief Luft, berichtete ihm von den neuen Erkenntnissen in der Mock-Sache und wie verstörend ihr Mandant darauf reagiert hatte.

»Das zieht dich so herunter?«, fragte Marcus und es war ihm anzumerken, wie wenig er dieses Gefühl nachvollziehen konnte.

»Ja, irgendwie schon. Die Realität kollidiert soeben mit meiner Schönen-heile-Welt-Vorstellung meines Falls, in der mein Mandant unschuldig ist und ich auf der guten Seite kämpfe.«

»Aber das hatten wir doch schon!« Marcus' Stimme klang geduldig. »Jeder – das umfasst auch schuldige und unsympathische Menschen – hat das Recht auf eine gute Verteidigung.« Er schaute Victoria so nachsichtig an, als rede er mit einem Kleinkind.

Sie hasste es, wenn er sie so von oben herab behandelte. Und noch mehr hasste sie es, wenn er dabei recht hatte. »Benedikt Mock ist zu glatt und beherrscht, einfach zu viel Fassade, um wirklich sympathisch zu sein.«, sagte sie seufzend. »Aber irgendetwas an ihm hat mich zumindest glauben lassen, dass er unschuldig sein könnte. Nach meinem Gespräch mit dem Staatsanwalt war ich so entschlossen, für meinen Mandanten zu kämpfen und der Gerechtigkeit zum Sieg zu verhelfen. Jetzt fühle ich mich irgendwie betrogen. Um das gute Gefühl gebracht, das Richtige zu tun.« Sie legte die Stirn in Falten. »Ist das zu viel Pathos?«

Marcus nickte. »Irgendwie schon. Es spricht doch nichts dagegen, so weiter zu machen wie bisher. Du kannst ja versuchen, für Mock zu arbeiten, ohne gleichzeitig die Welt retten zu wollen. Soweit ich das sehe, hat er weder dich noch den Ermittler bis jetzt gefeuert. Also mach dir weniger Gedanken, liefere ordentliche Arbeit ab, dann kann dir der Rest egal sein.«

Der gute, pragmatische Marcus. Victoria lächelte zum ersten Mal an diesem Tag. Er schaffte es immer wieder, sie aufzumuntern.

»Apropos Jarne de Zand, den habe ich ja gestern kennengelernt«, wechselte Marcus das Thema. »Scheint nett zu sein. Allerdings hatte ich gedacht, du stehst eher auf den etwas älteren Typus Mann. Reifer. Ernster. In etwa so, wie ein Oberstaatsanwalt vielleicht. Jo deutete da so etwas an...« Übertrieben nachdenklich legte er die Stirn in Falten.

Victoria schnaubte empört. Jo – das alte Klatschweib! Und Marcus stand ihr da offenbar in nichts nach. Erstaunlich für jemanden, der soziale Kontakte größtenteils als lästige Pflicht ansah. Marcus lachte laut auf, als er Victorias entrüstete Miene sah. Aber er hatte es tatsächlich geschafft, ihre letzten trüben Gedanken zu verscheuchen, und nutzte die Gunst des Augenblicks, das bevorstehende Tennisturnier anzusprechen. In ihrer provinziellen Heimatstadt mit den ansonsten rar gesäten gesellschaftlichen Anlässen genoss es einen besonderen Stellenwert, auf dem sich jeder von Rang und Namen traf. Marcus trat mit Josephine schon seit Jahren in der Mixed-Klasse an. Sie erwarteten regelmäßig Victorias zumindest passive Teilnahme an dem Geschehen, und ebenso regelmäßig versuchte diese, dem Spektakel zu entgehen.

Victoria verabscheute die Attitüde des Sehen-und-gesehen-Werdens auf derartigen Events. Sie war gerne bereit, den beiden die Daumen zu drücken, aber bevorzugt aus der Ferne.

Ein Blick in Marcus' Gesicht verriet, dass er keine Ausreden akzeptieren würde. Vor Victorias geistigem Auge stiegen Bilder auf, wie sie angestrengt vor sich hinlächelnd die Kanzlei repräsentierte, während Marcus eine möglichst gute Figur auf dem Tennisplatz abgab. Wie schon in den vergangenen Jahren wäre das Gläschen Champagner in der Hand ihr einziger Begleiter. Sie würde sich zu Tode langweilen.

»Vicky«, begann er, und sie wusste, was nun folgte. »Das wird bestimmt lustig. Ein bisschen moralische Unterstützung für Jo und mich kann nicht schaden. Wenn zudem potentielle Mandanten auf uns aufmerksam werden, ist das doch auch nicht schlecht«, erklärte er geduldig.

»Ich habe nicht einmal einen Begleiter. Ich stehe nur unnütz herum, während ihr Tennis spielt«, unternahm sie noch einen letzten Versuch der Gegenwehr, wohlwissend, dass sie im Grunde bereits verloren hatte, sobald er diesen väterlichen Unterton anschlug.

»Dafür finden wir schon eine Lösung«, erwiderte Marcus lächelnd, erhob sich und verließ das Büro.

Manchmal konnte sie ihn wirklich nicht leiden.

Kapitel 10

Einige Tage später rief Jo bei Victoria an. Wie es ihre Art war, kam sie sogleich zur Sache. »Hast du mit Marcus wegen des Tennisturniers gesprochen?«

»Ja, vor allem darüber, dass ich nicht mitkommen will!«

»Aber Liebes.« Zuweilen traf sie genau den gleichen Tonfall wie Marcus. »Du weißt doch, dass du unser Glücksbringer bist!«

Victoria musste grinsen. Das war neu – offenbar ein überarbeitetes Konzept des Überredens.

»Jo, ich will da nicht hin!« Als Victoria merkte, wie weinerlich ihre Stimme klang, versuchte sie es sachlicher: »Ich fühle mich in diesen Kreisen nicht wohl, ich mag die Art dieser Leute einfach nicht. Verlangt nicht von mir, dass ich den ganzen Tag dort verbringe.«

Jo seufzte. »War es in den vergangenen Jahren wirklich so schlimm?«

»Allein dort herumzustehen, ist kein Spaß. Du hast wenigstens Marcus, an den du dich halten kannst!«

»Ja, von wegen! Der bringt seine neue Freundin Lillesol mit.«

»Ach!« Victoria horchte auf. Jetzt wurde die Sache natürlich doch interessant. »Kennst du sie schon?«

»Nein, ich weiß nur, dass sie eine schwedische Mutter hat, deshalb auch der Name. Samstag wäre eine hervorragende Gelegenheit, sie etwas unter die Lupe zu nehmen.«

Victoria grinste über den sanften, lockenden Tonfall in der Stimme ihrer Freundin. Sie hätte sich vermutlich gut als eine der Sirenen in der Odyssee gemacht. Dabei musste sie nicht mehr überzeugt werden, ihre Neugier hatte längst gesiegt.

»Gut, überredet. Ich komme schon etwas früher. Dann spielen Lillesol und ich eure Maskottchen, dafür rockt ihr gefälligst das Turnier!«

»Abgemacht«, lachte Jo, »ich hole dich Samstag um zehn Uhr ab, so muss keine von uns beiden allein auftauchen.«

Als sie sagte, sie käme etwas eher, hatte Victoria zwar nicht an so früh morgens gedacht, aber da ihre hartnäckige Freundin sich ohnehin durchsetzen würde, konnte sie genauso gut sofort kapitulieren.

Um Punkt zehn Uhr öffnete Victoria die Wohnungstür für Josephine, die energiegeladen hereinstürmte und wie immer großartig aussah. Ihr eindeutig neues Tenniskleid unterstrich ihre sportliche Figur.

»Hast du es so eilig, auf den Platz zu kommen, dass du schon in Tennisbekleidung hier auftauchst?«, stichelte Victoria statt einer Begrüßung. Niemand konnte von ihr verlangen, an einem Samstagvormittag um zehn Uhr nicht nur wach, sondern auch gut gelaunt zu sein.

»Noch keinen zweiten Kaffee gehabt?«, erwiderte Jo grinsend. Sie kannte Victorias Morgenmuffeligkeit. »Ich habe mich diesmal zu Hause umgezogen, weil es in der Umkleide vor Turnierbeginn immer so eng ist. Heute Nachmittag wird es in der Kabine leerer sein, nachdem die ganzen Champagner schlabbernden Damen schon in der Vorrunde rausgeflogen sind.«

»Du bist ja ziemlich siegesgewiss!«

»Zweifelst du etwa an uns? Du bist ja ein schönes Maskottchen!«

»Ich bewundere nur deine Bescheidenheit!«

An Selbstbewusstsein hatte es Victorias bester Freundin noch nie gefehlt. Aber warum auch – in aller Regel erreichte sie, was sie sich vornahm. Zum Glück schlug ihr Selbstbewusstsein nicht in

Arroganz um. Auch jetzt verriet ihr Schmunzeln, dass sie es nicht ganz ernst gemeint hatte. Als Vorjahressiegerin durfte sie sich trotzdem eine gewisse Hoffnung auf die Titelverteidigung machen.

Marcus empfing sie am Eingang, als Jo und Victoria das Gelände des Tennisvereins erreichten.

»Hallo.« Er hauchte beiden ein Küsschen links und rechts an der Wange vorbei. Victoria schmunzelte. Im Büro durfte sie sich glücklich schätzen, wenn er sie überhaupt begrüßte. Marcus deutete auf einen Bereich, wo sich Pavillons und Zelte um einen Platz gruppierten, in dessen Mitte sich Dutzende Stehtische aneinanderreihten. »Lasst uns ruhig schon durchgehen. Lil schafft es leider nicht pünktlich. Sie wird später nachkommen.«

Victoria verzog das Gesicht. Nun musste sie doch einsam am Rand warten, während ihre Freunde Tennis spielten.

Marcus schob sie durch die Menschenmenge, die sich so früh am Tag bereits dicht gedrängt vor den Getränkeständen versammelt hatte. An einem freien Tisch blieben sie stehen. Victoria überlegte gerade, ob es hier wohl irgendwo Kaffee gab, als ein sportlich gebauter Mann zu ihnen herüberschlenderte. Seine ausgeprägten Geheimratsecken verrieten, dass er nicht mehr ganz so jugendlich war, wie er sich gab. Victoria schätzte ihn auf Ende vierzig, auch wenn die unnatürlich gebräunte Haut ebenso wie seine Kleidung darauf hindeutete, dass er jünger erscheinen wollte. Schlecht sah er auf seine Weise nicht aus, aber Victoria mochte seine betonte Juvenilität nicht.

»Hi Alex!«, begrüßte Marcus den sich Nähernden, »spielst du heute auch?«

»Hallo zusammen«, grüßte Alex in die Runde. »Nein, meine Doppelpartnerin fällt überraschend aus, deshalb bin ich nur als Zuschauer hier.« Während er Marcus' Frage beantwortete, drehte er sich bereits mit einem Lächeln, das eine Reihe blendend weißer Zähne sehen ließ, zu Victoria. »Was ist mit Ihnen, spielen Sie gleich mit?«

»Nein, ich bin nur zur moralischen Unterstützung herbeizitiert worden.« Victoria streckte ihm die Hand hin. »Ich bin Victoria. Ich glaube, wir kennen uns noch nicht.«

»Angenehm. Ich bin Alex, ein alter Freund von Marcus. Wobei ›alt‹ natürlich nicht wörtlich zu verstehen ist.«

Während er ihre Hand ergriff, die er einen Augenblick zu lange festhielt, lachte er gekünstelt. Victoria wäre am liebsten an einen anderen Tisch geflüchtet. Aus Jos Gesichtsausdruck las sie, dass es ihr ähnlich ging. Alex hatte Jo nur kurz zugenickt, ignorierte sie aber ansonsten. Entweder wusste er bereits, dass er bei Jo nicht landen konnte oder die unmissverständliche Ablehnung in Josephines Miene schreckte ihn ab. Victoria warf ihrer Freundin einen vielsagenden Blick zu. Wo hatte Marcus den bloß aufgetrieben? Und viel wichtiger: Wie wurden sie ihn elegant wieder los? Alex wirkte nicht so, als wolle er sich schnell verabschieden. Vielmehr begann er mit Marcus ein Gespräch über die zu erwartenden Duelle des heutigen Tages.

Da Marcus es meisterhaft beherrschte, auch den allergrößten Deppen mit einer Höflichkeit zu behandeln, die nicht erkennen ließ, wie er wirklich über sein Gegenüber dachte, vermochte Victoria nicht zu sagen, ob ihr Sozius Alex mochte oder nicht. Die Art, wie er eine Gesprächspause dazu nutzte, eilig darauf hinzuweisen, dass sie sich noch in die Starterliste eintragen müssten, um dann mit der verdutzten Jo im Schlepptau in Richtung Turnierorganisation davonzustreben, ließ erahnen, dass auch Marcus nicht der allerengste Freund von Alex war. Vermutlich hätte er ihn sonst auch irgendwann schon einmal erwähnt.

Nachdem Marcus und Jo sie im Stich gelassen hatten, stand Victoria mit Alex allein da, zu allem Überfluss ohne ihrerseits eine plausible Entschuldigung für ein plötzliches Verschwinden zu haben. Notgedrungen spielte sie die aufmerksame Zuhörerin, als er ihr erklärte, wer hier gleich zu den Matches antreten würde. Dadurch erfuhr sie einiges über das Who-is-Who des örtlichen Tennisvereins, welches größtenteils mit der hiesigen Lokalprominenz gleichzusetzen war. Hätte sie auch nur ein paar dieser Leute näher gekannt, wäre sie sicherlich interessierter gewesen, denn ihr Gesprächspartner schien über Alles und Jeden Bescheid zu wissen.

Während der Redefluss dieser männlichen Variante eines Klatschweibs an ihr vorbeiplätscherte, wanderte Victorias Blick über die High Society ihrer Stadt. Die Mehrheit sagte ihr erwartungsgemäß nichts. Einige trugen die Tenniskleidung der Turnierteilnehmer, doch die meisten balancierten zwischen ihren manikürten Fingern dünnstielige Champagnergläser und wirkten nicht so, als würden sie diese heute noch gegen den Tennisschläger eintauschen.

Plötzlich erregte etwas im Plauderschwall an Victorias Seite ihr Interesse – der Name Mock war gefallen.

Als Alex ihre gespannte Aufmerksamkeit bemerkte, warf er sich in die Brust. »Ja, beim Namen Mock merken derzeit alle auf, nicht wahr?«, plapperte er weiter. »Das ist aber auch eine schlimme Geschichte!« Wichtigtuerisch beugte er sich zu Victoria herüber. »Unter uns, also die Ehe war ja länger schon nicht die beste. Seit das mit dem Kind passiert ist, hatten die sich nicht mehr viel zu sagen, das ist ja auch kein Wunder.« Seine Stimme wurde verschwörerisch. »Wenn dann noch die finanziellen Sorgen hinzukommen! Das war allerdings vorherzusehen. Er hat den Betrieb ja sehr schleifen lassen. Na ja, das kann man ja verstehen, wenn er in Gedanken nur bei dem Kind ist. Ach, was ist das alles tragisch!« Theatralisch legte er die Stirn in Falten und schüttelte betont betroffen den Kopf. »Gut, dass der alte Mock das alles nicht mehr mitbekommt. Der sitzt gemütlich in seinem Pflegeheim und muss nicht mit ansehen, wie die Firma, die er groß gemacht hat, nun vor die Hunde geht. Und die Familie gleich mit!« Ein Seufzen folgte. Diesmal ohne Kopfschütteln, dafür mit tieferen Sorgenfalten.

Victoria schwirrte der Kopf von all den Neuigkeiten, freute sich jedoch über die unerwartete Möglichkeit, Hintergrundinformationen über die Familie zu sammeln. Mit einem koketten Augenaufschlag lächelte sie Alex an. »Sie kennen die Mocks ja gut. Ein Kind hatten die beiden? Und sie haben finanzielle Sorgen?« Sie legte einen Hauch von Bewunderung und auch Aufforderung in ihre Stimme, gespannt auf weitere Details aus dem Hause Mock, aber sie wurde enttäuscht. Der Mann, der soeben noch bereitwillig geplaudert hatte, schaute sie unbehaglich an. »Oh, so gut kenne ich die Familie gar nicht«, wich er aus. »Wenn man mit so vielen wichtigen Leuten verkehrt wie ich, dann schnappt man hier und da etwas auf. Mehr als ich Ihnen erzählt habe, weiß ich auch nicht. Von den Mocks kenne ich vor allem Beatrice, sie ist eine Freundin meiner Ex-Frau.« Daraufhin ließ er sich endlos über die Freundinnen seiner Ex-Frau und andere Bekannte aus und es gelang Victoria nicht, die Sprache noch einmal auf die Mocks zu bringen. Entweder wusste er wirklich nicht mehr, oder wollte es nicht preisgeben.

Als Victoria den Eindruck hatte, diesen Strom der nun abermals an ihr vorbeirauschenden Unwichtigkeiten nicht eine Sekunde länger ertragen zu können, tauchten Jo und Marcus wieder auf. Sie waren in Begleitung einer auffallend schönen Frau: blond, schlank, groß, strahlendes Lächeln. Das konnte nur Lillesol sein. Nachdem Marcus sie miteinander bekannt gemacht hatte, war Victoria für Alex schlagartig uninteressant geworden.

Bei anderen Männern hätte sie diese Unhöflichkeit möglicherweise geärgert, jetzt war sie erleichtert. Ihr brummte der Kopf von zu viel Sonne, zu viel Geplauder und zu vielen Informationen. Sie wollte sich nur noch zurückziehen, irgendwo in den Schatten, mit einem kühlen Getränk. Und Stille. Die benötigte sie am dringendsten.

Also wünschte Victoria Jo und Marcus Glück für das erste Match, und machte sich auf den Weg zum Getränkestand. Wenig später saß sie mit einer Cola an einem schattigen Tisch am äußeren Ende der Terrasse. Ihre Gedanken kehrten zu dem soeben Gehörten zurück. Was Alex über die Mocks gesagt hatte, war aufschlussreich. Er hatte bestätigt, dass die Mocks keine Bilderbuchehe geführt hatten. Ob die Sache mit dem Kind für den Fall relevant war? Sie musste diesen Punkt jedenfalls im Auge behalten.

Die Andeutungen über die finanziellen Probleme beunruhigten Victoria von all den Neuigkeiten am meisten – nicht nur, weil Wohl und Wehe ihres Sparschweins davon abhing, ob die Mocks es fütterten. Darüber hinaus war Geld erfahrungsgemäß immer eine Triebfeder für kriminelle Aktivitäten. Je größer die Geldsorgen, desto eher waren die Menschen in ihrer Verzweiflung bereit, Risiken einzugehen. Der dubiose Geldkoffer kam Victoria wieder in den Sinn.

Sie musste die neuen Informationen unbedingt Jarne mitteilen. Ob er es als übergriffig empfinden würde, wenn sie ihn am Wochenende deswegen anrief? Vermutlich saß er bei diesem herrlichen Wetter ohnehin auf irgendeinem Boot ohne Handyempfang und genoss die letzten Sonnenstrahlen vor dem Tiefdruckgebiet, das der Wetterbericht bereits für den Wochenbeginn angedroht hatte.

Victoria ließ ihren Blick über die Gästeschar gleiten. Sie entdeckte Lil und Alex in einiger Entfernung an einem Stehtisch.

Beide unterhielten sich angeregt und nippten gelegentlich an ihrem Weißwein. Sie fühlte sich plötzlich wie das fünfte Rad am Wagen. Eine Durchsage erlöste sie – die erste Turnierrunde begann in Kürze. Es war an der Zeit, sich allmählich unter die Menschen zu mischen, die sich in Richtung der Tennisplätze bewegten. Also erhob sie sich und folgte dem breiten Kiesweg, der durch eine gepflegte Grünanlage führte, entlang von ausladenden Blumenrabatten und blühenden Büschen. Nur die Maschendrahtzäune der einzelnen Courts, die sich zwischen dem üppigen Grün in die Höhe streckten, erinnerten den Besucher daran, sich nicht in einem Park zu befinden.

Mit einem Mal nahm Victoria aus dem Augenwinkel eine Bewegung wahr, jemand winkte in ihre Richtung. Zu ihrer Überraschung erkannte sie Tom, der auf sie zusteuerte. Ohne Anzug und Krawatte wirkte er jünger und lässiger. Zu einer Leinenhose trug er ein sportliches Hemd. Victorias Miene hellte sich auf, endlich ein bekanntes Gesicht. Sie blieb stehen und wartete, bis er zu ihr aufschloss.

»Hallo.« Sie fragte sich, ob ihr Lächeln etwas zu strahlend war. Immerhin hatte er sich seit dem gemeinsamen Kaffee nicht mehr bei ihr gemeldet. »Was machst du denn hier? Spielst du auch Tennis?«

»Das kommt darauf an.« Er lächelte mindestens ebenso erfreut zurück.

»Aha, die Lieblingsantwort des Juristen. Worauf kommt es denn an?«

»Ob deine Frage genereller Natur war, oder ob sie sich auf meine Turnierteilnahme bezog. Mit welcher Info kann ich dienen?« Er verbeugte sich leicht und zwinkerte ihr zu.

»Wie wäre es mit umfassend?«

»Wie gnä' Frau wünschen. Also, ich bin Vereinsmitglied, spiele auch gelegentlich Tennis, aber nehme – wie in den vergangenen zwei Jahren – nicht am Turnier teil. Heute bin ich hier, weil Jo mich als Glücksbringer herbeordert hat.« Er verzog das Gesicht zu einem schiefen Grinsen. »Sie hat mir glaubhaft versichert, nie wieder ein Wort mit mir zu wechseln, wenn sie aufgrund meiner Abwesenheit verlieren würde. Da wir bekanntlich zusammenarbeiten, konnte ich den Betriebsfrieden nicht riskieren und bin folgsam erschienen.« Er musterte sie. »Da du keine Tenniskleidung trägst, gehe ich davon aus, dass du ebenso wenig teilnimmst. Ich nehme also an, du bist auch wegen Jo hier?«

Victoria nickte. »Außerdem ist mein Kollege Marcus Jos Doppelpartner. Ich wurde zwar von den beiden nicht direkt bedroht, aber hatte ebenfalls keine reelle Chance, zu widersprechen.« Sie lachte. »Mag sein, dass auch bei mir ein gewisser moralischer Druck mit dem Wort ›Glücksbringer‹ aufgebaut wurde.«

»Na, dann lass uns unseren Pflichten als Glücksbringer mal nachkommen.« Mit diesen Worten reichte Tom ihr galant den Arm.

Sie hakte sich unter und zusammen steuerten sie auf den Court zu, auf dem Jo und Marcus gleich ihr Match austragen würden. Ihre beiden Freunde saßen unter einem Sonnenschirm am Rand und warteten darauf, dass es losging.

Jo richtete ihre Augen auf die Zuschauer. Sie winkte zu ihnen herüber und grinste zufrieden, als sie sah, wie beide nebeneinander Platz nahmen. Victoria nahm sich vor, ein ernstes Wörtchen mit ihrer Freundin zu reden. Dennoch war ihr Toms Anwesenheit durchaus recht. Lil war noch immer nicht aufgetaucht und ohne Tom hätte Victoria ziemlich verloren herumgesessen.

Der Staatsanwalt verfügte über eine hervorragende Beobachtungsgabe. Pointiert ließ er sich über den einen oder anderen Gast aus. Mit ihm verging die Zeit viel schneller, als Victoria vor dem Turnier befürchtet hatte. In der Pause am frühen Nachmittag blieb Tom wie selbstverständlich an Victorias Seite, während sie gemeinsam mit den übrigen Zuschauern in Richtung der Imbiss- und Getränkestände aufbrachen. Sie fanden einen unbesetzten Tisch am Rande des Geschehens. Kurz darauf erschienen Jo und Marcus frisch geduscht auf der Terrasse. Victoria winkte beiden, sich dazu zu setzen und Jo drängte sich zu ihnen durch. Erschöpft ließ sie sich auf einen der Stühle fallen. »Ist das warm heute«, stöhnte sie. »Ich brauche dringend ein großes Mineralwasser.«

Tom stand auf. »Ich hole uns Getränke. Wo ist dein Kollege? Soll ich für ihn auch etwas mitbringen?«

Victoria sah sich um und entdeckte Marcus am Tisch von Lil und Alex. Hatten sich die beiden ernsthaft die ganze Zeit über dort aufgehalten?

»Ich denke, wir bleiben unter uns«, grinste Victoria, die amüsiert beobachtete, wie Marcus sich beiläufig zwischen Lil und Alex drängte, während er lässig einen Arm um seine Freundin legte. Platzhirschgebaren. Das versprach, interessant zu werden.

Tom hatte sich inzwischen in die Schlange am Getränkestand eingereiht und Jo nutzte die Gelegenheit, sich verschwörerisch zu Victoria hinüberzubeugen.

»Na, hast du Tom auf dem Gelände getroffen?«. Sie grinste. »Zufälle gibt es«.

»Zufälle? Ja, soll es geben.« Victoria bemühte sich um ein strenges Gesicht. »Es ist nur: Mich deucht, dies war keiner.«

Jo sah sie aus riesigen babyblauen Augen an. »Wäre das denn so schlimm? Du warst es doch, die hier nicht allein herumstehen wollte.«

Tom, der zu ihrem Tisch zurückkehrte, ersparte ihr eine Antwort. Auch Marcus näherte sich mit Lillesol an der Hand.

Zum Glück ohne Alex. Lil stieß einen erleichterten Seufzer aus, als sie sich zwischen Victoria und Marcus quetschte. »Du hast es ganz richtig gemacht, dich zu verdrücken«, sagte sie zu Victoria und verdrehte die Augen. »Den wird man ja gar nicht mehr los.«

Offensichtlich hatte sie damit die passenden Worte gefunden, denn Marcus' Gesichtsausdruck wirkte sofort weniger verkniffen.

Als sie nach der Pause gemeinsam in Richtung der Tennisplätze aufbrachen, legte Tom seinen Arm um Victorias Hüfte, um sie durch die noch immer den Getränkestand umlagernde Menschenmenge zu dirigieren. Eine Berührung, die ein leichtes Kribbeln in Victorias Bauch, sowie ein breites Grinsen im Gesicht ihrer besten Freundin auslöste.

Obwohl Jo und Marcus das Halbfinale knapp verloren, ließen sie anschließend den Tag in bester Laune auf der Terrasse des Tennisvereins ausklingen. Victoria musste zugeben, dass der Besuch des Turniers doch nicht so übel gewesen war. Nicht nur, wegen der neuen Informationen zu ihrem Fall.

Kapitel 11

Der Wetterbericht behielt recht und die Woche begann mit dem in diesem Sommer anscheinend unvermeidbaren Nieselregen. Victoria starrte abwechselnd auf ihren Kaffee, den Telefonhörer und den Aktenstapel. Sie hatte am Sonntag versucht, Jarne zu erreichen, allerdings antwortete, nicht unerwartet, nur die Mailbox.

Ihre Hand bewegte sich in Richtung des Telefons, verharrte jedoch auf dem Weg, wie ein Falke im Spähflug über einer Wiese. Sollte sie Jarne wirklich abermals anrufen? Sie wusste aus eigener Erfahrung, wie anstrengend Auftraggeber waren, die sich ständig meldeten, und sie wollte auf keinen Fall lästig werden.

Am Sonntag waren Victorias Gedanken immer wieder um die Angelegenheit Mock gekreist. Am Ende war sie von der Erkenntnis selbst überrascht, wie sehr die Sache sie gepackt hatte, obschon sich alles andere als ein Happy-End abzeichnete. Sie hatte endlos die Fakten in ihrem Kopf bewegt, verschoben und neu sortiert. Sie konnte die Augen nicht vor den Tatsachen verschließen – das aufbrausende Verhalten sowie die neuen Informationen warfen kein gutes Licht auf Benedikt Mock. Trotzdem musste sie dranbleiben, auch wenn unangenehme Wahrheiten an die Oberfläche gespült würden.

Das Läuten des Telefons riss sie aus ihren Gedanken. Jarnes Nummer war auf dem Display. Als hätte er gespürt, wie dringend sie in diesem Augenblick mit ihm reden wollte.

»Ich habe gerade deine Nachricht auf der Mailbox abgehört. Was gibt es denn?«, kam er gleich auf den Punkt und hörte aufmerksam zu, während Victoria ihm von Alex und seinem Tratsch erzählte.

Danach herrschte einen Moment Stille in der Leitung. »Interessant«, sagte Jarne schließlich. »Geld ist immer ein starkes Motiv, vor allem wenn die Pleite droht. Wäre vielleicht einen Versuch wert, mit dem Großvater zu reden. Wenn wir Glück haben, ist er geistig noch einigermaßen fit und kann uns die eine oder andere Information über die Ehe der Mocks und die wirtschaftliche Lage der Firma geben. Ich höre mich mal um, wo Mock senior untergebracht ist. Ich melde mich dann, bis später!«

Bereits am nächsten Tag waren Victoria und Jarne auf dem Weg zur Seniorenresidenz Waldesruh. Jarne hatte nicht nur rasch herausgefunden, wo Gustav Mock lebte, sondern auch schon einen Besuchstermin vereinbart und Victoria war kurzentschlossen mitgefahren.

Das Anwesen lag einige Kilometer außerhalb der Stadt. Als sie sich der Einrichtung näherten, staunte Victoria, wie groß der Komplex war. Er bestand aus einem eleganten Haupthaus mit mehreren Flügeln sowie weiteren Nebengebäuden, eingebettet in eine gepflegte Grünanlage. Der namensgebende Wald zog sich wie ein grünes Band über die Anhöhe im Hintergrund dieser Drehbuchkulisse.

Jarne dachte wohl das Gleiche. »Würde mich nicht wundern, auf ein Kamerateam zu stoßen, das hier eine ZDF-Vorabendserie dreht«, grinste er.

Statt eines Regisseurs trat eine Pflegerin aus einer Seitentür, als sie die Eingangshalle des Haupthauses betraten. Schwester Martina, wie ihr Namensschild in geschwungenen Buchstaben verriet.

»Zu Gustav Mock wollen Sie?«, sagte sie, als Jarne ihr Anliegen vorgetragen hatte. »Dann sind Sie bestimmt Victoria Stein und Jarne de Zand? Wir haben gestern miteinander telefoniert.« Sie strahlte Jarne an. »Das ist nett, dass Sie Ihren Großonkel besuchen. Er bekommt hier draußen so selten Besuch«, plauderte sie weiter und schritt voraus, ohne eine Antwort abzuwarten. Auch im Inneren strahlte das Gebäude eine gediegene Eleganz aus. Nachdem sie mehrfach abgebogen waren, hielt Martina vor einer Tür.

»Hier ist es, hier wohnt Ihr Großonkel.« Sie klopfte energisch an die Tür. »Er ist ein bisschen schwerhörig, wissen Sie.« Mit diesen Worten öffnete sie die Tür und rief in den Raum: »Herr Mock, hier ist Besuch für Sie!«

Sie wartete seine Reaktion nicht ab, sondern trat zur Seite, um den Durchgang für Victoria und Jarne freizugeben.

»Finden Sie nachher selbst hinaus? Ich lasse Sie dann allein.« Schon entschwand sie mit raschen Schritten und Victoria fragte sich, ob die Pflegerin jemals eine Antwort erwartete.

Victoria schaute Jarne an. »Großonkel, ja?«

Er zuckte mit den Schultern. »Hat doch geklappt!« Dann schob er sie in den Raum und schloss die Tür hinter ihnen.

Gustav Mocks Zimmer war geräumig. Die freundlichen Farben der Wände und Vorhänge sowie helle Möbel verhinderten den Eindruck eines Pflegeheims. Lediglich das Bett erinnerte an ein Krankenhausmöbel. Dies war sicherlich kein Heim für Kassenpatienten, sondern ein Ort, an dem sich gut betuchte Senioren in ihren letzten Jahren wohlfühlen konnten.

In dem Raum war allerdings wenig Persönliches zu entdecken. Victoria hatte immer gedacht, Menschen ab einem gewissen Alter neigten dazu, ihren gesamten Familienstammbaum in gerahmter Form an die Wand zu hängen. Hier sah sie weder Andenken an seinen verstorbenen Sohn, noch Bilder von Benedikt oder Beatrice Mock. Vielleicht war Mock senior einfach weitaus weniger sentimental, als sie das von alten Menschen angenommen hatte – womöglich steckte aber auch mehr hinter dem fehlenden

Familiensinn. Der eigentümliche Gesichtsausdruck ihres Mandanten fiel ihr ein, als sie ihm gegenüber seine Schwester erwähnt hatte. Nun kam die Aussage der Pflegerin hinzu, Gustav Mock erhalte so selten Besuch. Das sprach wirklich nicht für einen engen Familienzusammenhalt.

Gustav Mock hatte sich bei ihrem Eintreten in seinem Rollstuhl herumgedreht. Er schaute sie wortlos an – oder durch sie hindurch. Es ließ sich schlecht sagen, ob er seine Besucher wahrnahm, denn sein Gesichtsausdruck zeigte keinerlei Regung. In Victoria meldeten sich erste Bedenken, ob sie den Weg hier heraus umsonst auf sich genommen hatten.

Jarne hingegen schien von derartigen Zweifeln weit entfernt zu sein. Er benahm sich so unbefangen, als sei er tatsächlich der Großneffe des alten Herrn und sein Besuch eine regelmäßige Routine. Wie selbstverständlich ging er auf Gustav Mock zu, zog sich einen Stuhl heran und setzte sich dem Mann gegenüber.

»Guten Tag, Herr Mock«, grüßte er lächelnd. Offen, vertrauenserweckend und überaus einnehmend.

Victoria ahnte, wie Jarne Informationen aus Menschen herauskitzelte, noch bevor diese überhaupt realisierten, von ihm befragt zu werden. Einem solchen Gesicht wollte man sich offenbaren.

»Mein Name ist Jarne de Zand und meine Begleiterin ist Victoria Stein. Wir arbeiten für Ihre Enkel.« Er hielt inne und wartete auf eine Reaktion.

Lange Augenblicke geschah nichts. Irgendwo am Ende des Ganges fiel eine Tür hart ins Schloss, darüber hinaus war es unnatürlich still für ein Gebäude, in dem sich sicherlich weit über hundert Menschen aufhielten. Als sie bereits dachte, Jarne sei nicht zu Gustav Mock durchgedrungen, hob der alte Mann den Kopf und sah Victoria an. Sein Blick war überraschend klar.

»Wollen Sie die ganze Zeit stehen bleiben?« Ungehalten wies er auf einen weiteren Stuhl und sie nahm folgsam Platz.

Gustav Mock mochte alt sein, seine Stimme klang heiser und etwas knarzig. Dennoch ähnelten sich Großvater und Enkel in ihrer selbstsicheren Art, zu reden. Auch der ältere Mock war ein Mann, der es zweifellos gewohnt war, Anweisungen zu geben – und der erwartete, dass sie befolgt wurden. Als Victoria sich setzte, lächelte er zufrieden. Victoria wäre nicht erstaunt gewesen, wenn er so etwas wie »braves Mädchen« gesagt hätte. Er beschränkte sich allerdings auf ein wohlwollendes Nicken und wandte sich wieder Jarne zu. »Was arbeiten Sie denn für meine Enkel? Wieso sprechen Sie von ihnen in der Mehrzahl?«

Der Plural war ihm aufgefallen. Sein Verstand arbeitete trotz des hohen Alters noch präzise. »Sie werden ja wohl kaum für beide arbeiten?«, hakte er nach.

»Warum? Wäre das so ungewöhnlich?«, warf Victoria ein und biss sich sofort auf die Lippe, als sie ein tadelnder Blick Gustav Mocks traf. Er fand es offenbar ungehörig für eine Frau, derartig ein Männergespräch zu unterbrechen. Victoria wusste nicht, ob sie sich über dieses überkommene Frauenbild ärgern oder amüsieren sollte. Er beantwortete die Frage trotzdem – allerdings an Jarne gerichtet.

»Nun«, begann er, und war höflich genug, seinen Blick auch in Victorias Richtung gleiten zu lassen, »meine Familie neigt dazu, in nicht allzu großer Harmonie zu leben. Zu viel Unglück hat uns heimgesucht und Unfrieden hinterlassen.« Mit Wehmut in den Augen drehte der Mann seinen Kopf weg und starrte ins Leere.

Victoria wurde ungeduldig. Sie wollte mehr als diese kryptischen Andeutungen wissen, machte aber nicht noch einmal den Fehler, zu vorlaut aufzutreten. Als Gustav Mock nicht von sich aus weitersprach, nahm Jarne den Gesprächsfaden auf. Mit einer Behutsamkeit, die nicht zu seiner sonst so direkten Art passte, bat er den alten Mann um weitere Details, da jede Information womöglich seinem Enkel helfen konnte.

»Wobei helfen?« Gustav Mock wirkte alarmiert. »Was ist passiert? Weshalb sind Sie überhaupt hier?«

Victoria überließ es Jarne, die Hintergründe des Besuches zu umreißen. Ihre Anwesenheit kratzte ohnehin bereits an den Grenzen der beruflichen Schweigepflicht, die wollte sie nicht gänzlich überschreiten. Sie ließ den Großvater ihres Mandanten jedoch nicht aus den Augen und es entging ihr nicht, wie seine Augenbrauen in die Höhe schossen, als Jarne an den Punkt der Schilderung gelangte, an dem Beatrice die Anwältin zu Benedikt schickte.

Nachdem Jarne seinen Bericht beendet hatte, legte sich Stille über den Raum. Gustav Mock sah bestürzt aus. Allerdings keineswegs überrascht, wie Victoria verwundert registrierte. Schließlich räusperte er sich. Seine Stimme klang belegt, als er mehr zu sich selbst sprach: »Getötet hat er sie also. Dass es so schlimm um die Ehe steht, hätte ich nicht gedacht.« Dann verfiel er wieder in Schweigen.

Jarne sah den Mann ruhig an. Er drängte ihn nicht, aber schaffte es, in seine offene und zugleich fragende Miene etwas Aufforderndes zu legen. Er gab Gustav Mock einen Moment Zeit, sich zu sammeln, bevor er weitersprach.

»Wir möchten ihrem Enkel helfen. Er beteuert seine Unschuld. Ich hatte jedoch gerade den Eindruck, es erstaunt Sie nicht, dass Ihr Enkelsohn beschuldigt wird, seine Frau ermordet zu haben.« Jarne war es also auch aufgefallen.

Diesmal mussten sie nicht lange auf eine Antwort warten. Es folgte prompt ein verächtliches Schnauben. Mit einer für sein Alter plötzlich bemerkenswert festen und lauten Stimme polterte Gustav Mock los: »Dieser Taugenichts! Unschuldig will der sein?

Pah!« Er schlug mit der flachen Hand auf die Armlehne seines Rollstuhls, dass es knallte. »Unschuldig war der schon als Kind nicht mehr! Solange ich mich zurückerinnern kann, hat er keine Gelegenheit ausgelassen, zu lügen und zu betrügen! Wenn ich jemandem zutraue, seine Frau umzubringen, sobald er sich auch nur den geringsten Vorteil davon erhofft, dann ist es Benedikt.« Er schüttelte den Kopf. Seine Stimme wurde brüchig und leiser. »Jawohl. So traurig es ist, das von der eigenen Familie zu sagen. Mein eigener Enkelsohn ist ein Lump! Als ich das Unternehmen gründete, stand unser Name für Anstand und Rechtschaffenheit. Und schauen Sie sich an, wie wir heute dastehen. Alles, was ich aufgebaut habe, ist hin, weil dieser Taugenichts lieber Geld ausgibt, als es zu verdienen!« Seine Stimme verlor sich bei den letzten Worten im Nichts. Der Ausbruch hatte den alten Mann erschöpft, er sank in sich zusammen. Mit halb geschlossenen Augen saß er stumm und gebeugt in seinem Rollstuhl.

Victoria spürte den Stich eines schlechten Gewissens. Muteten sie dem betagten Herrn zu viel zu? Als sie Jarne ein Zeichen in Richtung Tür geben wollte, stand er bereits auf. Auch Victoria erhob sich. Gustav Mock schien ihren Aufbruch nicht zu bemerken. Bevor sie sich verabschieden konnten, sprach der alte Mann unversehens weiter. Sein Blick war in die Ferne gerichtet, und Victoria war sich nicht sicher, ob ihm bewusst war, dass sie bei ihm saßen. Er bewegte sich weit von diesem Ort und dieser Zeit fort, als er erzählte: »Die Zeiten waren hart, als ich ein kleiner Junge war. Weltwirtschaftskrise. Dann der Krieg. Die Flucht. Aber wir konnten uns durchschlagen. Mein Vater war ein fleißiger Mann. Geschickt mit den Händen. Es gab nichts, was er nicht selbst bauen konnte. Am Ende unserer Flucht wurden wir zugewiesen. Wussten sie das, junge Frau? Man wurde zugewiesen!« Er blickte Victoria an. Ihre Anwesenheit war ihm also doch bewusst.

Victoria hatte davon gehört, dass die Flüchtlinge, die gegen Ende des Zweiten Weltkriegs gen Westen strömten, überall dort untergebracht wurden, wo etwas Platz war. Bevor sie nicken konnte, war Gustav Mock gedanklich längst wieder in die Vergangenheit gereist.

»Viele Hauseigentümer mochten diese Flüchtlinge nicht. Es waren Eindringlinge in ihre Privatsphäre. Wir aber hatten Glück, viel Glück. Wir kamen bei einem Handwerker unter. Er hatte in seinem Anbau eine Werkstatt. Wir bezogen die Nebenräume dieser Werkstatt. Meinem Vater wurde gestattet, die Räume zu renovieren und so überhaupt erst bewohnbar zu machen. Er durfte dafür die Gerätschaften aus der Werkstatt nehmen. Mein Vater erwies sich nicht nur als gewandt im Umgang mit Werkzeugen, sondern auch sehr findig, was die Beschaffung von Materialien betraf.« Gustav Mock lachte trocken. »Das war vermutlich nicht immer ganz legal, aber gegen Ende des Krieges und in den darauffolgenden Jahren musste jeder sehen, wo er blieb. Der Handwerker erkannte, welch außerordentliches Talent er beherbergte. Genau diese Fähigkeiten waren nach dem Krieg in den Jahren des Wiederaufbaus gefragt. Er stellte meinen Vater ein und die beiden konnten sich in einer Zeit, in der ein ganzes Land neu aufgebaut werden musste, vor Aufträgen kaum retten. Schnell wurde ich dazu geholt.« Zum ersten Mal lächelte Gustav Mock. Melancholisches Glück lag in seiner Miene. Er blinzelte mehrmals heftig. Auch Victoria fühlte sich von der Stimmung, die im Raum hing, seltsam berührt. »Trotz der Kriegswirren und der Flucht hatte ich es noch geschafft, meine Schule zu beenden. Nur knapp entkam ich der Einziehung zum Militär. Ich hatte keine Ausbildung, an ein Studium war nicht zu denken. Da war es nur folgerichtig, bei meinem Vater mitzuarbeiten. Der wurde schnell zum gleichwertigen Partner. Als beide Männer nach wenigen Jahren durch einen Unfall zu früh aus dem Leben gerissen wurden, übernahm ich die Firma. Noch immer wurde viel gebaut, und als mein Sohn schließlich alt genug war, um in die Firma mit einzusteigen, waren wir von einem kleinen Handwerksbetrieb längst zu einer überregionalen Größe der Baubranche gewachsen.« Gustav Mock saß nun aufrecht und unüberhörbarer Stolz schwang in seiner Stimme mit. »Mein Sohn mühte sich redlich, unser Unternehmen gut zu führen. Aber er hatte es eben nicht von der Pike auf gelernt. Er war Kaufmann, kein Bauarbeiter. Trotzdem ging es der Firma so gut, dass ich mich entschloss, mich allmählich aus dem Geschäftsbetrieb zurückzuziehen. Mein Enkel war inzwischen mit seinem Studium fertig, hatte eine Familie gegründet und ich fand ihn reif genug, in die Fußstapfen seines Vaters und Großvaters zu treten.« Er schnaubte verächtlich. »Welch ein Narr ich doch war! Wie hatte ich glauben können, dass dieser verwöhnte Junge, der nie gelernt hat, was harte Arbeit bedeutet, und der Wohlstand nicht zu schätzen weiß, tüchtig genug sein könnte, diese Firma mit Anstand und Fleiß zu leiten!«

Die Lebhaftigkeit wich aus ihm, wie Luft aus einem Ballon. Sein Kinn sank so weit auf die Brust, dass Victoria Mühe hatte, den Rest seiner Geschichte noch zu verstehen. Mit gepresster Stimme fuhr er fort: »Ich konnte nichts mehr machen. Juristisch gesehen hatte ich die Fäden aus der Hand gegeben. Mein Enkel bedeutete mir, dass er meinen Rat in der Firma nicht wünschte.« Bitter lachte er auf. »Rausgeschmissen hat er mich. Aus meinem eigenen Büro.«

Als er verstummte, hatte Victoria Tränen in den Augen. Sie fühlte mit diesem Mann, der so viel geleistet hatte, jetzt im Alter jedoch nicht voller Stolz auf sein Lebenswerk blicken durfte, sondern einsam und verbittert am Rande der Stadt auf seinen Tod wartete. Das erklärte das Fehlen jeglicher Erinnerungsstücke. Gustav Mock wollte nicht zurückdenken, er wollte vergessen.

Wieder verständigten Victoria und Jarne sich durch einen Blick. Es war Zeit, zu gehen. Sie durften den alten Mann nicht länger quälen.

Erneut verhinderte Gustav Mock ihren Aufbruch, indem er unvermittelt weitersprach. »Der Herrgott hat meinem Enkel eine traurige Lehre erteilt. Seine Arroganz und Habgier waren wohl zu groß, um mit der Bestrafung zu warten, bis er an die Himmelspforte klopft.« Grimmig verzog er das Gesicht. »Benedikt und seine Frau waren schon mehrere Jahre verheiratet. Sie wünschten sich sehnlich ein Kind, aber mehrfach erlitt Saskia eine Fehlgeburt. Ich erwähnte ja schon, wie häufig das Unglück unsere Familie heimsucht. Eines Tages aber gebar Saskia endlich das so sehr ersehnte Kind, und meine Urenkelin Amelie war Benedikts ganzes Glück. Im Umgang mit seinem Kind war mein Enkel ein anderer Mensch. Liebevoll und großzügig. Er verwöhnte die Kleine. Als Amelie vor einigen Jahren einen Reitunfall hatte, brach es ihm das Herz. Das Unternehmen war aufgrund der allgemeinen Wirtschaftskrise bereits angeschlagen. Es hat noch mehr gelitten, als Benedikt den Betrieb in den Monaten nach dem Unfall vernachlässigte.« Sein Blick verschwand in seinem Inneren, bevor er traurig in die Welt zurückkehrte. »Das weiß ich freilich alles nur vom Hörensagen, denn das geschah zu einer Zeit, als mein Enkel und ich uns längst entzweit hatten.«

Bitterkeit ersetzte den Wehmut in seiner Stimme. Victoria schaute verstohlen in Jarnes Richtung. Hatte er auch den Eindruck, dass Gustav Mock den Niedergang des Unternehmens beinahe mehr bedauerte als den Unfall seiner Urenkelin? Die menschliche Kälte in dieser Familie war so greifbar, dass Victoria eine Gänsehaut bekam. Unauffällig rieb sie sich über die Arme.

Jarne hingegen ließ sich keine Gefühlsregung anmerken. Seine Miene zeigte noch immer einen unerschütterlich freundlichen

Ausdruck. Er war vollkommen auf seinen Gesprächspartner fokussiert und hatte mit seiner zugewandten, aber respektvollen Art den Schlüssel gefunden, um den unnahbar wirkenden Gustav Mock für sich zu gewinnen und zum Reden zu bringen.

An einem Punkt scheiterte allerdings selbst Jarne. »Können Sie uns abschließend noch etwas über das Verhältnis von Beatrice und Benedikt Mock sagen?«, kam er auf den Anfang ihres Besuchs zurück. »Warum hat es Sie verwundert, dass Beatrice sich um eine Strafverteidigung für ihren Bruder gekümmert hat?«

»So, hat mich das verwundert?« Ablehnung lag nun in Gustav Mocks Augen. »Selbst wenn es so wäre, wüsste ich nicht, in welchem Zusammenhang das mit Ihrer Tätigkeit stehen könnte! Außerdem bin ich zu alt, um meine verbleibenden Tage damit zu vergeuden, über alte Familiengeschichten zu tratschen. Ihr Besuch war ohnehin sehr anstrengend für mich.« Auffordernd wies er zur Tür, und Victoria und Jarne leisteten seiner subtilen Bitte Folge.

Vor dem Zimmer grinste Jarne. »Jedenfalls wissen wir jetzt, woher Benedikt und Beatrice ihre charmante Art haben. Die Umgangsformen scheinen in dieser Familie genetisch bedingt zu sein.«

»Hat uns der kleine Ausflug außer dieser Erkenntnis etwas gebracht?«, grübelte Victoria, während sie auf dem Weg zum Auto waren.

»Spuren, denen wir folgen können. Finanzielle Schwierigkeiten, eine zerrüttete Ehe und Geschwister, die sich offenbar wenig mögen, sind doch schöne Ansatzpunkte.«

»Meinst du, es lohnt sich, da weiter nachzuforschen?«

»Ich weiß nicht.« Jarne zuckte mit den Schultern. »Aber solange wir offiziell noch beauftragt sind, Benedikt Mock selbst jedoch nicht besonders auskunftsfreudig ist, müssen wir uns andere Wege suchen, auf denen wir vorankommen. Es funktioniert erfahrungsgemäß ganz gut, sich irgendein loses Ende zu greifen und sich damit wie vom roten Faden der Ariadne durch das Labyrinth der ungeordneten Fakten lotsen zu lassen.«

»Schönes Gleichnis«, sagte Victoria amüsiert. »Warst du mal auf Kreta in Urlaub?«

»Das auch. Es schadet zudem nicht, sich um das große Latinum zu bemühen, wenn man für sein Leben unnützes Wissen anhäufen möchte.« Jarne verzog leidend das Gesicht.

Victoria lachte auf. Jarne versprühte selbst als Erwachsener eine Energie, die alles in seiner Umgebung elektrisierte. Wenn er als Junge ähnlich lebhaft gewesen war, hatte er vermutlich nicht allzu viel Zeit mit dem Büffeln von Ablativ und Vokativ verbracht.

Jarne grinste sie schief an. »Besonders mitleidig wirkst du nicht«, beschwerte er sich, erntete aber nur ein Schulterzucken von Victoria.

»Also gut, schweigen wir über dieses unrühmliche Kapitel in meiner Jugend und wenden uns wieder dem Fall zu«, sagte Jarne mit ernsterer Miene. »Wir haben somit zunächst zwei lose Enden mit Familienbezug. Statistisch gesehen kommt der Täter in den meisten Mordfällen aus dem engeren Umfeld des Opfers. Wenn es nicht Benedikt Mock war, spricht einiges dafür, noch etwas in der Familie herumzustochern.« Er dachte einen Augenblick nach, bevor er hinzufügte: »Außerdem müssen wir uns dringend um diese merkwürdigen Geschäftsfreunde von Benedikt Mock kümmern. Wir müssen herausfinden, ob er wirklich zu diesen Männern fliegen wollte und warum die das geplante Treffen abstreiten. Ganz zu schweigen von dem Geld, das er dabei hatte.«

Victoria nickte. »Du hast recht. Allerdings haben wir da ein Problem: Es gelingt mir nicht, mit diesen Geschäftsleuten in Kontakt zu treten. Gleich nach dem Gespräch mit Josephine habe ich mir von Mocks Sekretärin deren Namen, Anschriften und Telefonnummern geben lassen. Einfach alles. Dennoch konnte ich sie bislang nicht erreichen. Weder auf mein Schreiben noch auf meine Anrufe hat jemand reagiert. Die Rufe gingen zwar durch, aber nicht einmal irgendeine Mailbox meldete sich.«

»Merkwürdig«. Jarne runzelte die Stirn. »Trotzdem müssen wir da dranbleiben. Falls wir nicht beweisen können, dass Benedikt Mock auf dem Weg zu einer geschäftlichen Besprechung war, sieht sein Verhalten tatsächlich nach Flucht aus.«

Victoria seufzte. »Keine gute Voraussetzung für meine Verteidigung.«

»Ich werde noch einmal mit Beatrice Mock reden«, fuhr Jarne fort. Vielleicht kann ich ihr ein paar Informationen entlocken. Wegen der Geschichte mit der Geschäftsreise brauche ich ohnehin die Erlaubnis, ein weiteres Mal mit Mocks Mitarbeitern sprechen zu dürfen.«

Kapitel 12

»Amelie ist nicht tot. Sie ist in einem Pflegeheim«.

»Was? Wie bitte? Amelie wer?«

Das Läuten des Telefons hatte Victoria mitten aus einer schwierigen Antragserwiderungsschrift gerissen. Jetzt musste sie ihre Gedanken ordnen, um sich auf den Anrufer konzentrieren zu können, den sie schnell als Jarne identifizierte. Aber was war mit Amelie?

»Ich habe ein paar Sachen herausgefunden«, setzte Jarne weniger überfallartig erneut an. »Erst einmal die schlechte Nachricht: Die Geschäftsfreunde von Benedikt Mock konnte ich auch nicht erreichen. Die Kontaktdaten, die unser Auftraggeber hatte, stimmen nicht. Die Mobilnummern, unter denen die Staatsanwaltschaft die Männer noch sprechen konnte, sind nicht mehr gültig.«

Victoria fluchte leise. »Was nun?«, fragte sie dann. »Dieser Punkt ist für die Glaubhaftigkeit von Mocks gesamter Aussage extrem wichtig.« Nervös klopfte sie mit dem Kugelschreiber auf die Schreibtischplatte.

»Wegen der Geschäftsfreunde kann uns nur Benedikt Mock weiterhelfen«, erwiderte Jarne. »Wenn er nicht einsieht, dass er in unserer Mannschaft spielen muss, wird er aus der Nummer nicht heile herauskommen. Es wäre dein Part, ihn davon zu überzeugen. Schaffst du das?«

»Hmm.« Victoria brummte unschlüssig in den Hörer, aber Jarne gab sich damit zufrieden und fuhr fort: »Der nächste Punkt lief ebenfalls nicht wirklich gut. Ich habe sowohl mit Nora Fritz als auch Beatrice Mock geredet, oder besser gesagt – ich habe es versucht. Beide verhalten sich merkwürdig. Sie wimmelten mich recht uncharmant ab und reagierten auffallend ausweichend auf meine Bitte, noch einmal im Betrieb herumfragen zu dürfen. Als ich bei Beatrice Mock dann das Thema Amelie ansprach, wurde es richtig komisch. Sie hat sofort abgeblockt und dichtgemacht. Zu diesem Zeitpunkt bin ich noch davon ausgegangen, das Mädchen wäre bei dem Unfall ums Leben gekommen. Kein Gedanke daran, dass Beatrice das richtiggestellt hätte. Hätte ich mich nicht durch Zeitungsarchive gebuddelt, wüsste ich bis jetzt nicht, dass Amelie noch lebt. Irgendetwas stimmt da nicht!«

»Siehst du einen Zusammenhang zu unserem Fall? Vielleicht ist es für die Familie einfach zu schmerzhaft, über das Unglück zu reden. Immerhin hatte die Geschichte ja erhebliche Auswirkungen auf die Ehe der Mocks und auf das gesamte Familienunternehmen.«

»Keine Ahnung. Nenne es meinetwegen Bauchgefühl. Irgendetwas an der Reaktion hat meine Alarmglocken schrillen lassen.«

»Okay, du bist der Profi. Wie soll es jetzt weitergehen?«

»Ich grabe tiefer in der Familiengeschichte. Ich denke, ich fahre mal zu dem Pflegeheim, in dem Amelie lebt. Vielleicht bekomme ich dort etwas heraus. Bis später!« Damit legte er auf. Victoria schüttelte den Kopf und musste gleichzeitig lächeln. Allmählich gewöhnte sie sich an seine Art der Gesprächsführung – genauer gesagt: der Beendigung derselben.

Als Svenja ihr später den Posteingang vorlegte, erlebte Victoria eine Überraschung. Benedikt Mock bat um eine Besprechung. Am liebsten hätte sie sich sofort ins Auto gesetzt, allerdings erlaubten Vorschriften und Besuchszeiten keine spontanen Treffen in der JVA. Immerhin gelang es ihr, bereits für den folgenden Vormittag einen Termin zu vereinbaren.

Victoria seufzte genervt, als sie am nächsten Morgen ihren Wagen zu einem Zeitpunkt auf den Besucherparkplatz lenkte, zu dem sie an anderen Tagen gerade einmal in der Lage war, den zweiten Kaffee zu trinken. Aber es war so kurzfristig der einzig verfügbare Termin gewesen und um nichts in der Welt hätte sie länger warten wollen.

Wenig später saß sie in dem grauen Kämmerchen mit dem Riss in der Wand. Die vergitterte Neonröhre summte an der Decke. Sie hatte ein mulmiges Gefühl. Seit dem Wutausbruch ihres Mandanten rechnete sie damit, Benedikt Mock würde ihr den Auftrag entziehen.

Als ihr Mandant hereingeführt wurde, las Victoria zum ersten Mal Unsicherheit in seiner Mimik. Fahrig fuhr er sich mehrfach mit den Händen durch das Haar, bevor er sich Victoria gegenübersetzte und hinter dem Tisch versank. Zumindest schaffte er es, Victoria in die Augen zu sehen, ein zaghaftes Lächeln umspielte dabei seine Mundwinkel. »Danke, dass Sie so rasch gekommen sind.« Seine Stimme klang ruhig und friedfertig. Kein Vergleich zum letzten Gespräch.

»Selbstverständlich.« Victorias professionelles Lächeln überspielte ihre Erleichterung über sein verändertes Auftreten. Mit einer Kündigung brauchte sie wohl nicht mehr zu rechnen. »Wie kann ich Ihnen weiterhelfen?«

Trocken lachte er auf. »Am liebsten wäre mir mein Entlassungsbeschluss. Alternativ nähme ich auch einen Kuchen mit einer Feile. Ich fürchte nur, das sind beides keine realistischen Optionen.«

Mocks Sinn für Humor überraschte Victoria. Ihre freundliche Miene wurde echter.

Die Gesichtszüge ihres Mandanten wurden weicher, als er merkte, wie das Eis zwischen ihnen antaute. Er räusperte sich. »Ich wollte mich für mein Verhalten bei unserem letzten Treffen entschuldigen. Normalerweise bin ich nicht so unbeherrscht, aber mein derzeitiges Umfeld und die ungewisse Situation – das zerrt an meinen Nerven. Sie verstehen sicher ...«

Victoria nickte. Sie konnte nachvollziehen, wie belastend die Umstände für ihn waren. Angesichts der zahllosen fest verschlossenen Türen und Gitterstäbe zog sich selbst Victorias Magen bei jedem Besuch schmerzhaft zusammen.

Außerdem ahnte sie, welch ungewohnter Schritt es für Benedikt Mock war, seine Mitmenschen um Verzeihung bitten zu müssen, und lächelte ihn deshalb verständnisvoll an.

Nachdem er diesen unangenehmen Punkt hinter sich gebracht hatte, kehrte der weltgewandte Unternehmer zurück. Benedikt Mock fuhr sich noch einmal durch die Haare, aber diesmal war seine Gestik ausholend. Seine Haltung straffte sich, die Hände legte er ruhig auf den Tisch, seine Miene gewann an Reserviertheit und Härte.

Victoria schüttelte sich innerlich, als sie die Verwandlung beobachtete. Es war unheimlich, wie spielerisch er eine Maske ablegte, um sich sogleich eine neue überzustreifen. Ob sein zerknirschtes Auftreten auch nur eine Rolle war? Hatte er Victoria manipuliert, damit sie weiter für ihn arbeitete?

Benedikt Mock schwieg lange. Er fixierte ihre Augen und schien mit sich zu ringen, wie weit er seiner Anwältin vertrauen durfte. Victoria wartete das Ergebnis seiner stillen Prüfung schweigend ab. Seine Hände ruhten noch immer auf dem Tisch, aber als er sie kurz anhob, sah Victoria den feuchten Abdruck, den die Handflächen auf der Tischplatte hinterlassen hatten.

»Sind Sie sicher, dass wir hier nicht abgehört werden?«, fragte er endlich, als das Schweigen bereits unbehaglich wurde.

»Alles, was wir hier besprechen, ist vertraulich.«

»Das gilt auch für Sie? Sie dürfen nichts von dem, was ich Ihnen erzähle, in irgendeiner Form weitergeben? Gleichgültig, was es ist? Auch wenn es den Fall womöglich nicht direkt betrifft?«

Sein Tonfall alarmierte Victoria. »Nein, ich darf und werde nichts weitergeben«, antwortete sie, darum bemüht, ihre steigende Nervosität zu unterdrücken. »Es gibt Delikte wie Terroranschläge, da gilt das mit der Verschwiegenheit nicht mehr unbedingt. Aber das wird hier doch hoffentlich nicht unser Thema?« Sie versuchte, der Sache einen scherzhaften Unterton zu geben.

»Nein, so schlimm ist es nicht.« Benedikt Mock lächelte schmal. »Es geht um meine Geschäftsreise. Ich glaube, ich muss Ihnen die Hintergründe erklären, damit Sie die Situation verstehen.«

Er war bereit, ihr einen Blick hinter die Kulissen zu gewähren! Victoria musste sich zusammenreißen, nicht unruhig auf dem Stuhl herumzurutschen, bis Benedikt Mock sich so weit gesammelt hatte, um zu beginnen: »Sehen Sie, ich habe weder Sie noch die Ermittler belogen. Ich war wirklich auf dem Weg, um mich mit Geschäftspartnern zu treffen.«

Er hob Einhalt gebietend die Hand, um Victorias zweifelnden Einwand, zu dem sie anhob, im Ansatz abzuwürgen.

»Das Geld, das ich dabei hatte, war Schwarzgeld. Und um es noch ein bisschen schlimmer zu machen – es war Schmiergeld.« Er hielt inne und rieb mit den Fingerkuppen über die Tischplatte. Dann holte er tief Luft, bevor er fortfuhr: »Es gibt da ein größeres Bauprojekt im Ausland. Die Geschäftspartner, die ich treffen wollte, waren zum einen mein Mittelsmann, zum anderen die Entscheidungsträger der Auftragsvergabe. Sie verstehen?«

Victoria nickte. Sie verstand. Nicht zuletzt auch, warum diese ›Geschäftsfreunde‹ nicht besonders auskunftsfreudig und mittlerweile nicht mehr für die deutschen Ermittlungsbehörden zu erreichen waren. Victoria sackte innerlich zusammen. Viel schlimmer hätte die Wahrheit über die Geschäftsreise nicht ausfallen können.

Beide saßen still, verstrickt in ihre Gedanken, in dem grauen Kämmerchen, dessen Wände plötzlich noch enger zusammengerückt waren. In Victoria arbeitete es. Saskia Mock war ausgerechnet an diesem einen Tag tot aufgefunden worden, als die Reise des Bauunternehmers wie eine Flucht aussehen musste. Mit einem Koffer voller Geld und ohne die Möglichkeit, seine Version der Geschichte zu erzählen. Selbst wenn er verzweifelt genug wäre, um über das Schmiergeld auszupacken, würde es sich ohne Beweise nach Schutzbehauptung anhören, die niemand glaubte. Das fügte sich nicht nur zu gut, um Zufall zu sein, sondern klang nach einem perfiden Plan. Sie zweifelte nicht an Benedikt Mocks Darstellung. Irgendwie passte so eine Art von Geschäftsabschlüssen zu dem Bild, das sie inzwischen von ihm gewonnen hatte. Die Geschichte machte ihn zwar nicht sympathischer, aber glaubwürdig. Als ihr klar wurde, was seine Erklärung für den Fall bedeutete, jagten ihre elektrisierten Nerven einen Schauer ihren Rücken hinunter – sie hatten endlich einen konkreten Ansatz für mögliche Täter. »Wer wusste alles von ihrer sogenannten ›Geschäftsreise‹ und den besonderen Umständen dieses Treffens?«, fragte sie gespannt.

»Nur Nora Fritz.«

»Niemand sonst?« Sie würde ihre Theorie nicht so schnell aufgeben, nur weil kein plausibler Verdächtiger zur Hand war. »Ein Freund? Ein enger Mitarbeiter? Ihre Frau? Ihre Schwester? Es kann ja auch jemand sein, der zufällig etwas aufgeschnappt hat.«

Benedikt Mock runzelte die Stirn. »Sie meinen, meine Reise und die Tat stehen in Zusammenhang? Weil das Timing mich zu einem perfekten Hauptverdächtigen macht?«

»Hmm«, machte sie zustimmend, bereits wieder in ihren Überlegungen gefangen.

Auch Benedikt Mock versank erneut in grüblerischem Schweigen. Er hatte sich Victorias Stift gegriffen und trommelte damit auf der Tischplatte herum, bis er Victoria schließlich ansah.

»Mir fällt niemand ein.« Er schüttelte ratlos den Kopf. »Erzählt habe ich von der Art der Vertragsanbahnung keinem außer Nora. Mag sein, dass ich bei Freunden mal beiläufig eine Geschäftsreise erwähnt habe, aber ganz bestimmt nicht die ›besonderen Umstände‹, wie Sie es gerade so hübsch formuliert haben. Einen Mitarbeiter schließe ich auch aus. Und selbstverständlich gibt es über diese Art der Geschäftsanbahnung keinerlei Aufzeichnungen.«

Die warme Art ›Nora‹ zu sagen, ließ mehr Gefühle erahnen, als der kühle Unternehmer vermutlich preisgeben wollte. Ihrem Mandanten war diese Vertraulichkeit nicht aufgefallen oder es war ihm schlicht gleichgültig, wie viel er heute noch verraten würde. Er war mit seinen Gedanken bei den weiteren Optionen. »Beatrice kann nichts wissen. Wir haben seit Jahren kein besonders enges Verhältnis. Sie ist zwar durch die Erbschaft Anteilseignerin der Firma, aber hat sich nie um das Geschäft gekümmert. Ihr reicht es, wenn der Kontostand stimmt.« Ein bitterer Zug umspielte bei diesen Worten seine Mundwinkel. »Auch meiner Frau habe ich nichts erzählt. Über geschäftliche Dinge haben wir uns nie unterhalten. Genau genommen haben wir uns über gar nichts mehr unterhalten. Allerdings...« Benedikt Mock unterbrach sich selbst.

»Ja?« Victoria blickte ihn gespannt an.

Er legte die Stirn in Falten. »Ich weiß nicht genau. Mir ist da eine Begebenheit eingefallen. Vielleicht bedeutet es auch nichts.«

»Bisweilen muss man auf sein Bauchgefühl vertrauen.« Sie nickte ihrem Mandanten auffordernd zu.

»Es ist eine Weile her ... also ich weiß wirklich nicht, ob ich da nicht mehr hinein interpretiere ...« Unruhig strich Benedikt

Mock sich eine Strähne aus der Stirn, bevor er sich einen sichtlichen Ruck gab. »Wie gesagt, es ist eine Weile her. Meine Frau hat eine Andeutung fallenlassen, aus der ich geschlossen habe, dass sie ... nun ja ...«.

Ihr Mandant druckste mit einem Mal wie ein Schuljunge herum, als er um Worte rang.

»Herr Mock, es ist alles vertraulich und bleibt unter uns. Wenn es für Ihre Entlastung wichtig sein könnte, *muss* ich es wissen.« Victoria klang bestimmt und energisch. Damit hatte sie den richtigen Tonfall getroffen, er redete weiter.

»Was soll's.« Er zuckte resigniert mit den Schultern. »Sie haben es ja ohnehin schon vermutet. Nora Fritz und ich führen eine heimliche Beziehung. Der Klassiker. Der Chef mit seiner Sekretärin.« Er lachte trocken. »Allerdings ist es bei uns anders. Ernster. Vielleicht war es anfangs eine Klischee-Affäre. Aber je enger wir miteinander arbeiteten, desto intensiver wurden unsere Gefühle. Nora wurde nicht nur in der Firma zu meiner rechten Hand.« Er atmete tief durch, bevor er fortfuhr: »Um völlig reinen Tisch zu machen: Das Geldköfferchen diente nicht nur der Geschäftsanbahnung. Es sollte auch Absicherung für einen Neuanfang sein. Nora und ich. Irgendwo weit weg von dem ganzen Mist hier!«

Der routinierte Geschäftsmann war verschwunden. Ein niedergeschlagener Mensch sprach nun zu Victoria. »Jedenfalls verstand ich eine Andeutung meiner Frau so, dass sie nicht nur von Nora und mir wusste, sondern darüber hinaus auch ein bestimmtes Gespräch mitbekommen hatte. Nämlich das, bei dem es um die Details dieser Reise ging, inklusive Geldkoffer und der Pläne von Nora und mir, irgendwo neu anzufangen.« Die Erinnerung zeichnete eine steile Falte auf Benedikt Mocks Stirn. »An diesem Abend war ich zu geschockt, um darauf einzugehen. Ich habe meine Sachen geschnappt und bin zu Nora gefahren, um dort zu übernachten. Am nächsten Tag habe ich versucht, mit Saskia über die Dinge zu reden, die sie am Abend zuvor gesagt hatte. Sie bagatellisierte alles und ließ sich auf kein Gespräch ein. Für den Fall, dass ich sie wirklich falsch verstanden haben sollte, wollte ich nicht zu sehr insistieren, um keine schlafenden Hunde zu wecken.«

Victoria nickte. »Also könnte es sein, dass sowohl Frau Fritz, als auch Ihre Frau von den besonderen Umständen der Geschäftsreise wussten«, fasste sie zusammen.

»Ja. Als Arbeitshypothese sollten wir vorerst davon ausgehen, denke ich.«

»Sonst kommt niemand in Frage, der diesen für sie belastenden Moment für sich ausgenutzt haben könnte? Ein Konkurrent vielleicht, der auch mit diesen ›Geschäftsfreunden‹ in Verhandlungen stand? Oder gar Ihre ›Geschäftsfreunde‹ höchstpersönlich, die einem Mitbewerber den Vorzug geben wollten und Sie auf diese Art elegant aus dem Rennen nehmen konnten?«

Victoria dachte an ihre Großmutter, die oft sagte, wer sich mit Hunden schlafen lege, werde mit Flöhen wieder aufstehen. Sie konnte sich gut vorstellen, dass diese Weisheit hier zutraf.

Benedikt Mock schüttelte entschieden den Kopf. »Nein, das glaube ich nicht. Ausgeschlossen ist es nicht, jedoch zu spekulativ. Wie ich bereits sagte: Die Baubranche ist ein hartes Geschäft, allerdings besteht zwischen dem Konkurrenzkampf mit harten Bandagen und Mord ein so großer Unterschied, dass ich mir das beim besten Willen nicht vorstellen kann.«

»Aber dass Frau Fritz oder ihre Frau darin verwickelt sind, könnten sie sich vorstellen?«

Schulterzucken, Kopfschütteln, ein hilfloser Blick. »Vielleicht sind wir auch komplett auf dem Holzweg? Ich kann mich mit der Theorie über Geschäftspartner oder Konkurrenten ebenso wenig anfreunden, wie mit der Idee, Nora oder Saskia könnten damit zu tun haben. Zumal Saskia tot ist.«

Victoria rieb sich über die Stirn. Die abgestandene Luft in dem kleinen Raum machte das Denken schwierig. Benedikt Mock hatte natürlich recht damit, Saskia als Beteiligte zu streichen. Bei Nora Fritz war Victoria hingegen nicht überzeugt. Dass Benedikt Mock seine Geliebte nicht in Betracht zog, lag auf der Hand. Der Mann hatte erstaunlicherweise ernste Gefühle. Victoria betrachtete die Sache dagegen nüchterner. Sie bereitete sich innerlich darauf vor, einen von Benedikt Mocks Wutausbrüchen zu provozieren und fragte dann gerade heraus: »Könnte Nora Fritz einen Grund haben, gekränkt zu sein? Oder ist sie besonders abgesichert für den Fall, dass Ihnen etwas zustößt oder Sie – wie in diesem Moment – in irgendeiner Form dauerhaft an der Führung der Firma gehindert sind?«

Benedikt Mock blieb ruhig, aber er schüttelte energisch den Kopf. »Hören Sie, Sie irren sich! Nora würde so etwas nie tun! Das ist es doch, was sie ausmacht. Geld ist ihr nicht wichtig. Sie ist nicht wie Beatrice oder ihre Freundinnen – oder auch wie meine Frau.« Den letzten Satz setzte er leise hinzu.

»Sie haben sicher recht. Damit wir Nora Fritz jedoch endgültig von der Liste streichen können, spielen Sie bitte den Advocatus Diaboli und überdenken, ob es nicht irgendein Motiv geben könnte. So unvorstellbar dies für Sie im Augenblick auch ist.«

Diesmal ging ihr Mandant lange in sich. Victoria sah ihm an, wie es in seinem Kopf arbeitete.

»Verletzte Gefühle können es nicht sein. Das schließe ich kategorisch aus. Alles andere halte ich im Grunde ebenfalls für unvorstellbar«, sagte er langsam und hielt abermals inne, bevor er zögernd, fast widerwillig, weitersprach. »Wenn ich als Advokat des Teufels einen möglichen Vorteil finden soll, dann wäre es wohl die uneingeschränkte Macht, die Nora derzeit über die

Firma hat. Mir blieb ja kaum eine andere Wahl, als ihr umfassende Vollmachten einzuräumen, damit der Geschäftsbetrieb notdürftig weiterläuft, bis ich hier wieder raus kann.«

»Dadurch hat sie auch Zugriff auf die Firmengelder?«

»Ja, natürlich. Sie hat Zugriff auf alles.«

Jetzt rotierten Fakten und Vermutungen in Victorias Kopf. Das hörte sich nach einem einleuchtenden Motiv an. Zudem war Mocks Geliebte die Einzige, die Kenntnis aller Umstände hatte.

Benedikt Mock schien zu ahnen, in welche Richtung die Gedanken seiner Anwältin gingen, denn beschwörend setzte er hinzu: »Glauben Sie mir, wir vergeuden unsere Zeit, wenn wir weiter über Noras Rolle in diesem abgekarteten Spiel grübeln. Ich verstehe durchaus, warum Sie diese Fragen stellen und ich bemerke auch, dass es sich für einen Zufall zu perfekt fügt, aber ich versichere Ihnen: Es ist *nicht* Nora.« Eindringlich blickte er Victoria an.

Diese schüttelte bedrückt den Kopf. »Uns gehen langsam die Optionen aus. Fakt ist, *wir* müssen diesen Fall aufklären, oder es macht niemand. Sie geben den idealen Täter ab: Motiv, Gelegenheit, sämtliche der wenigen vorhandenen Spuren deuten auf Sie. Dazu noch die vermeintliche Flucht mit dem Koffer voller Geld. Uns *muss* etwas einfallen.«

»Fragen Sie mich, was Sie wollen. Ich werde alles beantworten. Es ist ja eh schon alles egal.« Benedikt Mock wirkte auf einmal, als wäre er zu matt, um jemals wieder diesen Stuhl zu verlassen. Vornübergebeugt saß er vor Victoria und stützte seinen Kopf mit den Händen.

Victoria musste sich zusammenreißen, um sich von seiner Kraftlosigkeit nicht anstecken zu lassen. Kopfschmerzen krochen den Nacken hoch. Sie brauchte dringend frische Luft. Der Gedanke, dass ihrem Mandanten genau dies für lange Zeit verwehrt sein würde, wenn ihnen kein Ausweg einfiele, hielt sie in diesem Raum fest und ließ sie weiterfragen: »Eine Sache ist mir noch unklar. Warum planten Sie, Schmiergelder für einen lukrativen Auftrag zu zahlen, wenn sie ohnehin das Land verlassen wollten, um sich mit Frau Fritz ein neues Leben aufzubauen?«

»Das Geld vor dem Zugriff der Gläubiger beiseitezuschaffen, war ja nur zur Absicherung gedacht. Lieber wäre es mir, ich könnte die Firma vor der Insolvenz retten. Allein schon für meine Tochter. Hätten wir den Auftrag bekommen, hätte ich mich nicht mit einem Koffer voller Schwarzgeld irgendwohin absetzen müssen, sondern könnte in ihrer Nähe bleiben.« Schmerz lag in seinem Blick. »Meine Frau hat eigenes Vermögen, aber meiner Tochter hätte ich gerne ein gesundes Unternehmen hinterlassen.« Er lachte gequält auf. »Auch wenn sie davon nicht mehr viel hat.«

Es war das erste Mal, dass Benedikt Mock seine Tochter erwähnte. Victoria ergriff die Gelegenheit, nachzufragen. Immerhin hatte ihr Mandant soeben angeboten, alles zu beantworten.

»Sie reden von Amelies Unfall?«

»Sie wissen davon?« Erstaunt sah er sie an.

Victoria nickte. »Ich weiß allerdings nur, dass es einen Reitunfall gab, aber mehr nicht.«

»Nun, im Grunde gibt es da nicht viel zu erzählen. Saskia und ich haben eine Tochter. Amelie. Als Kind war sie ein Sonnenschein. Bildhübsch, aufgeweckt und sportlich. Mit vierzehn stürzte sie während eines Ausritts vom Pferd.« Die letzten Worte kamen gepresst. Wie Gustav Mock gesagt hatte, war ihr Mandant ein liebevoller Vater. Der Schmerz in seinen Augen war überdeutlich. »Trotz Reitkappe trug sie eine bleibende Schädigung des Gehirns davon. Die Ärzte im Klinikum haben uns ein Pflegeheim empfohlen, das auf derartige Schwerstpflegefälle spezialisiert ist. Seitdem lebt Amelie dort.«

Der Punkt am Ende des Satzes war hörbar final. Thema beendet, weitere Fragen nicht erwünscht. Benedikt Mock saß ihr stocksteif gegenüber. Beherrscht, kontrolliert und – wie das Zucken seiner Wangen zeigte – emotional angeschlagen. Benedikt Mock mochte sein, wie er wollte, aber in diesem Augenblick empfand Victoria tiefes Mitleid mit ihm und der Familie. Gustav Mock hatte recht gehabt. Das Unglück suchte die Mocks heim. Man benötigte wenig Vorstellungskraft, um zu verstehen, dass so eine Tragödie wie die der Amelie eine Familie endgültig entzweien konnte.

Victoria war froh, als sich kurze Zeit später das schwere Gefängnistor hinter ihr schloss und sie auf der freien Seite stand. Auf dem Weg zum Parkplatz atmete sie tief durch und versuchte, ihre kreiselnden Gedanken zu beruhigen. Mit diesem Auftraggeber war es aber auch eine Achterbahn der Gefühle. Immerhin war sie sich nun sicher, dass er mit dem Mord an seiner Frau nichts zu tun hatte. Trotz aller Beteuerungen, es sei ihr als Verteidigerin nicht wichtig, ob ihr Mandant unschuldig wäre, verspürte sie eine gewisse Erleichterung.

Kapitel 13

Im Auto schaltete Victoria ihr Smartphone ein, um Jarne eine Nachricht zu schreiben, als sie sah, dass er bereits den gleichen Gedanken gehabt hatte. »Guitarra y más« stand da und »20 Uhr«. Kein Fragezeichen. Kein ›ich hole dich ab‹.

Verstimmt blickte sie auf das Display. Jarne ging offenbar davon aus, dass sie den Weg dorthin jetzt ohne seine Hilfe finden würde. Und dass sie natürlich Zeit zu haben hätte. Konnte sich dieser Mann eigentlich auch normal verhalten und verabreden?

Trotzdem traf Victoria pünktlich vor dem ›Guitarra y más‹ ein. Selbst wenn sie kurz mit dem Gedanken gespielt hatte, nicht zu erscheinen, war sie doch viel zu neugierig auf das, was Jarne herausgefunden hatte. Von dem Detektiv war noch keine Spur zu sehen. Es hatte angefangen, zu nieseln und die Strähnen, die sich aus ihrem Zopf befreit hatten, legten sich bereits in krausen Windungen um ihr Gesicht. Victoria beschloss, drinnen auf Jarne zu warten. In ihren flachen Pumps absolvierte sie den Parcours über die unebene Straße erheblich sicherer, als in ihren Sandalen vom letzten Mal. Überhaupt hatte sie sich Jarnes lässigem Bekleidungsstil angepasst und trug zur Jeans eine graue Bluse und eine Wildlederjacke, allerdings war diese nicht annähernd so abgewetzt wie Jarnes Uraltlederjacke.

Im Inneren des ›Guitarra y más‹ sah es aus wie bei ihrem ersten Besuch. Die Tische im großen Saal waren noch weitgehend unbesetzt. Einige Männer bauten auf der Bühne Verstärker und Gitarren auf, es würde später also wieder einen Live-Auftritt geben. Derzeit dudelte Musik aus der Konserve dezent im

Hintergrund. Victoria erkannte die rauchige Stimme von Alejandro Sanz, und summte leise mit, während sie durch die Halle schlenderte.

Unschlüssig blieb sie am Ende der langgestreckten Bar stehen, als Livia sie entdeckte und mit einem erfreuten Lächeln auf sie zusteuerte. »Hola!« Küsschen links, Küsschen rechts. »Schön, dich zu sehen! Kommt Jarne auch?« Dabei blickte sie seitlich an Victoria vorbei, als ob Jarne sich ernsthaft hinter ihrem Rücken versteckt haben könnte.

»Ja«, lachte Victoria, »eigentlich sind wir hier verabredet. Ich schätze, er hat sich wie immer verspätet.«

Livia nickte. »Er kommt bestimmt gleich«, erwiderte sie leichthin. »Möchtest du schon etwas trinken?«

Victoria schüttelte den Kopf. »Nein, ich warte auf Jarne.«

»Gerne. Soll ich schauen, wo ich hinten noch ein nettes Plätzchen für euch beiden finde?« Unbestimmt deutete sie in den rückwärtigen Bereich.

»Ich weiß gar nicht, was Jarne geplant hatte. Also, ob er auch etwas essen wollte.« Victoria blickte Livia verlegen an.

Diese lachte. »Jarne und nichts essen? Gibt es nicht! Natürlich will er etwas essen, wenn er hier ist. Los, komm mit nach hinten, ich muss da eh mal wieder nach den Gästen schauen, damit mir keiner verhungert.«

Mit diesen Worten manövrierte sie Victoria in einen der kleinen Räume und dort an einen gemütlichen Zwei-Personentisch in einer kuscheligen Nische. Verschwörerisch blinzelte Livia ihr zu. »Hier seid ihr ungestört.« Schon wirbelte sie davon, noch bevor Victoria den rein beruflichen Charakter der Besprechung betonen konnte.

In der behaglichen Atmosphäre kam Victoria langsam zur Ruhe. In der Kanzlei war zu viel zu tun gewesen, um sich mit all den Neuigkeiten zu beschäftigen, die Benedikt Mock vormittags ausgepackt hatte.

Ihr Bauchgefühl bestand darauf, dass das Timing zu perfekt war, um zufällig zu sein, aber je länger sie darüber nachdachte, desto mehr zweifelte Victoria an dieser Theorie. Das Ganze ergäbe nur Sinn, wenn irgendjemand einen Vorteil aus Benedikt Mocks Situation zog. Oder wenigstens Genugtuung. Doch von den einzigen beiden Personen, die überhaupt von dem Geldkoffer wussten, war eine tot, die andere schloss ihr Mandant kategorisch als Täterin aus. Vielleicht könnte Jarne mehr herausfinden, vorausgesetzt, er würde heute noch auftauchen, damit sie ihm von ihren Überlegungen erzählen konnte.

»Hi, Vicky!« Plötzlich stand er vor ihr, grinste – mit etwas gutem Willen sogar entschuldigend –, und quetschte sich zu ihr in die gemütliche, aber enge, Nische. »Ich habe einen Mordshunger, was gibt es denn heute? Ach, egal, hier schmeckt es eigentlich immer«, redete er drauflos und ignorierte, wie verhalten Victoria auf sein Erscheinen reagierte. Strahlend wandte er sich Livia zu, die zwischenzeitlich an ihren Tisch gekommen war. »Was gibt es denn heute Leckeres?«

»Wir sind heute in Spanien unterwegs. Tapas variadas. Eine Platte für zwei Personen? Und dazu? Bier? Wein?«

»Für mich nur ein Wasser«, sagte Victoria eilig und hoffte, Livia hatte sie noch gehört, denn auf Jarnes Nicken, hatte sie sich schon auf den Weg zur Küche gemacht.

Livia hatte sie verstanden, und wenig später standen ein Bier und ein Wasser auf dem Tisch, gefolgt von einer Platte mit gemischten Tapas für mindestens vier Personen. Victoria blickte verblüfft auf die riesige Menge an spanischen Kleinigkeiten, die sich zwischen Jarne und ihr auftürmte. Livia lachte. »Schau nicht so! Ich kenne doch Jarnes Appetit! Du solltest dich lieber beeilen, damit du überhaupt etwas davon abbekommst!«

Das ließ sich Victoria nicht zweimal sagen. Diese Köstlichkeiten wollte sie Jarne auf keinen Fall allein überlassen. Während sie boquerones en vinagre, pimientos padron, papas bravas und andere Tapas genossen, erzählte Victoria von dem Treffen mit Benedikt Mock am Vormittag. Jarne hörte zunehmend erstaunt zu. Als Victoria ihren Bericht beendet hatte, dippte er gedankenverloren Brot in Alioli und aß dann schweigsam weiter.

Victoria musterte ihn verstohlen. Diese in sich gekehrte Art war ungewohnt. Ohne die funkelnden Augen und sein Grinsen wirkte er erwachsen und deutlich älter, als sie ihn auf den ersten Blick eingeschätzt hatte. Und attraktiv, wie sie Jo im Stillen beipflichten musste. Sie lächelte. In der gemütlichen Atmosphäre vergaß sie, wie verärgert sie vorhin noch über Jarne gewesen war. Schade eigentlich, dass er diese ernste Seite so selten zeigte ...

»... und dann hat der Gärtner mich angerufen, und mir gestanden, Saskia Mock erdolcht zu haben!«

»Wie bitte? Was?« Victoria fuhr zusammen. Sie hatte lediglich das Ende seines Satzes vage mitbekommen. »Entschuldige, wer hat dich angerufen und was gestanden?« Verwirrt sah sie ihn an.

Jarne grinste. »Willkommen zurück. Will ich wissen, wo du gerade warst?«

›Besser nicht‹, dachte sie. »Bei unseren Verdächtigen«, sagte sie. »Was hast du gesagt? Wer hat dich angerufen?«

»Niemand. Ich wollte nur gucken, ob du mir zuhörst.«

»Okay, ertappt. Was wolltest du mir denn sagen? Ich bin jetzt ganz Ohr!«

»Gut so.« Jarne lachte. »Ich kann nämlich ebenfalls ein paar Neuigkeiten beitragen, auch wenn sie nicht ganz so spektakulär sind, wie deine. Ich war heute bei Amelie im Pflegeheim. Die Hintergründe weißt du ja bereits von unserem Auftraggeber. Aber er hat dir sicher nicht erzählt, dass er zwar regelmäßig bei seiner

Tochter im Heim war, Saskia jedoch niemals. Ist das nicht merkwürdig für eine Mutter?«

»Vielleicht konnte sie es einfach nicht ertragen, ihre Tochter so zu sehen?«

»Hm.« Jarne wirkte nicht überzeugt. »Noch seltsamer wird die Sache dadurch, dass Amelie dafür in den letzten Monaten oft Besuch von Beatrice erhielt. Eine Pflegekraft meinte, auch heute sei Beatrice kurz vor mir bei ihrer Nichte gewesen. Mir war in der Tat so, als hätte ich Beatrice beim Ankommen auf dem Parkplatz gesehen, aber war mir nicht sicher, weil sie kein Anzeichen des Erkennens gezeigt hat, obwohl sie in meine Richtung blickte.«

»Nun ja, Höflichkeit ist ohnehin keine Sache der Mocks, vielleicht war sie sich auch nur genauso unsicher wie du.« Victoria zuckte mit den Schultern und angelte ein Stück Baguette aus dem Korb. »So häufig habt ihr euch ja noch nicht gesehen.« Mit dem Brot wischte sie die letzten Kleckse der grünen Mojo-Sauce von ihrem Teller. »Konntest du inzwischen herausfinden, auf was dein Ermittlerinstinkt angesprungen ist?«

»Ich fürchte, der Besuch im Pflegeheim hat noch mehr Fragen aufgeworfen. Je genauer man hinsieht, desto merkwürdiger erscheint mir die Familie. Und da der Täter statistisch gesehen in den allermeisten Fällen aus dem engeren Umfeld des Opfers kommt ...«

»Zumindest trifft diese Aussage zu, sofern man nur die aufgeklärten Morde betrachtet,« unterbrach ihn Victoria. »Zieht man die ungelösten Mordfälle hinzu und berücksichtigt noch die mögliche Dunkelziffer, so sehen einige Kriminologen ganz andere Wahrscheinlichkeiten.«

»Ich will hier keinen rechtswissenschaftlichen Theorienstreit führen«, erwiderte Jarne, während er eine Olive auf seine Gabel spießte. »Fakt ist – die Mocks sind einander alles andere als wohlgesonnen und doch miteinander verwoben. Und sei es nur wegen der Firma. Das bietet ausreichend Konfliktpotential, um genauer hinzuschauen.«

Victoria nickte. »Viele Optionen haben wir ohnehin nicht.« Sie zählte mit den Fingern auf. »Familie, Geschäftspartner, Konkurrenten und Nora Fritz. Die korrupten Geschäftspartner leuchten mir nicht wirklich ein. Sie haben keinen Vorteil davon, wenn Benedikt Mock im Gefängnis sitzt. Im Gegenteil – wie man jetzt sieht, birgt Benedikt Mocks Verhaftung sogar das Risiko, selbst in das Visier der Ermittlungsbehörden zu geraten.« Sie klappte einen Finger wieder ein. »Das Gleiche gilt für seine Konkurrenten. Ein Mord erregt zu viel Aufsehen. Und wenn schon Auftragsmord oder Ähnliches, dann hätte ein Konkurrent doch Benedikt selbst ausgeschaltet, anstatt darauf zu hoffen, dass seine Verschwörung Früchte trägt und Mock tatsächlich verurteilt wird.« Victoria klappte einen weiteren Finger um. »Nein, ich denke, du hast recht. Die Familie ist viel wahrscheinlicher als diese dubiosen Geschäftsleute. Und vielleicht auch noch ...?« Das Ende der Frage hing abwartend in der Luft.

Jarne verstand, worauf sie hinauswollte. »Richtig. Mit den neuen Informationen halte ich Nora Fritz für den lohnenswertesten Ansatz. Dann werde ich mich jetzt bevorzugt um diesen losen Faden kümmern.«

Victoria lächelte erleichtert. »Du hältst meine Idee also für plausibel? Weil Benedikt Mock so vehement zurückweist, Nora Fritz könne etwas damit zu tun haben.«

»Was nicht verwunderlich ist. Du sagtest doch, er sei wirklich verliebt. Liebe kann sogar Alpha-Männchen blind machen.«

Gedankenverloren stocherte Victoria in einigen Kapern herum, die die letzten Zeugen einer ehemals gut gefüllten Tapasplatte waren. Als sie endlich erfolgreich eine Kaper eingefangen hatte, brummte ihr Smartphone leise. Es war das Diensthandy, das sie während des Essens lautlos gestellt hatte und sie nun per

Vibrationsalarm über einen entgangenen Anruf informierte. Überrascht schaute sie auf den Namen der Anruferin. »Schau mal, wer mich erreichen wollte!« Sie hielt Jarne das Display hin, der ebenfalls verblüfft die Augen aufriss.

»Ob ich um diese Zeit noch zurückrufen kann? Ich möchte schon gerne wissen, was sie von mir wollte. Sie war doch so abweisend bei eurem letzten Gespräch!«

In diesem Moment klingelte Jarnes Handy. Er hatte es natürlich nicht stumm geschaltet. Mit einem Blick auf die angezeigte Anruferkennung entgegnete Jarne: »Wir werden wohl gleich erfahren, was Beatrice Mock uns zu sagen hat.«

Die Unterhaltung verlief kurz und so leise, dass Victoria nichts davon aufschnappen konnte. Jarnes Gesicht blieb ausdruckslos, nur einmal meinte sie, Überraschung darin zu erkennen. Nachdem das Telefonat beendet war, schaute er Victoria stirnrunzelnd an. Sie merkte, wie es in seinem Kopf arbeitete.

»Beatrice Mock muss uns dringend sprechen. Sie hat ein anonymes Schreiben erhalten und wird im Zusammenhang mit dem Mord bedroht.«

Kapitel 14

Punkt vierzehn Uhr stand Victoria am nächsten Tag vor der Haustür von Beatrice Mock und wartete auf Jarne. Mit gerunzelter Stirn beobachtete sie auf ihrer Armbanduhr, wie die Minuten verstrichen, bevor sie seufzend beschloss, ohne den Detektiv zu Beatrice Mock hineinzugehen.

Die Hausherrin öffnete höchstpersönlich die Tür. Ihr Erscheinungsbild war auf den ersten Blick wie immer tadellos, dennoch fielen Victoria Nachlässigkeiten ins Auge, die nicht zu dieser sonst so eleganten Person passten. Das Make-up war nicht so aufwändig, die Haare nicht so glänzend und der Ansatz musste nachgefärbt werden. Auch das mittelgraue Kostüm saß zwar wie angegossen, hätte aber eher zu einer Sekretärin beim Vorstellungsgespräch gepasst. Von einer Dame zur verhuschten Maus innerhalb weniger Wochen. Andererseits reichten ja oft einige schlaflose Nächte für eine solche Verwandlung, und diesbezüglich sprachen die eingefallenen dunkelgrauen Augenringe eine deutliche Sprache.

Suchend sah Beatrice Mock an Victoria vorbei. »Ist Herr de Zand nicht bei Ihnen?«

»Nein, der lässt sich entschuldigen. Er schafft es nicht rechtzeitig.«

»Aha.« Das klang enttäuscht. »Kommen Sie schnell rein!«

Beatrice Mock ergriff Victorias Arm und zog sie ins Innere des Hauses. Hastig schaute sie nach links und rechts, dann warf sie die Tür ins Schloss.

Für eine Sekunde lag etwas hilfesuchendes im Blick der Hausherrin. »Verzeihung. Ich bin wohl ein bisschen ... also ich fürchte, meine Nerven sind heute ...« Sie gab sich einen sichtlichen Ruck, straffte ihre Haltung und setzte ein reserviertes Gastgeberlächeln auf, das Victoria verblüffend an ihren Mandanten erinnerte.

»Was darf ich Ihnen zu trinken anbieten? Einen Tee vielleicht, oder lieber einen Kaffee?« Beatrice Mock wies nun ganz in der Rolle der routinierten Gastgeberin den Weg in den Salon. Einladender war es dort nicht geworden und Victoria bemerkte dankbar die geöffneten Flügeltüren, durch die ein leichter Juniwind den süßlichen Duft eines üppigen Blumengartens hereintrug. Geradewegs steuerte sie auf diesen Ausweg aus der erdrückenden Ansammlung an Pomp zu. Beatrice Mock wirkte für einen Moment, als wolle sie protestieren, fand aber ihr kontrolliertes Lächeln sofort wieder und entschuldigte sich, um Getränke zu holen.

Währenddessen trat Victoria auf die Terrasse und stand einem Meer aus Blumen gegenüber. Minimalismus war wirklich nicht Sache der Mocks. Doch während Dinge, wie das überdimensionierte Firmenlogo oder die aufdringlichen Möbel sie eher abschreckten, sog Victoria diesen Anblick begeistert in sich auf. In der Mitte des Gartens befand sich eine akkurat geschnittene, sattgrüne Rasenfläche. Das hintere Ende des Grundstücks wurde von einer hohen Mauer begrenzt, vor der sich einige Büsche unter den Zweigen einer stattlichen Eiche duckten. Darüber hinaus leuchteten überall bunte Blüten, in Beeten, Kübeln und hängenden Töpfen überboten sich die Pflanzen gegenseitig an Farbenpracht. Entweder beschäftigte Beatrice Mock einen fähigen Gärtner oder sie hatte einen grünen Daumen, den Victoria ihr in dieser Form nicht zugetraut hätte. Sie selbst schaffte es kaum, den Ficus in ihrem Büro am Leben zu halten, und bewunderte jeden, der in der Lage war, eine solche Oase zu zaubern. Eine Gruppe verschwenderisch blühender Kübelpflanzen am Rande der Terrasse erregte Victorias Interesse. Gerade als sie sich vorbeugte, um sie näher in Augenschein zu nehmen, erschien ihre Gastgeberin hinter ihr. Mit einem schmallippigen Lächeln deutete sie nachdrücklich mit einer Armbewegung auf den Tisch, der im Inneren des Hauses gedeckt war. »Meine Liebe, ich hatte die Kaffeetafel im Salon vorbereitet. Das Wetter ist in diesem Jahr allzu unzuverlässig. Bitte kommen Sie doch.«

Victoria nickte ergeben und nahm am Tisch Platz. Sie wäre besonders in diesem unbeständigen Sommer gerne noch etwas in der Sonne geblieben, aber Beatrice Mock war wenig überraschend nicht der Typ Mensch, der sich leger mit dem Besuch auf der Hollywoodschaukel niederließ. Dabei kannte Victoria keinen Hobbygärtner, der nicht stolz den Blick auf seine prahlerische Blumenvielfalt präsentierte. Bei ihrer Gastgeberin war hingegen kurz Unwillen in der Miene aufgeflackert, als Victoria die Blütenpracht bewunderte.

Eine verkrampfte Stille breitete sich aus, während Victoria darauf wartete, dass Beatrice Mock von sich aus auf den Grund der Einladung zu sprechen kam. Sie wollte nicht unhöflich drängeln, aber dennoch dieses Haus schnell wieder verlassen. Um Zeit zu überbrücken, griff sie nach dem einzelnen Keks, der zum Kaffee gereicht wurde. Der war so geschmacksneutral, dass ihr klar wurde, warum er als Single auf dem Tellerchen lag. Einen weiteren hätte niemand angerührt.

Endlich zog Beatrice Mock einen Zettel hervor, den sie unter ihrer Serviette bereit gelegt hatte. Ihre Hände zitterten, als sie ihn auseinanderfaltete und Victoria reichte. Auf einem schmucklosen Blatt Kopierpapier stand ein vor Fehlern strotzender Text.

BENEDIKT MOCK IST EIN MÖRDER!!! ICH HAB ES GESEHEN. WENN ICH ALES DER POLIZEI SAGE IST ER FÜR IMER IM KNAST. WENN DU WILST DAS ICH MUND HALTE MUST DU GELD BEZAHLEN. ICH SAGE WANN UND WO.

WENN DU ANZEIGE MACHST WEGEN DEM BRIEF MACH ICH DICH FERTIG. ICH BEOBACHTE DICH!

Ein beliebiger Computerausdruck. Keine Anrede und natürlich fehlte Unterschrift oder Absender. Falls nicht Fingerabdrücke oder DNA-Spuren darauf zu finden wären, gäbe es keine Möglichkeit, den Verfasser dieser Zeilen zu identifizieren.

»Deshalb habe ich Sie hergebeten«, sagte Beatrice Mock mit matter Stimme. »Ich weiß nicht, wie ich mich verhalten soll. Aus diesem Grunde hätte ich auch gerne Herrn de Zand als Sicherheitsexperten hier gesehen.«

Wäre es nicht so ernst gewesen, hätte Victoria gelacht. Jarne als Sicherheitsexperte? Diesem unzuverlässigen Kerl war eher zuzutrauen, in seiner sorglosen Art jede Tür unverschlossen zu lassen, als sich darum zu bemühen, ein Haus zu sichern. Oder wollte Beatrice Jarne als Bodyguard anheuern? Victoria biss sich auf die Unterlippe, bis sie sicher war, nicht grinsen zu müssen. Dann fragte sie in geschäftsmäßigem Tonfall: »Welche Hilfe haben Sie sich denn von Herrn de Zand erhofft? Vielleicht kann ich Ihre Frage ja weitergeben?«

Beatrice Mock wirkte plötzlich verunsichert. »Eigentlich weiß ich es selber nicht genau.« Sie zuckte undamenhaft mit den Schultern. »Jetzt komme ich mir albern vor. Aber als ich den Brief gestern fand, war es ein Schock für mich. Die Angst hat mich wohl überreagieren lassen. Ich denke gerade, es wäre besser, die Sache einfach zu vergessen.« Beatrice Mocks Stimme gewann an Entschlossenheit. »Selbstverständlich werde ich dem Erpresser nichts zahlen. Sollte der Kerl nicht bluffen und wirklich etwas gesehen haben, dann ist es Ihr Problem, die Aussage aus der Welt zu schaffen, wenn er tatsächlich zur Polizei geht.«

Beatrice Mock war wieder ganz die Alte. Die Kehrtwendung verblüffte Victoria, obwohl sie von Benedikt Mock in dieser

Hinsicht ja schon einiges gewöhnt war. Die Frau, die bis vor wenigen Augenblicken vollkommen eingeschüchtert wirkte, tat nun so, als sei alles eine Bagatelle. Vielmehr noch: Sofern Victoria den abweisenden Gesichtsausdruck richtig deutete, hatte Beatrice es durchaus eilig, sie vor die Tür zu setzen. Verwirrt erhob sie sich. »Wenn ich also nichts weiter für Sie tun kann, darf ich mich jetzt verabschieden. Sollten sich noch Fragen ergeben, melden Sie sich einfach bei mir oder Herrn de Zand.«

Sie streckte Beatrice die Hand zum Abschied hin, doch statt diese zu ergreifen, blickte Beatrice Mock über Victorias Schulter und fuchtelte abwehrend mit den Armen. »Nein! Nicht!«, rief sie alarmiert. Victoria drehte sich zur Seite, um zu sehen, was Beatrice Mock so aus der Fassung brachte. Den Bruchteil einer Sekunde später durchzuckte Victoria ein dumpfer Schmerz auf Höhe der linken Schläfe. Sie sackte zusammen.

Kapitel 15

Ihr Körper fühlte sich merkwürdig an. Irgendwie verdreht und schwerelos, als würde sie verkehrt herum schweben. Es pochte hinter ihren Schläfen. Victoria spürte, wie sie abgelegt wurde. Ihre Gliedmaßen sortierten sich in eine normale Position. Jemand hatte sie getragen, wurde ihr klar, als das logische Denken allmählich wieder einsetzte. Wenn nur dieses Dröhnen im Kopf verschwände. Sie hätte schon gerne gewusst, wer sie so sanft in den Armen gehalten hatte, aber ihre Lider waren so unsagbar schwer. Viel zu schwer, um die Augen zu öffnen. Victoria versuchte, zu blinzeln.

»Ich glaube, sie kommt zu sich«, sagte eine weibliche Stimme, die nach Beatrice Mock klang, allerdings die übliche Contenance vermissen ließ.

»Hmm, jetzt bestimmt!«, antwortete eine tiefe männliche Stimme. Ehe sich dazu ein Name den Weg in ihre Erinnerung bahnen konnte, drückte ihr jemand ein wassertriefendes kaltes Tuch ins Gesicht.

»Verdammt!« Victoria riss die Augen auf und stieß in einer einzigen Bewegung den Arm mit dem nassen Waschlappen weg, während sie verteidigungsbereit in eine aufrecht sitzende Position schnellte. Augenblicklich bereute sie es, sich überhaupt bewegt zu haben. Ihr Kopf produzierte eine Schmerzwelle, die den gesamten Körper durchflutete. Übelkeit stieg in ihr auf. Das scharfe Ziehen in ihrem linken Arm, das bis in die Schulter ausstrahlte, fühlte sich auch nicht gut an.

Mit einem erstickten Schmerzenslaut fiel sie wieder zurück in die Sofakissen. Wenigstens schaffte sie es, ihre Lider geöffnet zu lassen und sah in bekannte grau-blaue Augen, die sehr besorgt auf sie herabblickten.

»Hey, schön langsam. Alles ist gut. Du bist in Sicherheit und niemand hetzt dich. Bleib einfach liegen.« Jarnes Stimme hatte einen weichen Unterton, den Victoria nie zuvor von ihm gehört hatte. All das Leichte, oft Spöttische, war daraus verschwunden. »Brauchst du einen Krankenwagen?«

Sie horchte in sich hinein. Übelkeit. Pochen im Kopf. Vielleicht eine leichte Gehirnerschütterung? Andererseits hatte sie keine Erinnerungslücken – soweit sie das feststellen konnte. Ihr Denken schien ebenfalls wieder zu funktionieren. Sie betastete den Arm und bewegte ihn vorsichtig. Auch das ging, wenngleich neuer Schmerz durch ihren Körper schoss. »Nein, keinen Krankenwagen. Scheint nichts Bedrohliches zu sein.«

Beatrice Mock legte das Telefon zur Seite, das sie schon einsatzbereit in der Hand gehalten hatte. Sie war demnach immer noch im Hause Mock. Aber wie kam Jarne plötzlich hierher? »Wieso ... ich meine ... was machst du hier?«, fragte Victoria ihn.

»Dich retten!«

Da war er wieder – der spöttelnde Unterton. Victoria registrierte es mit Erleichterung. Jarne ging also ebenfalls davon aus, dass sie auf dem Wege der Besserung war. Sie versuchte es mit einem schiefen Grinsen als Antwort.

»Ich erzähle dir nachher alles.« Jarne reichte ihr seine Hand. »Lass uns versuchen, ob du aufstehen kannst, damit ich dich zu deinem Arzt fahren kann. Und Frau Mock möchte nun sicherlich die Polizei rufen.«

Beatrice Mock schaute konsterniert. »J... ja ... ja, Sie haben vielleicht recht. Andererseits – was machen wir, wenn das der Erpresser war? Dann sollten wir das doch besser verschweigen.« Sie blickte ratlos von Victoria zu Jarne. »Jetzt bringen Sie Frau Stein erst einmal zu einem Arzt. Da der Täter geflüchtet ist, eilt die

Anzeige nicht.« Resolut nahm sie Jarne den Waschlappen aus der Hand, den dieser immer noch festhielt und wartete darauf, dass Victoria sich erhob. Mit Jarnes Hilfe schaffte sie es tatsächlich. Behutsam führte er Victoria zu seinem Auto und half ihr sogar, einzusteigen. Dankbar lächelte sie ihn an.

Er betrachtete sie prüfend. »Geht es?«

Sie nickte. Schlechte Idee. Eine neue Schmerzwelle lief durch ihren Körper.

»Du siehst käsig aus.« Mit diesen Worten zog er aus den Tiefen seines Rückbankgemenges eine kleine Plastiktüte hervor. »Hier, falls du dich übergeben musst. Du weißt ja: Wer in den Fußraum k..., ich meine, sich in den Fußraum übergibt, fliegt raus!«

Victoria lächelte. Sein Tonfall brachte etwas Normalität zurück. Die brauchte sie gerade dringend. Nachdem sich der erste Schreck gelegt hatte, fühlte sie sich zittrig. Angegriffen, im wahrsten Sinne des Wortes. Mit einem Mal wollte sie nur noch in die Sicherheit ihrer Wohnung zurück. »Jarne, kannst du mich bitte nach Hause fahren? Ich brauche keinen Arzt.«

Jarne sah sie zweifelnd an. »Du siehst aber nicht so aus.«

»Wirklich nicht!«, beteuerte sie.

Jarnes Blick wanderte zwischen Straßenverkehr und Victorias Gesicht hin und her.

»Bitte Jarne. Ich möchte einfach nur etwas zur Ruhe kommen. Mein Bett, eine DVD zur Ablenkung, und dann ist alles wieder gut.«

Überzeugt wirkte Jarne nicht, wollte jedoch offensichtlich nicht mit ihr streiten.

Victoria ahnte, dass ihm der Schreck über den Angriff genauso zusetzte wie ihr. Nur ohne Kopfschmerzen.

»In Ordnung«, willigte er zögernd ein, »aber nur, wenn du mir versprichst, die nächsten Tage zuhause zu bleiben. Hast du Gerichtstermine?«

»Nein, allerdings Besprechungstermine. Und einen Fristablauf!«

»Das kann doch bestimmt Marcus machen. Oder sich um eine Verlängerung kümmern.«

»Hmm«. Wenig begeistert stimmte Victoria zu. Marcus hatte aktuell auch mehrere dicke Akten zu bearbeiten, aber ihre Fristen ließen sich tatsächlich verlängern und die Besprechungen verlegen. Wenn das der Deal war, um nicht zum Arzt zu müssen, konnte sie sich darauf einlassen.

»Und du versprichst, sofort zum Arzt zu gehen, falls du dich schlechter fühlst!«

»Ja, doch!« Das kam genervter, als es eigentlich sollte. In Wirklichkeit fand Victoria es seltsam berührend, wie sehr sich Jarne um sie sorgte. Dieser schien die Antwort nicht krummzunehmen, sondern wirkte im Gegenteil erleichtert, dass auch sie langsam zum gewohnten Umgangston zurückfand.

»Hast du ein Sofa im Wohnzimmer, auf dem man übernachten kann?«

»Was?«

»Na, ob bei dir Gäste übernachten können?«

»Ähm, ja.«

»Gut, dann bringe ich dich jetzt in Sicherheit, und damit du beruhigt schlafen kannst, bleibe ich in der Nacht bei dir.«

Victoria setzte zum Protest an, als ihr klar wurde, dass sie genau das im Moment brauchte. Sie wollte sich in ihrem Zimmer verstecken, sich in die kuschelige Decke einrollen und wissen, dass vor der Tür jemand die Monster davon abhielt, unter ihr Bett zu kriechen. Es war ihr unbegreiflich, wie Filmhelden es schafften, nach einem solchen Angriff aufzustehen, sich einmal zu schütteln und weiterzumachen wie bisher. Sie hatte jedenfalls immer noch weiche Knie. Deshalb war sie ungewohnt fügsam, als Jarne ihr vor der Haustür aus dem Auto half und sie fürsorglich in die

Wohnung führte. Schweigend ließ sie es zu, dass er sie ins Schlafzimmer und bis zu ihrem Bett begleitete.

»Soll ich dich nicht doch besser zu einem Arzt bringen?«, fragte Jarne, während Victoria die Schuhe abstreifte und mit einem erleichterten Seufzen rücklings auf ihr Bett sank. »Oder soll ich ihn anrufen? Macht dein Arzt Hausbesuche?«

»Lass gut sein«, wehrte sie ab und lächelte ihm beruhigend zu. »Ich muss nur etwas zur Ruhe kommen. Vielleicht wäre eine Schmerztablette hilfreich.«

»Wo finde ich die Kopfschmerztabletten?«

»Im Bad, aber ich gehe eben selbst.« Mit Todesverachtung für ihren pochenden Schädel quälte Victoria sich in eine sitzende Position.

»Bleib liegen! Du siehst nicht so aus, als würdest du es auch nur schaffen, allein aufzustehen. Sag mir, wo ich die Tabletten finde.«

»Im Schränkchen neben dem Spiegel. Aber ich will lieber selbst ...«

»Hast du irgendwelche Waffen oder illegale Drogen dort gebunkert, oder warum soll ich dir diese verflixte Tablette nicht holen?« Jarne war halb amüsiert, halb genervt.

»Unsinn. Nur ... also da liegen Damenhygieneartikel. Das ist irgendwie unangenehm.«

»Ich habe soeben entdeckt, dass du mit einem Teddy im Bett schläfst. Da wird so eine Packung Tampons kaum peinlicher sein!« Lachend drehte Jarne sich um und verschwand aus dem Zimmer. Kurz darauf klapperte es erst im Bad, danach in der Küche, und dann kam er mit einem Glas Wasser und einem Blister Tabletten zurück.

Trotzig blitzte Victoria ihn an. »Sag nichts gegen meinen Teddy! Den habe ich seit meinem ersten Geburtstag immer bei mir!«

»Ist ja schon gut«. In ergebener Pose hob Jarne die Hände.

Kein Spruch? Kein Spott? Das war ungewöhnlich. Der Überfall auf sie musste Jarne mehr zugesetzt haben, als er sich anmerken ließ. Dennoch saß er auf ihrer Bettkante und spielte den starken Ritter. Eine warme Welle von Zuneigung durchströmte Victoria.

»Wie geht es dir?«, fragte sie ihn. »Du hast dich doch vermutlich auch erschreckt?«

»Alles gut, ich habe ja nichts abgekriegt.« Jarne lächelte. Ganz ohne Schalk und Spott.

»Aber du bist so anders« Victoria legte den Kopf schief und sah ihn prüfend an. »Du ziehst mich nicht einmal mit meinem Teddy im Bett auf.«

»Das hebe ich mir für später auf.« Jetzt verzogen sich seine Mundwinkel doch zu einem Grinsen. »Wenn du wüsstest, wie du im Moment aussiehst, würdest du dich nicht wundern, warum ich gerade mein Helfersyndrom auslebe.«

Als Victoria das spitzbübische Funkeln in seinen Augen sah, ließ sie sich erleichtert in die Kissen sinken. Dann war alles gut.

»Ich lass dich jetzt allein.« Jarne stand auf und wandte sich zur Tür. »Ruh dich aus. Wenn etwas ist, ruf mich. Ich bin im Wohnzimmer.«

»Jarne?«

»Ja?«

»Was ist eigentlich passiert?«

»So genau weiß ich das noch nicht. Als ich dich da liegen sah, war mir alles andere erstmal egal.« Jarnes Gesichtszüge wurden hart.

»Hat Beatrice Mock nichts dazu gesagt?«

»Nein, so gut wie nichts.« Jarne schüttelte den Kopf. »Sie war viel zu aufgelöst, als ich bei ihr ankam. Sie hatte meinen Wagen gehört und lief mir hilfeschreiend entgegen. Sie konnte kaum reden, stammelte etwas von ›Überfall‹ ›maskierter Mann‹, und dass du niedergeschlagen worden seist. Daraufhin bin ich ins Haus gestürmt, um nach dir zu sehen.« Ein gequälter Ausdruck trat auf sein Gesicht. »Der Angreifer war weg. Es war mir ohnehin wichtiger, dich vom Boden aufzulesen, als auf Spurensuche zu gehen. Beim Rest warst du ja wieder mit dabei.« Seine Augen spiegelten die Erleichterung darüber wider. »Was hast du von allem mitbekommen? Und was wollte Beatrice Mock von uns?«

Die eigene Erinnerung war spärlich. Victoria sah das überraschte Gesicht von Beatrice Mock vor sich, die mit weit aufgerissenen Augen über ihre Schulter geblickt hatte. Bevor Victoria sich weit genug umgewandt hatte, um etwas erkennen zu können, hatte sie durch den Schlag das Bewusstsein verloren. Sie schüttelte sich, als sie den Moment gedanklich noch einmal durchlebte und atmete ein paarmal tief durch. Dann erst konnte sie Jarne von dem Brief erzählen, der Beatrice zunächst verängstigt hatte, sie von einem Augenblick auf den anderen aber nicht mehr zu belasten schien.

»Beatrice Mock ist eine eigentümliche Person.« Jarne schüttelte den Kopf. »Viel mehr interessiert mich jedoch der Erpresser. Ob er tatsächlich etwas gesehen hat? Oder ist er ein Trittbrettfahrer? Vielleicht ist er auch auf eine Art in die Sache verwickelt, die wir noch gar nicht verstehen?« Jarne knetete sein Kinn. »Jedenfalls ein neues loses Ende, das wir greifen können.« Dann sah er sie mit väterlicher Strenge an. »Darüber machst du dir aber heute keine Gedanken mehr. Versuche, zu schlafen.«

Die Sonne warf schon lange Schatten, als Victoria die Augen aufschlug. Sie hörte jemanden in der Küche werkeln. Das Schließen der Kühlschranktür, das Klappern von Besteck und der typische Ton ihres schweren hölzernen Schneidebrettchens – Geräusche, die normalerweise die Vorbereitungen des Abendessens begleiteten. Neugierig stand sie auf. Ihr strapazierter Kopf protestierte pochend, aber sie biss die Zähne zusammen und schlich in den Flur. An den Rahmen der Küchentür gelehnt, beobachtete sie, wie Jarne routiniert Paprikastreifen für einen Salat schnippelte. Hähnchenbrustfilet lag in einer Marinade, ein Baguette ragte aus einer Tüte. Jarne bewegte sich mit einer Selbstverständlichkeit in Victorias Küche, als wäre es seine.

Er schaute auf und lächelte erfreut. »Hallo, wieder unter den Lebenden? Hast du Hunger?«

Jetzt wo er fragte, wurde Victoria sich des bohrenden Gefühls in ihrem Magen bewusst. Außer dem drögen Keks bei Beatrice Mock hatte sie den Tag über nichts gegessen.

Sie nickte knapp. Mehr Bewegung ließ der Kopf noch nicht zu.

»Du siehst immer noch ein bisschen mitgenommen aus, setz dich lieber hin«. Damit deutete er auf den einzigen freien Stuhl.

Victoria fand es etwas irritierend, von Jarne einen Platz in ihrer eigenen Küche angeboten zu bekommen, aber es passte zu ihm, sich ganz ungezwungen in ihrer Wohnung zu verhalten. Deshalb fühlte es sich seltsam natürlich an, als er sie nach dem Essen wieder ins Bett schickte, ihr ein Glas Wasser auf den Nachttisch stellte und tatsächlich die Bettdecke aufschüttelte. ›Es fehlt eigentlich nur, dass er mir noch eine Gutenacht-Geschichte vorliest‹, dachte Victoria lächelnd, bevor ihr die Augen zufielen.

Kapitel 16

Victoria erwachte vom Duft des Kaffees, der durch die Wohnung zog. Aus der Küche drang Gemurmel in ihr Zimmer. Sie setzte sich auf. Das Dröhnen in ihrem Kopf hatte nachgelassen, dafür war der Arm steif und geschwollen und sandte Schmerzwellen vom Handgelenk bis zu Schulter, sobald sie sich bewegte. Stöhnend hievte Victoria sich aus dem Bett und taumelte mit der Eleganz eines Zombies durch den Flur. Auch ihr Aussehen schien wenig menschlich zu sein, denn als sie die Küche betrat, blickten ihr drei Augenpaare in den unterschiedlichen Abstufungen des Entsetzens entgegen.

»Mein Gott, wie siehst du denn aus?« Jo fand als Erste die Stimme wieder.

»Hast du mal in den Spiegel geguckt?«, echote Marcus.

Jarne fragte schlicht: »Kaffee?«, und schoss damit ansatzlos auf den vordersten Platz ihrer Beliebtheitsskala.

»Gerne, ja.« Sie lächelte ihn an. »Aber vorher sollte ich wohl duschen und mir etwas anderes anziehen.«

Ein Blick in den Spiegel bestätigte ihre Befürchtung – es gab Leichen, die lebendiger wirkten als sie. Sie starrte in ein blasses Gesicht, farblich nur aufgelockert durch dunkle Ringe unter den Augen sowie einem schillernden Bluterguss, der sich von der Schläfe bis zur Wange erstreckte. Jetzt verstand sie die bestürzten Mienen ihrer Freunde.

Geduscht und in frischen Sachen fühlte sich Victoria dem Tag so weit gewachsen, um einen zweiten Anlauf in Richtung Küche zu unternehmen.

Jarne drückte ihr einen Becher Kaffee in die Hand und schob sie dann auf einen Küchenstuhl. Jo angelte ein Brötchen aus dem

Brotkorb, das sie für ihre Freundin schmierte, während Marcus ein Glas Orangensaft vor Victoria hinstellte. Das war zu viel Fürsorglichkeit. Tränen stiegen ihr in die Augen, die sie hastig wegblinzelte. Jo hatte sie dennoch bemerkt und legte eine Hand auf Victorias Arm. »War heftig gestern, hm?«

Victoria nickte. Reden konnte sie nicht, dazu saß der Kloß zu fest im Hals. Schnell ergriff sie das Saftglas. Ihr Rettungsanker, um nicht antworten zu müssen.

»Was macht ihr eigentlich hier?«, fragte sie, als sie wieder sprechen konnte. Sie wollte das Thema wechseln und nicht über die gestrigen Vorfälle nachdenken. Jetzt nicht.

»Na, hör mal!« Jo war ernstlich empört über ihre Frage. »Als Jarne angerufen hat, war doch wohl klar, dass ich sofort vorbeigekommen bin! Außerdem musste jemand dein Auto zurückholen.«

Victoria hatte das erste Fettnäpfchen des Tages erwischt. Sie lächelte ihrer Freundin entschuldigend zu. Eigentlich hatte sie wissen wollen, warum Jarne die beiden benachrichtigt hatte. Und schlimmstenfalls: wen noch?

»Du hattest etwas von Terminen und Fristen gesagt«, schaltete sich Jarne ein. Er hatte verstanden, was sie meinte. »Ich wollte also in der Kanzlei Bescheid sagen«, fuhr Jarne fort. »Als dort noch niemand ans Telefon ging, dachte ich, Jo wäre vielleicht schon in ihrem Büro und könnte mir Marcus' Handynummer geben. Ich habe Jo tatsächlich erreicht, und sie hat dann die anderen informiert.«

»Welche anderen?« Victoria wurde ein bisschen bange. »Jo, du hast doch wohl nicht meine Eltern ange...?«

»Nein, die nicht.«, unterbrach Josephine sie. »Aber Valerie. Deine Schwester kommt nachher vorbei. Da du nicht zum Arzt wolltest, sollte zumindest sie mal nach dir sehen. Sie ist ja immerhin so etwas Ähnliches.«

»Oh toll. Danke. Warum hast du es nicht gleich in die Zeitung gesetzt? Oder ein Rundschreiben verfasst?« Böse blickte Victoria ihre Freundin an.

Jos Augen verengten sich. Sie schob das Kinn nach vorne.

Victoria fand es besser, einzulenken, bevor Jo richtig sauer wurde. Streit mit ihrer besten Freundin hätte sie nicht auch noch verkraftet. »Entschuldigung«, sagte sie schnell. »Ist ja lieb, dass du dich kümmerst. Aber du weißt doch, wie Valerie ist. Ich weiß nicht, ob ich sie heute ertrage.«

»Schon gut. Vielleicht hätte ich sie wirklich nicht anrufen sollen.« Jo wirkte ungewöhnlich zerknirscht. »Im ersten Schrecken fiel mir nichts Besseres ein, als Jarne sagte, er durfte dich nicht einmal zu einem Arzt bringen.«

»Was ist denn ›etwas Ähnliches‹ wie ein Arzt?«, fragte Jarne dazwischen. Dankbar für dieses Ablenkungsmanöver lächelte Victoria ihn an und er zwinkerte zurück.

»Victorias Schwester ist Heilpraktikerin. Sie ist sehr bio, vegetarisch, esoterisch. Und überaus anstrengend« Marcus machte keinen Hehl daraus, wie wenig er mit Valeries Art anfangen konnte. Dabei hatte es zu Beginn des Studiums sogar eine Zeitlang so ausgesehen, als könne aus den beiden ein Paar werden. Valerie hatte damals noch Medizin studiert, bis sie feststellte, dass Schulmedizin nichts für sie war, alles hingeschmissen hatte und auf eine Heilpraktikerschule wechselte. Immerhin hatte sie die anspruchsvolle Prüfung im ersten Anlauf mit Bravour bestanden, zig Fortbildungen absolviert und führte jetzt eine gutgehende Praxis. Parallel dazu wurde sie jedoch anstrengend. Zu anstrengend jedenfalls für Marcus, der zwar nichts gegen zierliche Blondinen hatte, aber von denen dann lieber ein Exemplar von dieser Welt. Valerie schwebte bisweilen in anderen Sphären.

Nach dem Frühstück verabschiedeten sich alle drei. Marcus versprach, sich um die Verlegung von Fristen und Besprechungsterminen zu kümmern und Jo, dass sie sich im Laufe des Tages melden würde.

Jarne warf Victoria einen prüfenden Blick zu. »Kann man dich wirklich allein lassen?«

»Natürlich.« Sie seufzte. »Valerie kommt doch ohnehin nachher.«

»Das ist gut. Ich finde ja immer noch, dass du zu einem Arzt gehen solltest. So ist zumindest etwas ›Ähnliches‹ im Haus.«

»Meine Schwester sieht so aus, als könne Licht durch sie hindurchscheinen, aber ihre Anwesenheit ist in etwa so erholsam, wie ein Tag unter Ravern auf einem Techno-Festival! Ich dachte, ich sollte mich ausruhen?« Mürrisch starrte Victoria in ihren Kaffee. Jarne hatte ja keine Ahnung, *wie* nervenaufreibend Valerie sein konnte. Prompt lachte er auch lediglich, nahm seine Jacke vom Küchenstuhl und steuerte auf die Tür zu. Mit einem »Ich melde mich später« verschwand er. Victoria saß allein mit einer lauwarmen Tasse Kaffee in der Küche, die ihr plötzlich viel zu leer erschien.

Sie legte ihr Gesicht in die Hände und versuchte, durch gleichmäßiges Atmen das ungute Gefühl zu vertreiben, das von ihr Besitz ergriff. Sie wusste, dass es normal war, sich nach einem Angriff verwundbar zu fühlen. Die Lehre von Zeugen- und Opferreaktionen war Bestandteil ihres Studiums gewesen. Trotzdem machte es das Erlebte nicht weniger belastend, jetzt da es sie selbst betraf.

Da sie die Untätigkeit schlimmer fand als die Schmerzen im Arm, begann Victoria, die Küche aufzuräumen. Nachdem alles ordentlich war, schaute sie sich ratlos in ihrer Wohnung um. Es war ungewohnt, zum Nichtstun verdammt zu sein. Zur Überbrückung machte sie sich einen weiteren Kaffee und setzte sich mit einem Krimi in ihren Lesesessel. Eine ›nervenzerfetzende

Handlung‹ versprach der Rückentext, aber der Roman konnte sie nicht fesseln. Sie klappte ihn gelangweilt wieder zu. Ihr eigenes Leben war im Augenblick spannend genug.

Sie blickte auf die Uhr. Gerade einmal kurz nach elf.

Lustlos erhob sie sich aus dem Sessel und ging in die Küche, um sich noch einen Kaffee zu holen. Kaffeetrinken aus Langeweile war auch neu. Sie wusste so wenig mit ihrer erzwungenen Freizeit anzufangen, dass sie selbst Valerie mit offenen Armen empfangen hätte. Hauptsache Ablenkung.

Just in diesem Augenblick ertönte die Türklingel. Freudig riss Victoria die Tür auf – und stand Tom gegenüber.

Überrascht starrte sie ihn an. »Du bist nicht Valerie!«, war das Erste, was ihr einfiel.

»Das ist auffallend richtig.«, lachte Tom. »Ich sehe, dein Kopf funktioniert noch.«

»Ja, zwar nur unter Protest, aber er arbeitet.«

»Das ist schön. Ich wollte auch gar nicht lange stören. Ich war nicht einmal sicher, ob du öffnen würdest, sonst hätte ich dir das hier vor die Tür gestellt.«

Mit diesen Worten hielt er ihr einen großen Beutel Kaffeebohnen hin, der mit einer Stoffschleife verziert war. Ein kleiner Notizzettel steckte hinter dem Schleifenband. Neugierig zog sie ihn hervor. ›Ich schulde dir noch einen Kaffee. Und wenn der Prophet nicht zum Berg kommen kann ... du weißt schon. Gute Besserung. Tom‹

»Danke!« Victoria lachte. »Hast du denn Zeit für einen Kaffee oder wolltest du nur die dazu benötigten Rohstoffe abliefern?«

»Ich wollte dich wirklich nicht überfallen. Fühl dich nicht genötigt, mich hereinzubitten.« Bei seinen Worten schaute er sie prüfend an. Lange und intensiv. Sein Blick wurde grimmig, als er an dem Bluterguss in ihrem Gesicht kurz hängenblieb, aber er kommentierte ihr Aussehen nicht.

Dann lächelte er voller Wärme.

Victoria spürte, wie ihr Puls sich beschleunigte. Kopf und Arm waren zwar ziemlich angeschlagen, doch Herz und Bauch funktionierten noch hervorragend. Ein seit Ewigkeiten nicht mehr verspürtes Kribbeln machte sich in der Magengegend breit. Strahlender als vermutlich schicklich war, öffnete Victoria die Tür ein Stück weiter und trat zur Seite. »Komm rein. Wenn ich ehrlich bin, freue ich mich über Gesellschaft.«

Da im Wohnzimmer noch Jarnes Tasche herumstand – wieso eigentlich? – lotste sie Tom in die Küche. Nachdem beide mit Kaffee versorgt waren, schaute Tom sie mit ernstem Gesicht an. »Verrätst du mir, was passiert ist?«

»Berufliche Neugier?«

»Streng professionelles Interesse.« Er zwinkerte ihr zu. »Jos Andeutung klang spektakulär.«

»Aha, dann weißt du es also von Jo.« Victoria zog die Augenbrauen zusammen. »Hätte ich mir ja denken können.« Sie sollte wirklich mal ein ernstes Wort mit ihrer klatschwütigen Freundin wechseln.

»Ruhig Blut.« Tom lächelte beschwichtigend. »Sie musste ihre Verspätung heute Morgen ja entschuldigen. Ist es denn so schlimm, dass sie es mir gesagt hat?«

Sie konnte Tom schlecht auf die Nase binden, welche Hintergedanken sie bei ihrer lieben Freundin vermutete, deshalb erwiderte Victoria in unbefangenem Tonfall: »Natürlich nicht. So habe ich zumindest neuen Kaffee.«

»Dann ist doch alles gut. Und nun erzähl.«

Victoria biss sich auf die Lippe. Von dem Wenigen, das sie überhaupt nur mitbekommen hatte, *durfte* sie einen Großteil nicht verraten. So hangelte sich Victorias Bericht an einem schmalen Grat entlang, spärlich und stets darauf bedacht, den Grund des Besuchs bei Beatrice Mock nicht zu erwähnen.

Zum wiederholten Mal am heutigen Tag fixierten Toms Augen sie, doch diesmal war es der stechende Blick eines Staatsanwalts, der sehr wohl weiß, wenn jemand ihm wichtige Dinge verschweigt. Unbehaglich schaute Victoria zur Seite. Ihr wurde soeben klar, warum Tom eine so hohe Erfolgsquote hatte. Dieser Blick war so durchdringend, dass sie problemlos nachvollziehen konnte, wie jeder Beschuldigte darunter einknickte. Ihn wollte sie wirklich nicht zum Gegner haben. Victoria zuckte bei der Vorstellung innerlich zusammen, diesem Mann in einem Gerichtssaal standhalten zu müssen. Wenigstens gab es in Deutschland keine Geschworenen. Toms sanfte Augen würden jedes weibliche Jurymitglied sofort auf seine Seite ziehen und das grübchenumrahmte Lächeln vermutlich sogar die Männer überzeugen. Sie bekam hier in der Küche bereits weiche Knie, wenn er seine Augen auf sie richtete, und war mehr denn je entschlossen, die Sache vor einer offiziellen Anklage aufzuklären. Zögernd blickte sie wieder zu Tom, der sie unverwandt ansah.

»Ich nehme an, dass Beatrice Mock bedroht wird, hat mit dem Fall zu tun?«, fragte er sachlich. »Und ich nehme weiter an, aus diesem Grunde wirst du mir keine Details sagen wollen?«

»Tom, bitte. Du weißt, dass ich das nicht darf.«

»Hat Beatrice Mock einen Strafantrag gestellt? Oder du?«

Victoria zuckte unschlüssig mit den Schultern und verzog gequält das Gesicht, als neuer Schmerz durch den Arm schoss. »Ich fühlte mich gestern ehrlich gesagt nicht mehr in der Lage dazu. Ob Beatrice Mock die Polizei informiert hat, weiß ich nicht.«

»Ich werde nachher mal ins System gucken, ob ein Vorgang angelegt wurde. Wenn ja, dann ziehe ich mir den an Land. Keine Sorge«, fügte er hinzu, als er ihr erschrockenes Gesicht sah, »das hätte ich ohnehin gemacht, wenn der Name Mock im Moment irgendwo aufgefallen wäre. Das hat nichts mit unserer Unterhaltung zu tun.«

»Ich bin inzwischen felsenfest davon überzeugt, dass irgendjemand Benedikt Mock die Sache anhängen will«, entgegnete Victoria voller Bedenken. »Von meiner beruflichen Verpflichtung ganz abgesehen, hätte ich deshalb echte Gewissensprobleme, etwas zu tun, das meinen Mandanten noch mehr belastet.«

»Und der gestrige Vorfall belastet Benedikt Mock noch mehr?«

Verflixt. Dieser lauernde Unterton gefiel Victoria überhaupt nicht. Sie hatte das Gefühl, Tom irgendwie auf den Leim gegangen zu sein. Ob er den Spieß umgedreht hatte, so wie sie ihr erstes Zusammentreffen herbeigeführt hatte, um Informationen von ihm zu erhalten? Das wäre zwar auf eine Art gerecht, aber es fühlte sich nicht gut an. Unbewegt blickte sie in sein Gesicht.

»Tom, es ist wirklich nett, dass du vorbeigekommen bist, um nach mir zu sehen, doch ich glaube, während des laufenden Falles sind unsere Interessen zu widerstreitend, um privaten Kontakt zu halten. Vielleicht ist es besser, wenn du jetzt gehst.«

Tom sah aus, als hätte sie ihm Eiswasser über den Kopf geschüttet. »Victoria, entschuldige, offensichtlich hast du etwas in den falschen Hals bekommen.« Seine Augen suchten die ihren. »Ich bin nicht als Staatsanwalt hier, okay?« Als er Victorias Zurückhaltung spürte, seufzte er. »Wusstest du, dass Saskia und Beatrice Mock befreundet waren?«

Victoria riss die Augen auf.

»Nein? Na, siehst du!« Triumphierend sah Tom sie an. »Glaubst du nicht, das allein wäre schon Grund genug für mich, einen Blick auf Beatrice Mock zu werfen?«

»Vielleicht, ich weiß nicht. Wie seid ihr denn überhaupt dahinter gekommen, dass die beiden befreundet waren? Weder Beatrice noch Benedikt haben mir das ...« Victoria biss sich erneut auf die Lippe und Toms Mundwinkel zuckten.

»Smartphones sind die modernen Tagebücher der heutigen Zeit«, antwortete er in neutralem Ton. »Die Einzelverbindungsnachweise, Fotos, Selfies – all das spricht Bände. Die beiden waren enge Freundinnen. Die Haushälterin hat bestätigt, dass Beatrice ein häufiger Gast in dem Haus war.«

Victoria sah ein, dass er vermutlich auch ohne ihr Gespräch den Vorfall unter die Lupe genommen hätte. Falls Beatrice Mock Anzeige erstattet hatte. Trotzdem stieg vor ihrem geistigen Auge das Bild eines fetten Insekts empor, das an einem Fliegenfänger klebte. Tom war verflixt clever und auf Dauer würde es anstrengend werden, jedes privat gesprochene Wort daraufhin abzuklopfen, ob der Staatsanwalt es gegen sie oder ihren Mandanten verwenden könnte. Sie sah ihn entschlossen an. »Es tut mir leid, aber ich finde es trotz allem sehr unpassend, dass wir hier im Augenblick zusammensitzen.«

Tom zog die Augenbrauen zusammen und musterte sie sekundenlang mit aufeinandergepressten Lippen. Dann zuckte er mit den Schultern. »Kündigst du auch Jo gerade die Freundschaft und trinkst keinen Kaffee mehr mit ihr?«, fragte er mit frostiger Stimme, während er sich erhob.

Victoria schüttelte wortlos den Kopf. Jos Augen bargen kein Risiko, sie lösten nicht dieses schwerelose Gefühl in Victoria aus, das sie einlud, sich fallenzulassen und jede Vorsicht zu vergessen. Der Blick, den Tom ihr jetzt zuwarf, versprach allerdings nicht, sie aufzufangen, sondern stieß wie ein Dolch in ihr Herz. Doch sie konnte ihm unmöglich erklären, was in ihr vorging, warum sie in seiner Nähe das Gefühl hatte, alles von sich preisgeben zu können – und das viel zu bereitwillig auch tat. Sie musste die Anwältin in sich schützen. Also begleitete sie ihn stumm zur Tür und sah traurig, wie er die Stufen hinuntereilte, ohne sich noch einmal umzublicken.

Kapitel 17

Als es etwas später erneut läutete, hüpfte Victorias Herz in der unsinnigen Hoffnung, Tom sei zurückgekommen, um sich zu versöhnen. Aber natürlich war es diesmal wirklich Valerie, die vor der Tür stand. Victoria rang sich ein Lächeln ab. Sie hatte noch immer schlechte Laune, zudem wirkte das Schmerzmittel längst nicht mehr. Da sie nicht schon wieder eine Tablette nehmen wollte, saß sie ihrer Schwester mit dröhnendem Kopf und schmerzendem Arm gegenüber. Zu allem Überfluss hatte Valerie gleich das Zepter übernommen, Victoria auf einen Küchenstuhl gedrückt und danach einen »schönen Tee« für beide zubereitet. Victoria wäre ein schöner Kaffee lieber gewesen, aber das hätte unweigerlich zum ersten Disput geführt. Also nickte sie gezwungen dankbar, nahm die Tasse entgegen und nippte lustlos ein paar Alibischlückchen Früchtetee, der sie, wie alle roten Teesorten, an Jugendherbergstee erinnerte, und bereits deshalb ungenießbar war.

Ihre Schwester sah das anders, so wie sie beide eigentlich nie einer Meinung waren. Unter all den Gegensätzen schlummerte jedoch das Gefühl unerschütterlicher Verbundenheit, weshalb Valerie nach Josephines Anruf sofort ihre Reisetasche gepackt hatte und zu ihrer Schwester gefahren war.

Die Ausmaße des Gepäckstücks alarmierten Victoria allerdings. »Hast du deinen gesamten Hausstand eingepackt? Ziehst du hier dauerhaft ein?«, fragte sie mit Blick in den Flur, wo die riesige Tasche den Weg versperrte.

»Keine Sorge, ich habe nur vorausschauend ein paar Mittel mitgebracht, die wir benötigen könnten. Da wir gerade davon reden: Lass mich jetzt mal deine Verletzungen ansehen.« Resolut zog Valerie eine Schreibkladde und eine Lampe aus der Tasche und schaltete in den Heilpraktikermodus. Widerstand zwecklos. Ihre sonst so zerbrechlich wirkende Schwester verströmte eine Aura von Unbeirrbarkeit, wenn es um ihre Tätigkeit ging. Also ließ Victoria es über sich ergehen, dass Valerie hier ein bisschen drückte, dort etwas klopfte, sie währenddessen befragte und vollständig in ihr Handeln vertieft war. Konzentriert schien ihre Schwester im Geiste eine Liste abzuarbeiten, bis sie schließlich mit ihren Untersuchungen zufrieden war. »Ich würde derzeit nicht davon ausgehen, dass etwas gebrochen ist. Letzte Sicherheit könnte nur ein Röntgenbild bringen, aber das halte ich im Moment für unnötig.« Sie neigte ihren Kopf zur Seite und kaute auf ihrer Unterlippe. »Du sagst, du warst gerade dabei, dich umzudrehen, als du getroffen wurdest? Das war dein Glück, weil der Angreifer dich deshalb nicht voll erwischt hat. Das erklärt zudem den Bluterguss auf der Schulter. Er hat den Schädel weitgehend verfehlt und der Schlag landete hauptsächlich knapp neben dem Schlüsselbein. Die anderen Verletzungen am Arm hast du wahrscheinlich vom anschließenden Sturz.«

Victoria nickte. Das klang plausibel. Und auch so, als wäre alles halb so schlimm und die Sache bald vergessen. Weh tat es trotzdem.

»Warte einen Augenblick, ich habe das Richtige mitgebracht.« Valerie angelte aus den Tiefen ihrer Tasche einen Tiegel mit einer Salbe. »Die habe ich selbst angerührt. Hauptsächlich ist Arnika darin. Das sollte helfen.« Während sie redete, verteilte sie eine großzügige Portion von dem Zeug auf Victorias Arm, von der Schulter bis zum Handgelenk. Das glitschige Ergebnis erinnerte an die öltriefenden Hähnchen in einem Grillwagen.

»Keine Globuli heute?«, fragte Victoria mit leisem Spott und versuchte dabei vergeblich, den Ärmel ihres Shirts über die klebrige Masse zu ziehen.

»Nein, ich weiß ja, wie du darüber denkst.« Valerie klang sofort einige Grade kühler. »Ich hätte schon einige Mittel dabei, die passen könnten. Aber du machst ja keinen Hehl daraus, etwas Handfestes zu bevorzugen. Obschon ich Akutpotenzen eingepackt habe. Wenn du deine Meinung über Homöopathie inzwischen geändert ...«

»Nein, lass gut sein. Milchzuckerkügelchen sind nichts für mich« Victoria hob abwehrend die Hände, was ihre Schulter unverzüglich mit einer neuen Schmerzwelle bestrafte. Sie verzog das Gesicht.

»Dann kann ich jetzt nichts mehr für dich tun, den Rest muss der Körper allein schaffen, und dafür braucht er Ruhe. Also sei eine brave Patientin, und leg dich ins Bett. Sofort!« Valerie zog die Augenbrauen zusammen und sah so streng aus, dass Victoria lachen musste. Aber sie gab ihrer Schwester insgeheim recht – sie spürte die Auswirkungen des vergangenen Tages noch viel zu deutlich, um ernstlich zu protestieren, und legte sich folgsam ins Bett.

Als Victoria später die Augen aufschlug, schmerzte ihr Arm tatsächlich etwas weniger. Auch ihrem Kopf hatte der Schlaf gutgetan. Nach einer ausgedehnten Dusche und mit reichlich Make-up im Gesicht sah sie wieder vorzeigbar aus. Den Bluterguss konnte man unter der Schminke nur noch erahnen. Sie ging ins Wohnzimmer, wo ihre Schwester mit einem Wälzer auf dem Schoß im Lesesessel saß.

Valerie blickte lächelnd hoch, als Victoria eintrat, klappte das Buch zu und legte es auf den Couchtisch. »Du siehst deutlich besser aus. Fühlst du dich auch so?«

Victoria nickte und setzte sich auf die Armlehne des Sessels. Dabei warf sie einen interessierten Blick auf den Buchdeckel.

»Dosis sola facit venenum«, entzifferte sie die verschnörkelten Buchstaben. »Um was geht es da?«

»Phytotherapie«, erklärte Valerie. »Das Thema habe ich bisher in meiner Praxis vernachlässigt, aber arbeite mich allmählich ein. Du weißt, um was es sich handelt?«

»Die Lehre von der heilenden Wirkung der Pflanzen.« Victoria nickte. »Allerdings weiß ich recht wenig darüber. Was liest du gerade? Und wieso Latein?«

Valerie lachte. »Das ist zum Glück nur der Titel, kennst du den Spruch? Er ist von Paracelsus.«

Victoria überlegte. Das große Latinum lag lange zurück. »Die Dosis macht irgendetwas. Aber was?«

»Das Gift. Heißt sinngemäß, nur die Dosis entscheidet, ob ein Mittel wirksam oder schlimmstenfalls sogar gefährlich ist.«

Victoria wusste, was nun folgte. Sie kannte Valeries belehrenden Gesichtsausdruck, der einen längeren Vortrag ankündigte. Schon ging es los.

»Du kennst doch zum Beispiel Digitalis aus dem Fingerhut? In kleinster Menge ist es ein hochwirksames Herzmedikament, in höherer Dosierung ist es tödlich. In der Phytotherapie muss ich sehr genau wissen, mit welcher Pflanze ich es zu tun habe. Wenn ich in der Homöopathie eine falsche Potenz oder das falsche Mittel wähle, fällt niemand schlagartig tot um. Anders ist es, wenn man in der Phytotherapie in solchen Dingen irrt.«

»Du behandelst doch zukünftig hoffentlich nicht mit lebensbedrohlichen Substanzen?« Erschrocken sah Victoria ihre Schwester an. »Wenn du mit Tollkirschen arbeiten willst, dann bleib bitte bei Belladonna-Globuli!«

Ein bisschen überraschte es sie selbst, wie leicht ihr dieses Beispiel in den Sinn kam. Valeries Vorträge zeigten Wirkung. Sie nahm erleichtert wahr, wie Valerie abwehrend die Hände hob und mit einem empörten Unterton erwiderte: »Denkst du ernsthaft, ich hätte vor, in Teufels Küche zu kommen, weil ich mit lebensgefährlichen Pflanzen experimentiere? Dennoch muss ich sie kennen, wenn ich mich mit Phytotherapie beschäftigen will. Du ahnst nicht, wie viele hochgiftige Pflanzen es in unserer unmittelbaren Umgebung gibt! Häufig, ohne dass wir es wissen. Dass Tollkirschen giftig sind, weiß zum Glück jedes Kind. Aber du glaubst nicht, wie viele Menschen etwa die Engelstrompete auf ihrer Terrasse stehen haben, weil sie schön aussieht. Ihre Kinder oder Enkel spielen direkt daneben, und niemand weiß, dass Engelstrompete genau so giftig ist wie die Tollkirsche. Auch Engelstrompete enthält Scopolamin und Hyoscyamin. Genau wie die Tollkirsche. Als Heilpraktikerin *muss* ich so etwas wissen.«

Victoria hatte fasziniert zugehört. Was Valerie erzählte, war für sie ebenfalls neu. »Du hast recht. Das Wissen über die Wirkung von Pflanzen ist bei den meisten von uns verloren gegangen. Eigentlich weiß ich nicht einmal, wie Engelstrompete aussieht. Ich würde also ebenso wenig erkennen, wenn eine Giftpflanze direkt vor mir steht.«

»Die hast du mit Sicherheit bereits irgendwo gesehen. Schau her!« Valerie langte nach ihrem dicken Wälzer und blätterte darin herum. Dann deutete sie auf die Abbildung eines wunderschönen Strauches mit prachtvollen kelchartigen Blüten. Auch wenn Victoria sich nicht erinnern konnte, wo sie eine solche Pflanze gesehen hatte, stimmte sie ihrer Schwester zu: Diese Kelche kamen ihr bekannt vor und sie hatte bestimmt schon einmal davor gestanden, ohne die geringste Ahnung von der bedrohlichen Wirkung zu haben.

»Die sind wirklich so giftig wie Tollkirschen?«, fragte sie beeindruckt.

»Ja. Bei beiden tritt die tödliche Wirkung mit spätestens einhundert Milligramm ein – natürlich abhängig vom Körpergewicht. Die ersten Auswirkungen des Gifts treten bereits bei einer weitaus niedrigeren Dosierung auf.« Valerie zog unheilvoll die Augenbrauen zusammen. »Menschen, die wahnsinnig genug sind, Engelstrompete als Rauschdroge einzusetzen, machen sich einen Tee aus nur einer einzigen Blüte. Wenn sie Pech haben, kommen sie ein Leben lang nicht mehr von dem Trip herunter.«

»Rauschdroge? Du meinst, es gibt Leute, die das Zeug freiwillig einnehmen, um etwas Spaß zu haben?« Entsetzt schaute Victoria ihre Schwester an.

»Vielleicht erhoffen sie sich den, aber was sie erleben, würde ich nicht Spaß nennen.« Valerie schüttelte bedrückt den Kopf. »Es kann üble Wahnvorstellungen auslösen; es macht willenlos und auch wehrlos, weil man komplett in seiner eigenen Welt gefangen ist. Trotzdem werden scopolaminähnliche Stoffe bis heute wegen der sedierenden und krampflösenden Wirkung in einigen Medikamenten verwendet. Ein weiterer Beweis für *dosis sola facit venenum.*«

Kapitel 18

Bis zum Abend hatte Victoria eine Menge über psychotrope Pflanzen dazugelernt. In jedem Fall hatte sie mit Valerie eine wahre Expertin zur Hand, sofern sie jemals einen Rat zu diesem Thema benötigte. Valerie wurde nicht müde, vor den schlimmen Konsequenzen dieser Art von Drogen zu warnen. »Es besteht immer das Risiko einer versehentlichen Falschdosierung, da jede einzelne Pflanze eine unterschiedliche Wirkstoffmenge enthält. Wenige Schlucke können unabsehbare Folgen haben!« Sie blickte Victoria so eindringlich an, als hätte diese angekündigt, eine Reihe von Selbstversuchen zu starten.

Beim Anblick Valeries zusammengezogener Augenbrauen lachte Victoria auf. »Keine Sorge, da ich keinerlei Todessehnsucht verspüre, belasse ich es bei meiner Koffeinsucht und einem gelegentlichen Glas Rotwein!«.

Das Läuten an der Tür unterbrach die Schwestern. Es war Jo, die beim Italiener Abendessen besorgt hatte.

Victorias Freundin verdrehte die Augen, als Valerie ein Stück Pizza mit demonstrativer Verachtung für diese ihrer Meinung nach ungesunde Kost aus dem Karton nahm, obwohl Jo sogar daran gedacht hatte, eine der Pizzen mit vegetarischem Belag zu ordern. Die drei hatten es sich gerade im Wohnzimmer gemütlich gemacht, als es abermals schellte. Diesmal stand Jarne vor der Tür. Er überreichte Victoria eine Packung Schmerztabletten, anschließend drängte er sich in den Flur, ohne eine Aufforderung abzuwarten.

»Komm doch rein«, flötete Victoria hinter ihm her. Er stutzte und sie hatte einen Augenblick lang den abwegigen Gedanken, ihre subtile Kritik wäre bei ihm angekommen. Dann wurde ihr klar, dass sich seine Reaktion auf etwas anderes bezog – genauer: auf jemand anderen. Er hatte Valerie entdeckt. Victoria hatte vergessen, wie ihre Schwester auf Männer wirkte. Ihr ätherisches Aussehen weckte bei Männern den Beschützerinstinkt. Dass auch Jarne einen solchen besaß, hatte er einen Tag zuvor bewiesen.

Valeries Anblick brachte den Detektiv nur einen kurzen Moment aus der Fassung, danach lernte Victoria eine neue, überaus charmante Seite an ihm kennen. Er setzte ein breites Lächeln auf, das nicht einmal einen Hauch des üblichen Schalks enthielt, und strahlte Valerie an.

Es gab Victoria einen Stich, und darüber ärgerte sie sich noch mehr. Hatte sie ernsthaft gedacht, ausgerechnet Jarne, dem sie seit dem ersten Tag ihrer Bekanntschaft attestieren würde, entwicklungstechnisch irgendwo kurz nach der Pubertät stehengeblieben zu sein, werde anders auf ihre Schwester reagieren, als die meisten Männer? Sie verdrängte dieses nagende Gefühl augenblicklich. Dass Tom sauer war, reichte an Herzensproblemen.

Nachdem sich die beiden miteinander bekannt gemacht hatten, konzentrierte sich Jarne zu Victorias Erleichterung auf das Essen. Da Valerie noch immer den Lesesessel belegte, quetschte er sich mit einem großen Stück Pizza in der Hand zu Jo und Victoria auf die Couch, allerdings nicht ohne gelegentlich einen Blick zu Valerie hinüberzuwerfen. Missmutig kaute Victoria auf der Pizza herum und wunderte sich über ihre seltsame Reaktion. Sie war doch an Jarne gar nicht auf diese Art interessiert, von der jetzt seine Augen erzählten, wenn er Valerie anblickte. Wahrscheinlich klangen einfach die Erlebnisse des Vortages zu sehr in ihr nach. Victoria hatte nie viel für die Sorte Frau übrig gehabt, die die starke Schulter des Mannes für ihr Lebensglück benötigt. Gestern fand sie es plötzlich schön, eine solche Schulter zu haben. Wie mühelos Jarne sie getragen hatte. Das warme Gefühl von

Geborgenheit, das sich in ihr ausbreiten wollte, wurde abrupt durch einen langen Blick ausgebremst, den Jarne Valerie zuwarf.

»Valerie«, wandte er sich ihrer Schwester mit einfühlsamer Stimme zu, »ich hoffe, es stört dich nicht, wenn wir uns über unseren Fall unterhalten? Du bist als Heilpraktikerin doch vermutlich sensibel, wenn es um die dunkle Seite der menschlichen Psyche geht. Nicht, dass du in der Nacht Albträume bekommst!«

›Wenn er ihr gleich anbietet, sich heute Abend in seine starken Arme zu flüchten, muss ich mich übergeben,‹ dachte Victoria und sah Jo hilfesuchend an.

Die schnitt naserümpfend eine Grimasse. »Da Valerie vor ihrer Berufung zur Heilpraktikerin mehr Leichen aufgeschnitten hat, als wir alle drei in unserem gesamten Leben zu sehen kriegen werden, ist sie vermutlich weit weniger zart besaitet, als du glaubst«, warf Jo trocken ein. »Ich frage mich allerdings, gegen wie viele Berufsregeln es verstößt, wenn der Privatermittler, die Strafverteidigerin und die Staatsanwältin munter miteinander über den Fall plaudern, während zudem eine außenstehende Dritte dabei zuhört.«

»Oh, ich will Euch natürlich nicht stören«, kam es schnippisch aus dem Lesesessel und Valerie machte Anstalten, sich zu erheben. Mit Genugtuung sah Victoria, dass Jarne erstaunt die Augenbrauen hob. So viel Zickigkeit hatte er wohl nicht von dieser elfengleichen Erscheinung erwartet.

Jo reagierte prompt und drückte der verdutzten Valerie die leeren Pizzakartons in die Hand. »Wenn du in die Küche gehst, könntest du die Gelegenheit nutzen, das Tiramisu zu verteilen. Ich hatte die Schüssel in den Kühlschrank gestellt. Dessertschälchen sind im Küchenschrank.«

Victoria musste sich konzentrieren, um nicht laut loszuprusten, als sie Valeries Gesicht sah. Da es ihrer Schwester kaum möglich war, einen Rückzieher zu machen, erhob sie sich. Sie warf Jo einen hoheitsvollen Blick zu, bevor sie mit den Kartons den Raum verließ. Victoria registrierte mit einer gewissen Schadenfreude, wie Jarne diese Reaktion mit einem leichten Stirnrunzeln quittierte. Auch Jo hatte es bemerkt und zwinkerte Victoria zu. »So ihr zwei, jetzt habt ihr einen kurzen Augenblick für eure Besprechung. Ich leiste Valerie in der Küche Gesellschaft und schaffe ein bisschen Ordnung.«

Als sie allein waren, grinste Jarne Victoria an. »Jo ist nicht gerade Valeries größter Fan, oder?«

»Nicht wirklich. Eine lange gewachsene Abneigung. Valerie kann anstrengend sein.« Fast hätte sie hinzugesetzt »Das wirst du noch merken«, aber sie konnte sich noch bremsen.

»Ich glaube, ich habe soeben einen ersten Eindruck davon erhalten«, bemerkte Jarne und mit einem Mal fiel Victoria auf, wie freundlich ihr Wohnzimmer aussah, wenn die Sonne hereinschien.

»Lass uns schnell über den Fall sprechen«, wechselte Jarne dann zum wichtigeren Thema. »Es ist besser, wenn Jo nicht alles mitbekommt, was wir hier besprechen. Sie gehört schließlich zur Gegenseite.«

Victorias Herz tat einen schmerzhaften Schlag, als sie an ihr Gespräch mit Tom denken musste. »Du hast recht. Dabei fällt mir ein: Hast du Jo irgendetwas von gestern erzählt?«

»Natürlich nicht. Zumindest keine Details.«

»Gut. Solange wir nicht wissen, ob der Erpresser Mock belasten kann, dürfen wir nichts davon nach außen dringen lassen. Konntest du noch einmal mit Beatrice wegen des Vorfalls reden?«

»Nein.« Jarne schüttelte den Kopf. »Bei ihr geht nur der Anrufbeantworter dran. Nach dem, was sie gestern geäußert hat, glaube ich auch nicht, dass sie sich noch an erhellende Details erinnert. Wir sollten uns auf andere Punkte konzentrieren.«

Dass er ›wir‹ gesagt hatte, freute und beunruhigte Victoria gleichermaßen. Sie wollte mehr denn je an den Ermittlungen beteiligt sein. Die Sache war persönlich geworden, sie hatte sich von einer beruflichen zu einer ureigenen Angelegenheit entwickelt. Wer immer für ihren Brummschädel verantwortlich war, sollte dafür büßen!

»Hast du schon eine Ahnung, wie *wir* jetzt weitermachen sollen?« Sie wollte auf jeden Fall dabei sein.

»Ich könnte tatsächlich deine Hilfe gebrauchen«, raunte er ihr zu und behielt die Tür im Auge. »Ich erzähle es dir im Auto, hier ist es gerade unpassend.«

Mit dem vagen Hinweis, sie müssten dringend noch etwas erledigen, schoben sie die ebenso verdutzt, wie auch ein bisschen gekränkt wirkende Jo zur Tür hinaus. Sie hatten in diesem Punkt eindeutig von Mocks dazugelernt. Anders als die Mocks würde Victoria allerdings für diese Unhöflichkeit büßen müssen, das wusste sie jetzt schon. Aber sie war viel zu neugierig auf Jarnes geheimnisvolle Pläne. Wenige Minuten später – während sie in Jarnes Golf durch die abendliche Stadt fuhren – wünschte sie jedoch, sie wäre auf dem Sofa geblieben.

»Du willst *was*?« Sie schnappte nach Luft. »Das kann unmöglich dein Ernst sein!« Nun wusste sie wenigstens, warum Jarne ihr geraten hatte, etwas Dunkles anzuziehen. Sie hatte allerdings gedacht, es ginge darum, jemanden unauffällig zu observieren und nicht geplant, zu seiner Komplizin bei eher zweifelhaften Aktivitäten zu werden.

»Doch, das ist mein Ernst. Ich habe heute Nachmittag schon versucht, bei Nora Fritz einzubrechen.« Victorias Augenbrauen schossen nach oben, aber Jarne sprach ungerührt weiter. »Das Schloss an der hinteren Kellertür ist ein Witz, auch die Wohnungstür ist nicht schwierig zu öffnen. Das Problem ist nur – es gibt keine Fluchtmöglichkeit. Wenn ihre Wohnung so geschnitten ist wie die im Erdgeschoss, in die ich reinsehen konnte, habe ich keine Chance, unerkannt zu verschwinden, falls Nora nach Hause kommt. Tagsüber ist im Treppenhaus zu viel los. Ich bin vorhin schon fast erwischt worden, als ich mich reingeschlichen habe. Wenn wir erst einmal drin sind, ist es deine Aufgabe, Nora vom Betreten der Wohnung abzuhalten, wenn sie zu früh erscheinen sollte.«

»Wie stellst du dir das vor? Und warum willst du überhaupt in ihre Wohnung?« Victoria fand die Idee noch immer aberwitzig.

»Nora Fritz hast du doch selbst ins Spiel gebracht. Sofern sie wirklich auftauchen sollte, musst du eben improvisieren.«

Bei Jarne klang das alles ganz einfach. Victoria verdrängte den Gedanken, dass die Sache mit der Improvisation schon in der Gerichtsmedizin nicht überzeugend funktioniert hatte. »Wie kannst du dir überhaupt sicher sein, dass sie nicht daheim ist?«, meldete sie neue Zweifel an. »Es ist Abend und ihr Liebster ist inhaftiert. Da wird sie wohl kaum noch um die Häuser ziehen!«

»Das nicht, aber wie ich in der Firma gehört habe, arbeitet sie derzeit immer bis spät in die Nacht hinein, seit Benedikt Mock im Gefängnis ist. Darauf baue ich.« Tatendurstig funkelten seine Augen. Er schien das bevorstehende Unterfangen zu genießen, während Victoria mit mulmigem Gefühl im Geiste sämtliche Gesetze durchging, die sie im Begriff waren, zu verletzen.

Kapitel 19

Nachdem Jarne das Fahrzeug in einer Seitenstraße abgestellt hatte, folgte Victoria ihm widerstrebend zu einem mehrstöckigen Mehrfamilienhaus. Eine schmucklose Fassade erhob sich über einem winzigen Grünstreifen, der den Namen Vorgarten nicht verdiente. Zwischen den Häusern, die sich hier aneinanderdrängten und wie ein Ei dem anderen glichen, führten schmale Durchgänge hinter die Gebäude.

So wohnte Nora Fritz also. Man konnte zwar sicherlich schlechter wohnen als in diesem Mietshauseinerlei, aber es war nicht schwer, sich vorzustellen, wie in der Monotonie Träume und Sehnsucht nach dem großen Geld reiften.

Die Sonne war inzwischen untergegangen, auch der verbliebene rötliche Streifen am Horizont wurde schmaler, um allmählich dem Tintenblau der Sommernacht zu weichen. Das spärliche Licht war Deckung und Herausforderung zugleich. Der Gang, durch den Jarne sie nun führte, lag in fast vollständiger Dunkelheit, so dass Victoria sich schrittweise vorwärtstasten musste. Jarne schien Katzen in seiner Ahnenreihe zu haben, er bewegte sich mühelos durch die Finsternis. Ungeduldig drehte er sich um. »Wo bleibst du denn? Willst du doch lieber draußen warten?« Sein Flüstern war kaum zu hören.

Oh ja. Wie viel lieber sie auf der legalen Seite des Bürgersteigs geblieben wäre. Sollte sich Jarne doch ohne sie schnappen lassen. Er verlor wenigstens nicht seine Anwaltszulassung durch eine Vorstrafe. Außerdem wurde er dafür bezahlt, dass er hier einbrach – oder ermittelte, wie er es nannte.

Jarne hatte die Frage aber nur rhetorisch gestellt, denn er ergriff ihre Hand und zog Victoria hinter sich her, bis auf einen kleinen betonierten Hof auf der Rückseite der Häuser. Hier konnte sie auch wieder etwas erkennen. In einer Zeit, als noch nicht jeder einen Wäschetrockner besaß, hatten zwei Eisenpfähle dazu gedient, eine Leine zwischen ihnen zu spannen. Heute führten sie ein neues Leben als rostige Torpfosten, wie ein vergessener Fußball vermuten ließ. Seitlich davon verströmten Container aus Waschbeton den gammeligen Geruch selten gereinigter Mülltonnen. Ein Beet voller Unkraut und zotteligem Gestrüpp komplettierte diese Idylle.

Leicht geduckt schlichen sie an dem struppigen Buschwerk vorbei zur Kellertür. Jarne drückte die Klinke hinunter und grinste zufrieden, als die Tür mit einem leisen Quietschen nach innen schwang. »Habe ich heute Nachmittag schon geöffnet. In so großen Mietshäusern kann man sich darauf verlassen, dass sich niemand dafür zuständig fühlt, eine Tür zu verschließen, die er nicht persönlich vorher aufgeschlossen hat.«

Sie schlichen in den Keller. Ein langer Gang erstreckte sich vor ihnen, rechts und links davon gingen die einzelnen Kellerräume der Hausbewohner ab.

Hinter Victoria fiel die Außentür mit einem Klick ins Schloss. Sofort umfing sie Schwärze. Vor ihr raschelte es und sie hoffte inständig, es wäre Jarne. Würde jetzt etwas über ihre Füße huschen, hätte sie das ganze Haus zusammengeschrien. Ihre Nerven waren zum Zerreißen gespannt. Das Geräusch stammte zum Glück tatsächlich von Jarne, der seine Taschenlampe herausgenommen hatte. In ihrem Schein folgten sie dem Kellergang bis zu einer stählernen Tür, die in den Hausflur führte. Hier lauschten beide einen Moment in die Dunkelheit. Aus einer Wohnung drangen gedämpfte Lacher eines Publikums, hier hatte jemand den Fernseher zu laut eingestellt. Irgendwo klingelte ein Telefon. Sonst lag Ruhe über dem Treppenhaus. Ein blumiger Duft nach Waschmittel und Weichspüler kroch aus dem gegenüberliegenden Gang.

Victoria schnupperte. Welche Wohltat nach dem Gestank auf dem Hof.

Kaum hatte Jarne den Fuß auf die unterste Stufe gesetzt, öffnete sich weiter oben eine Wohnungstür. Kurz darauf klackte es und die Treppenhausbeleuchtung beschien Victorias entsetztes Gesicht. Sogar Jarne wirkte einen Moment unbehaglich. Victoria machte auf dem Absatz kehrt und stürmte zurück in den Kellergang. Sie betete, dass die Kellertür nicht laut zuschnappte, aber selbst wenn, hätte sie keine Zeit gehabt, es zu verhindern. Die Außentür ließ sie für Jarne geöffnet. Erst als sie mit einem Hechtsprung hinter dem struppigen Busch landete, merkte sie, dass der Detektiv ihr nicht gefolgt war. Mit pochendem Herzen drückte sie sich flach auf den Boden. Sie fluchte leise über die offenstehende Tür, die Verdacht erregen würde.

Prompt erhellte die Außenbeleuchtung den kleinen Hinterhof. Ein Mann mittleren Alters erschien in der Türöffnung. »Was ist denn das für ein Mist?«, polterte er los. »Warum ist die Tür nicht zu? Das wird immer schlimmer in diesem Haus. Alles Asoziale.« Er schimpfte vor sich hin. Solange er mit sich und seinem Zorn beschäftigt war, kam er hoffentlich nicht auf die Idee, jemand anderen als seine nachlässigen Nachbarn zu verdächtigen und sich womöglich nach Einbrechern umzusehen. Victoria stockte der Atem, als der aufgebrachte Hausbewohner direkt auf sie zusteuerte. Schnell rollte sie sich enger hinter dem Busch zusammen. Sie senkte den Kopf, damit ihre Gesichtshaut nicht hell zwischen den Zweigen hindurchschimmerte und betete darum, ihre dunkle Kleidung und das schwarze Bandana, das sie rasch ein Stück tiefer in die Stirn zog, würden sie ausreichend tarnen. Ohne sie zu entdecken, ging der noch immer verärgert vor sich hinmurmelnde Mann an ihr vorbei, öffnete den Müllcontainer und ließ einen stinkenden Beutel in der Tonne verschwinden. Dann entfernten sich seine Schritte. Zeitgleich erlosch das Außenlicht. Victoria wollte erleichtert aufatmen, als sie hörte, wie die Tür von innen abgeschlossen wurde. Einmal, zweimal. Diese Tür war eindeutig zu.

Sofern es sich um eine ordentliche Hausgemeinschaft handelte und die Haustür gemäß Hausordnung um spätestens 22 Uhr abzuschließen war – was bedeutete, dass die ersten Übereifrigen ab halb neun mit gezücktem Schlüssel zur Tür eilten – säße Jarne in der Falle. Was sollte sie jetzt machen? Ihr Selbsterhaltungstrieb empfahl, zunächst auf schnellstem Wege das fremde Grundstück zu verlassen. Victoria wollte diesem Rat gerade Folge leisten, als sich erneut Schritte näherten. Wieder rollte sie sich wie ein Igel hinter dem struppigen Grün zusammen. Vermutlich hatte der Hausbewohner doch Verdacht geschöpft und jemanden alarmiert.

Victorias Gedanken rasten. Der Busch böte ihr keine geeignete Deckung, sobald man ernsthaft den Hof absuchte. Während die Schritte weiter auf sie zukamen, überlegte sie fieberhaft, wie sie ihre Anwesenheit erklären sollte. Am besten bliebe sie nahe an der Wahrheit. Solange Jarne nicht ebenfalls erwischt wurde, könnte sie behaupten, sie hätte im Müll nach Beweisen gegen Nora Fritz suchen wollen. Damit wäre die Katze zwar aus dem Sack und die Frau gewarnt, aber vermutlich würde sie ohnehin von Victorias Verhaftung erfahren und ihre Schlüsse daraus ziehen.

Das Geräusch der Schritte war zwischenzeitlich verstummt. Wer auch immer auf den Hof gekommen war, verharrte nun in ihrer unmittelbaren Nähe. Victoria wagte kaum zu atmen, und drückte ihr Gesicht noch enger an die Beine. Als das Gebüsch raschelte, wusste sie, dass sie trotz aller Bemühungen entdeckt worden war. Sie schaute hoch – direkt in Jarnes Augen.

»Liegst du bequem, oder möchtest du doch lieber mit reinkommen?«

Victoria war zu fassungslos, um zu antworten. Sie kauerte im Dreck, erstickte fast an ihrer Angst und dem ekelerregenden

Gestank neben den Mülltonnen und Jarne stand so vergnügt vor ihr, als wäre das alles nur ein großer Spaß.

Jarnes Gesichtsausdruck änderte sich. Er hatte wohl realisiert, wie verärgert sie war. Beschwichtigend legte er den Arm um Victoria und zog sie hinter dem Gebüsch hervor. »Hey, alles okay bei dir?« Er betrachtete sie besorgt. »Entschuldige, ich wusste nicht, dass dich das so belastet.«

Es beruhigte sie ein wenig, seinen Arm um ihre Schultern zu spüren. Er schien auch nicht vorzuhaben, ihn da wegzunehmen, sondern drückte sie an sich, bis ihr Atem ruhiger ging. Victoria gab nach, lehnte sich an ihn und warf ihm von unten einen tadelnden Blick zu. »Ist das für dich alles nur ein großes Abenteuer? Ein Spiel?«

»Nein, natürlich nicht. Ich kann mir solche Momente nur nicht so zu Herzen nehmen. Weißt du, wenn ich aus Furcht vor den möglichen Konsequenzen einige Dinge nicht mehr machen würde, wäre ich nicht so gut in meinem Job.«

»Du weißt schon, dass du dich genau genommen strafbar machst?« Victoria runzelte die Stirn. »Auch wenn du nicht aus kriminellen Motiven heraus handelst, ist es illegal, was wir hier tun.«

»Schon klar.« Jarne zuckte mit den Schultern. »Manchmal muss der Zweck die Mittel heiligen. Es ist eine Gratwanderung. Ich darf nur das richtige Augenmaß nicht verlieren.«

Victoria wusste, ihr standen die Zweifel ins Gesicht geschrieben.

»Du willst vermutlich im Auto warten«, stellte Jarne nüchtern fest.

»Du möchtest da noch einmal rein?« Entgeistert starrte Victoria ihn an.

»Natürlich. Wir haben ja bisher nichts erreicht.«

»Und wie willst du ins Haus gelangen? Die Tür ist jetzt nämlich doppelt abgeschlossen.« Sie deutete mit einem Kopfnicken in

Richtung Außentür.

»Das ist kein Problem. Wir kommen bequem dort hinein, wo ich gerade herausgekommen bin.« Er lächelte zuversichtlich. »Ich hatte mich in den anderen Kellergang geflüchtet. Da sind nicht nur Waschküche und Trockenraum, sondern ich habe auch eine Verbindung zur Tiefgarage entdeckt.«

Jetzt erinnerte sich Victoria an die Rampe, die am Anfang der Straße nach unten führte. Der Parkraum für die Fahrzeuge der Bewohner befand sich unterhalb der Siedlung. Unschlüssig schaute sie ihn an. »Du willst es wirklich noch einmal riskieren?«

»Ja, natürlich. Aber du musst nicht mit.« Er schob sie in Richtung Durchgang. »Erstmal sollten wir hier weg. Vor dem Haus können wir sicherer herumstehen.«

Nachdem sie das Grundstück verlassen hatten, atmete Victoria erleichtert auf. Sie überquerten die Straße und Jarne steuerte auf die Einfahrt der Tiefgarage zu.

»Soll ich dir die Autoschlüssel geben?« Er drehte sich fragend zu ihr um. »Möchtest du im Wagen warten?«

»Schaffst du es denn allein?«

Jarne lachte leise. »Nicht, dass ich deine Begleitung nicht zu schätzen wüsste, aber früher habe ich meinen Job auch ohne dich gemacht!«

»Ach?« Victoria zog die Augenbrauen hoch. »Und warum hast du mich dann in dein illegales Tun hineingezogen?«

»Weil es sich irgendwie doch besser anfühlt, wenn jemand Schmiere steht.« Jarne zwinkerte ihr verschwörerisch zu. Dann wurde er ernst. »Ich hatte vorhin den Eindruck, als wolltest du auch etwas von der Action und den Ermittlungen miterleben, und da ich wirklich Hilfe gebrauchen könnte, habe ich dich hier eingespannt.« Er verzog den Mund zu einem zerknirschten Lächeln. »Das war eine doofe Idee von mir, entschuldige. Ich kann nicht von dir verlangen, dich diesem Risiko auszusetzen. Du bleibst besser für den Teil mit den Akten und den Schriftsätzen zuständig.«

Sie hatten die Garageneinfahrt erreicht und er drückte ihr den Schlüssel des Golfs in die Hand, bevor er die Rampe hinunterging. Victoria seufzte. Er hatte recht – es war nicht ihre Aufgabe, hier zu sein. Dennoch fühlte es sich gerade so an, als würde sie ihn im Stich lassen.

»Warte!«

Überrascht wandte Jarne sich um. Ehe Victoria es sich anders überlegen konnte, eilte sie ihm hinterher.

»Bist du sicher?« Jarnes Miene verriet Zweifel.

Victoria nickte entschlossen und unterdrückte das mulmige Gefühl, das sich sofort in der Magengegend ausbreitete. »Wie kommen wir überhaupt in die Garage?« Sie deutete auf das verschlossene Rolltor, das die unbefugte Einfahrt verhinderte.

»Da entlang!« Jarne wies auf eine Tür in einer Nische, die sie bisher nicht wahrgenommen hatte. Die Tür war nur angelehnt und sie schlüpften hindurch. Jarne zog die Tür hinter sich ins Schloss. »Keine Bange, sie lässt sich von innen öffnen. Habe ich vorhin überprüft.«

Diesmal gelangten sie ohne Zwischenfälle ins Haus. Wenig später standen sie vor Nora Fritz' Wohnung im dritten Stock.

»Falls Nora auftaucht, musst du sie in jedem Fall von hier weglocken. Ich sitze sonst in der Falle«, raunte Jarne ihr zu.

»Wäre es dann nicht besser, ich warte vor dem Hauseingang und fange sie dort ab?«

»Allerdings nur, sofern sie durch die Haustür kommt! Falls sie durch die Garage ins Haus gelangt, hilft es uns nicht weiter, wenn du auf dem Gehweg stehst. Es gibt keinen Punkt, von dem aus du die Garageneinfahrt und den Hauseingang gleichzeitig im Auge behalten kannst.«

Das war ebenso richtig wie beunruhigend. Victoria fühlte sich unwohl vor der Wohnungstür. Auf dem Präsentierteller für Argwöhnische.

Jarne warf einen Blick auf das Schloss, zückte ein kleines Etui und holte zwei dünne Werkzeuge heraus. Er schien genau zu wissen, was er tat, und arbeitete präzise und hochkonzentriert. Erneut fiel Victoria auf, wie viel reifer er wirkte, wenn er so ernst war.

Schneller als Victoria erwartet hatte, schob Jarne die Tür auf und schlüpfte hindurch. Es klackte leise, als er die Tür von innen zudrückte, dann befand sie sich mit zitternden Knien allein im Hausflur. Bestimmt stand ihr das schlechte Gewissen ins Gesicht geschrieben. Sie zog das schwarze Tuch vom Kopf und steckte es in die Jackentasche. Anschließend öffnete sie ihre Jacke und holte den Kragen ihrer hellen Bluse hervor. Nachdem sie schließlich noch den Dreck von ihrer Hose geklopft hatte, wirkte sie zumindest nicht mehr auf den ersten Blick wie eine Einbrecherin. Um sich abzulenken, las sie die Namen auf den anderen Klingelschildern dieser Etage. ›Müller‹ stand auf dem einen Schild. ›Koczorowski‹ auf dem anderen. Während die Fußmatte von den Müllers grau und abgetreten aussah, lud R. Koczorowski ihre Gäste mit einem pinkfarbenen ›Welcome‹ auf grellbunten Blumen ein. Offenbar mochte Frau Koczorowski Blumen im Allgemeinen sehr gerne, denn auch das Namensschild an ihrer Tür war bunt und floral. Bestimmt wohnte hier eine junge Frau.

Viel zu spät hörte Victoria die Schritte auf der Treppe, die rasch von oben herunterkamen. Jemand hatte in den oberen Stockwerken eine Wohnung verlassen und sie hatte es nicht mitbekommen. Ihre Hände wurden feucht. Zeit, sich eine gute Ausrede oder ein Versteck einfallen zu lassen, hatte sie nicht mehr. Überhaupt war es nicht besonders klug, direkt vor Nora Fritz' Wohnung zu stehen – das fiel ihr nur leider etwas spät ein. Sie schickte ein Stoßgebet zum Himmel und irgendjemand dort oben schien es gut mit ihr zu meinen, denn mit einem leisen ›Plopp‹ erlosch die Treppenhausbeleuchtung. Es hatte sie ohnehin schon gewundert, auf welche Dauer der Timer eingestellt war. Von oben erklang ein leiser Fluch und die Schritte verlangsamten sich.

Victoria konnte im Licht der Straßenbeleuchtung, das durch die Treppenhausfenster fiel, leidlich sehen. Lautlos huschte sie die Treppe hinunter. Als der Hausbewohner den Schalter gefunden hatte und das Flurlicht wieder brannte, machte sie kehrt und stieg die Stufen hinauf. Langsam diesmal. Sie versuchte so auszusehen, als hätte sie alles Recht der Welt in diesem Haus zu sein und würde in einer der oberen Wohnungen erwartet. Noch während sie überlegte, ob sie einen Besuch bei Frau Koczorowski vorschieben sollte, falls sie angesprochen wurde, eilte der Nachbar bereits an ihr vorbei. Er hob seinen Blick nicht einmal vom Handydisplay, um zu grüßen. Victoria grinste. Ein Hoch auf die moderne Technik! Als es noch ausschließlich Festnetztelefone gab, hätte sie an dieser Stelle vermutlich größere Probleme gehabt.

Sie wollte gerade aufatmen, als oben schon wieder eine Wohnungstür ins Schloss gezogen wurde. Hatte Jarne nicht behauptet, abends sei es in dem Haus ruhiger? Was war dann erst tagsüber los? Victoria blickte die Treppe hinauf in der Hoffnung, Jarne zu sehen, der endlich sein bedenkliches Treiben beendet hatte. Stattdessen bog eine korpulente Frau in Begleitung eines nicht minder dicken Dackels um die Ecke. Zum Glück hatte Frauchen den feindselig knurrenden Hund auf dem Arm. Ein Blick in die Miene der Dackelliebhaberin genügte und Victoria wusste, dass sie hier nicht so leicht davonkommen würde, wie soeben bei dem technikaffinen Nachbarn.

Sie lächelte – wie sie hoffte – vertrauenswürdig. Das Gesicht ihr gegenüber zeigte keine Regung. Voller Argwohn starrte Frauchen sie an, und der Dackel knurrte Victoria seine Abneigung entgegen.

»Guten Abend.« Victoria grüßte so freundlich, wie sie konnte. An ein Weitergehen war nicht zu denken, denn Frauchen und Dackel füllten die gesamte Breite der Treppe aus.

Statt den Gruß zu erwidern, setzte die Nachbarin zu dem befürchteten Verhör an. »Zu wem wollense denn?«

»Ich möcht zu Nora. Zu Frau Fritz.«

›Ruhig bleiben‹, ermahnte sich Victoria. ›Offenheit schafft Vertrauen.‹ Sie musste Wissen anbieten, dass die Frau glauben ließ, Victoria sei wirklich eine Bekannte von Nora Fritz. »Sie wissen ja bestimmt, dass Frau Fritz derzeit immer so lange arbeiten muss. Schlimme Sache dies.« Treuherzig blickte Victoria die Hausbewohnerin an. Sie hatte die Frau richtig eingeschätzt. Klatsch und Tratsch mit einer Prise Vertraulichkeit waren das Rezept, um das Misstrauen zu knacken. Sofort wurde die Miene wohlwollender. Der Dackel knurrte allerdings noch immer.

»Ja, wirklich schlimm das Ganze.« Eifrig nickend stimmte die Nachbarin zu, begierig darauf, weitere Neuigkeiten zu erfahren. Spontan beschloss Victoria, den Spieß umzudrehen. Vielleicht erhielt sie sogar ein paar Informationen durch die tratschwütige Dackelfreundin.

»Na ja«, Victoria senkte die Stimme, »sie wurde in letzter Zeit ja auch sehr von ihrem Chef gefordert.«

Die Mimik ihrer Gesprächspartnerin verriet, sie hatte die Anspielung verstanden. Nun fasste sie Zutrauen und beugte sich vor. Da sie zwei Treppenstufen über Victoria stand, befanden sich der Dackel und Victoria plötzlich Auge in Auge gegenüber. Der Hund war darüber ebenso verblüfft wie Victoria und stellte vor Überraschung das Knurren ein. Frauchen hatte derweil Spannendes mitzuteilen. »Ja, mit dem Benedikt Mock, da dachte man ja schon, die Frau Fritz hätte den großen Fang gemacht. Ist ja 'n bisschen wie im Kino, so mit Chef und Sekretärin. Aber hätt ja sein können, dass das mal klappt. Fing ja gut an, so mit teuren

Geschenken und so. Hatte ja immer so ein altes Auto und jetzt so eine Bonzenkarre. Na ja, hat sich ja nun erledigt, wo der doch jetzt im Knast sitzt.« Sie lächelte, offenbar mit dem bitteren Ausgang dieser Geschichte sehr zufrieden.

»Trotzdem ist Frau Fritz noch immer so lange abends im Büro«, gab Victoria zu bedenken.

»Ja, ja. Wo die Liebe hinfällt. Sie glaubt bestimmt immer noch, dass alles gut wird. Große Gefühle und so. Wie im Kino. Sachich ja.«

Der Hund fand die Sache nicht so spannend wie Victoria und begann, sich unruhig im Arm zu winden. »So, der Enno muss jetzt mal raus«, reagierte Frauchen sofort gehorsam. Mit diesen Worten schoben sich Enno nebst Frauchens Busen viel zu dicht an Victorias Gesicht vorbei und ließen sie allein zurück.

Victoria betete, dass der Dackel Prostataprobleme hatte und sehr lange für sein Geschäft benötigte, denn weder Hund noch Frauchen sahen nach ausdauernden Gassigängen aus.

Sie hatte die Formulierung ›Sekunden wurden zu Stunden‹ schon in so manchem Roman gelesen, doch erst in dieser Situation konnte Victoria die Bedeutung der Worte nachvollziehen. Obwohl sicherlich nicht mehr als zehn oder fünfzehn Minuten vergangen waren, hatte sie das Gefühl, bereits eine Ewigkeit in dem Hausflur zu stehen. Bislang war sie glimpflich davongekommen, aber was würde geschehen, wenn einer der beiden Nachbarn zurückkäme, und sie immer noch im Treppenhaus herumlungerte? Ganz zu schweigen von der Horrorvorstellung, Nora Fritz höchstpersönlich könne erscheinen.

Frauchen und Enno waren schnaufend im Erdgeschoss angekommen, als eine andere Bewohnerin die Haustür öffnete. Victoria hörte, wie sich beide Personen begrüßten.

Und dann erstarrte sie, als sie die Stimme erkannte.

Sie riss ihr Smartphone aus der Tasche, während sie aufschnappte, wie Ennos Frauchen etwas von »wartet oben auf Sie« sagte und Nora Fritz daraufhin mit erstaunter Stimme »Ach? Dann gehe ich mal schnell hinauf« entgegnete. Als Victoria die ersten Schritte auf den unteren Stufen vernahm, betete sie, Jarne möge sein Handy im Blick haben. »Sie kommt!!!«, schrieb sie als Nachricht. Dann ging sie langsam die Treppe hinunter. Vielleicht schaffte sie es, Nora Fritz weiter unten abzufangen, um Jarne so einen Fluchtweg nach oben zu eröffnen.

Bereits eine Etage tiefer traf sie auf Nora Fritz. Sogar nach dem langen Arbeitstag sah die Frau noch auffallend adrett aus. Die Kleidung war schlicht, aber wirkte teuer und Victoria fragte sich, ob Benedikt Mock auch da als Gönner seine Finger im Spiel hatte. Die Bewegungen der Frau wirkten allerdings müde und kraftlos, als sie die Stufen hochstieg, dennoch lächelte sie Victoria freundlich an. »Frau Stein! Welch unerwarteter Besuch. Meine Nachbarin sagte schon, dass jemand auf mich wartete. Was führt Sie zu mir?«

»Ich ... ähm ... also, mir geht der Fall nicht aus dem Kopf und da ich wusste, dass Sie derzeit auch recht lange arbeiten, dachte ich, ich versuche, ob ich Sie antreffe, und lade Sie auf ein Glas Wein ein, damit wir die Sache besprechen können.«

Victoria beglückwünschte sich zu ihrem unerwarteten Improvisationstalent. Sie fand ihre Begründung überzeugend. Um ihre Worte zu unterstreichen, legte sie ihre Hand an den Ellbogen von Nora Fritz, um sie die Treppe hinunter zu dirigieren.

Leider ließ sich die Frau nicht so gut manipulieren, wie Victoria gehofft hatte. Vielleicht war sie hinter ihrer freundlichen Fassade doch misstrauisch?

Statt Victoria zu folgen, wandte Nora Fritz sich den nach oben führenden Stufen zu. »Seien Sie mir nicht böse, ich bin von dem langen Tag einfach geschafft. Aber gerne können wir noch einen

Tee oder Kaffee bei mir trinken, kommen Sie.« Auffordernd deutete sie mit dem Kopf ein Stockwerk höher. Das war die schlimmstmögliche Entwicklung. Victorias Gedanken rotierten. Sie musste Nora Fritz von der Wohnung fernhalten. Gerade als sie noch einmal versuchen wollte, Mocks Freundin ein Glas Wein außer Haus schmackhaft zu machen, bog ein Mann um die Ecke. Die Kapuze seines Shirts tief in die Stirn gezogen, seine Augen wie festgeklebt auf das Handydisplay gerichtet, rauschte er grußlos an ihnen vorbei. Victoria stockte der Atem, aber Nora Fritz war zum Glück auf Victoria konzentriert und würdigte den Mann keines Blickes, den sie vielleicht sogar für ihren handybegeisterten Nachbarn aus dem oberen Stockwerk hielt. Sonst hätte sie Jarne womöglich erkannt.

Victoria stieß erleichtert die Luft aus, und erntete einen irritierten Blick von Nora Fritz. Schnell ergriff Victoria das Wort. Sie durfte sich jetzt nicht verdächtig machen. »Es tut mir leid, dass ich Sie so überfallen habe«, sagte sie und legte Bedauern in ihre Stimme. »Natürlich will ich Sie nicht um Ihren wohlverdienten Feierabend bringen. Ich denke, wir verschieben es einfach.« Sie lächelte entschuldigend und ehe Nora Fritz auch nur Gelegenheit hatte, zu reagieren, hatte Victoria sich umgedreht, »Einen schönen Abend noch« gewünscht, und eilte die Treppe hinunter.

Durchatmen konnte sie erst, als sie zu Jarne in den Wagen schlüpfte. Sie schloss die Augen und ließ den Kopf gegen die Kopfstütze fallen.

»So schlimm?«, fragte Jarne und Victoria war sich nicht sicher, ob sie Mitgefühl oder Spott heraushörte.

Sie nickte nur, besorgt, ihre Stimme wäre zu zittrig, um zu antworten. Die Anspannung der letzten Stunden zeigte Wirkung.

»Hey.« Jarnes Tonfall klang weich. »Guck mich an.« Mit diesen Worten griff er sanft unter Victorias Kinn und drehte ihren Kopf zu sich.

Sie öffnete die Augen.

»Du hast das sehr, sehr gut gemacht. Es ist nichts Schlimmes passiert. Jetzt fahren wir nach Hause, da besprechen wir dann alles. Der Ausflug hat sich nämlich gelohnt. Okay?«

Erneut nickte sie. Sprechen konnte sie noch immer nicht. Eine gewisse Verwirrung über blau-graue Augen, die sie zu intensiv anblickten, hatte vielleicht auch ein bisschen damit zu tun.

Kapitel 20

Als sie wieder bei Victoria vor der Tür standen, griff Jarne nach hinten und zog eine Tüte von der Rückbank. »Frische Wechselklamotten für morgen«, erklärte er, während er ihr ins Haus folgte.

Natürlich. Sie konnte sich zwar nicht direkt daran erinnern, ihn über Nacht eingeladen zu haben, aber sie hatte ja auch einen Schlag auf den Kopf bekommen. Das kann bekanntlich Erinnerungslücken verursachen. Vielleicht sollte sie sich einfach abgewöhnen, von Jarne irgendeine Form von konventionellem Verhalten zu erwarten. Da Valerie ebenfalls bei ihr schlafen würde, räumte Victoria das Arbeitszimmer notdürftig um und holte ihre Gästematratze und die Luftpumpe aus der Abstellkammer. Aufblasen durfte der Detektiv nachher selbst. Dann packte sie die Kuscheldecke, unter der Jarne die Nacht zuvor geschlafen hatte, zur Seite und suchte Gästebettwäsche heraus. Nachdem alles bezogen und verteilt war, fühlte sie sich erschöpft. Arm und Kopf gaben ihr deutlich zu verstehen, dass die Zeichen eigentlich noch auf Schonung standen.

Valerie hatte in der Zwischenzeit einen Tee aufgesetzt und mit Jarnes Hilfe einen Mitternachtssnack zubereitet. Kurz darauf besprachen die drei um den Küchentisch versammelt die Entwicklungen der vergangenen beiden Tage.

Valerie, die bislang nicht in die Details eingeweiht war, hörte mit großen Augen zu. Jarne fasste den Fall für sie rasch zusammen. Einen Augenblick dachte Victoria über berufliche Schweigepflichten nach, aber die waren ihr momentan erstaunlich egal. Prioritäten verschieben sich, wenn man selbst zum Opfer wurde. Wenn Valerie etwas von der Angelegenheit mitbekam, weil sie jetzt darüber sprechen mussten, dann war das eben so. Während sie den Sachverhalt für Valerie ordneten, merkte Victoria, wie sich auch die Dinge in ihrem Kopf sortierten. In diesem Moment traf sie eine Erkenntnis wie ein Blitzschlag: Beatrice Mock war nicht überrascht gewesen!

»Was meinst du?« Jarne sah sie verwirrt an.

»Was? Wie?« Victorias Gedanken kamen von weit her in ihre Küche zurück.

»Du hast laut gedacht!« Valerie lächelte. »Beatrice Mock ist nicht überrascht über *was* gewesen?«

»Über *wen*«, korrigierte Victoria. »Sie war nicht über den Eindringling, der mich niedergeschlagen hat, überrascht. Beatrice Mock *muss* ihn gesehen haben, sie stand mir gegenüber, als der Typ sich von hinten näherte. Aber sie wirkte nicht verängstigt. Erst im letzten Augenblick, bevor ich getroffen wurde, war sie alarmiert. Es war, als habe sie nicht das Auftauchen dieses Mannes erschreckt, sondern erst der Angriff auf mich.«

»Du meinst, sie kannte den Erpresser, und hat nur nicht damit gerechnet, dass er dich angreifen würde?« Jarne zupfte an seinem Kinn. Mittlerweile erkannte Victoria das als Zeichen dafür, dass er intensiv nachdachte.

»Sofern es überhaupt der Erpresser war«, warf Valerie ein.

»Wie meinst du das?« Victoria legte den Kopf schief.

»Wenn sie das Eindringen dieses Typs nicht überraschte, war es vielleicht jemand, dessen Anwesenheit nicht ungewöhnlich ist – also womöglich ein Freund oder ein Komplize.« Valerie beugte sich eifrig vor. Das Jagdfieber hatte sie gepackt.

»Komplize?« Der Gedanke verblüffte Victoria »Wie kommst du denn darauf?«

»Weil sie Jarne angelogen hat! Sie konnte Jarne angeblich nichts über den Angreifer sagen, weil der maskiert war, wie sie behauptet. Dann hätte sie ihn aber nicht erkennen können. Wenn sie ihn also erkannt hat, war das mit der Maske gelogen. Warum somit nicht auch der Rest?«

»Aus welchem Grund sollte mich ein Komplize von Beatrice niederschlagen? Was hätte er davon, außer unser Interesse auf Beatrice zu lenken? Ist es nicht viel wahrscheinlicher, dass es ein Angriff des Erpressers war, der durch Jarnes Auftauchen gestört wurde?

»Findest du meinen Gedanken zu weit hergeholt?« Valeries Stimme klang auch nicht mehr sicher. »Hätte Beatrice denn ein Motiv gehabt, ihre Schwägerin zu töten?«

»Beatrice Mock als Mörderin?« Victoria blickte stirnrunzelnd zu Jarne. »Kannst du dir das bei dieser zierlichen Person vorstellen?«

Bevor Jarne antworten konnte, schaltete sich Valerie wieder ein. »Mord hat doch nichts mit körperlicher Größe zu tun! Was glaubst du denn, wie viel Kraft man benötigt, um jemandem ein Messer in den Körper zu rammen?«

»Ehrlich gesagt: keine Ahnung!« Victoria zuckte mit den Schultern.

»Aber rohes Fleisch hast du schon einmal geschnitten? Das machen Millionen von Hausfrauen täglich. Glaubst du, die hätten mehr Kraft als Beatrice Mock?«

»Ja« Victoria nickte entschieden. »Ich glaube allerdings, dass die meisten Frauen mehr Kraft haben als dieses Persönchen.«

»Selbst wenn Beatrice Mock körperlich dazu in der Lage gewesen wäre, das Messer zu führen, so bleibt es doch ein Rätsel, wieso sich Saskia Mock nicht gewehrt hat«, meldete auch Jarne jetzt Zweifel an. »Vertraute sie ihrer Schwägerin so sehr, dass sie diese mit einem gezückten Messer an sich herankommen ließ?« Er runzelte die Stirn. »Ehrlich gesagt, erscheint mir das nicht logisch.«

»Na ja, die Waffe könnte verborgen gewesen sein«, überlegte Victoria. »Sie nähert sich mit einem versteckten Messer. Die Frauen umarmen sich. Beatrice und Saskia waren Freundinnen. Das hat mir der Staatsanwalt erzählt. Da wäre eine Umarmung plausibel. Und dann sticht sie zu.«

Valerie nickte eifrig. Sie fühlte sich von Victorias Gedankengängen unterstützt. »Passen denn die Verletzungen? Ich meine, wenn man jemanden aus einer Umarmung heraus ersticht, dann ja vermutlich nicht frontal, sondern eher seitlich versetzt, oder?«

Victoria sah Valerie anerkennend an. Sie entwickelte ein kriminalistisches Talent.

»Das weiß ich gar nicht. Ich hatte in der Akte nur etwas von Stichverletzung gesehen, das hat mir gereicht, weil es sich mit dem deckte, was Tom ... ich meine der Staatsanwalt mir ohnehin schon gesagt hatte.«

»Du hattest Akteneinsicht? Das hast du mir ja gar nicht erzählt!« Ein Vorwurf lag in Jarnes Blick. »Gibt es etwas Neues?«

»Meinst du nicht, das hätte ich dir mitgeteilt?«

»Ich weiß nicht. Dass Saskia und Beatrice Mock befreundet waren, habe ich ja auch gerade zum ersten Mal gehört.«

Victoria sah Jarne überrascht an. Täuschte sie sich, oder klang er tatsächlich eingeschnappt? »Ich habe es doch selbst vorhin erst erfahren!«, sagte sie entschuldigend.

»Aha. Vorhin.« Jarne wirkte immer noch gekränkt.

»Ja, so ist es.« Victoria hatte keine Lust, darauf einzugehen. Nach einem kritischen Blick in ihre Richtung ließ Jarne es glücklicherweise auch dabei bewenden.

»Die Akte ist noch immer nichtssagend dünn, sonst hätte ich es dir schon gesagt«. Sie schlug einen versöhnlichen Ton an. »Ich hatte sie im Büro, aber im Grunde war der Inhalt das Kopierpapier kaum wert. Es stand nichts drin, was wir nicht bereits wussten.

Selbst die Erkenntnisse über Saskia und Beatrice waren noch nicht enthalten. Die Ergebnisse der Rechtsmedizin lagen auch nur als Aktenvermerk über die vorläufigen Befunde vor, da ein endgültiges Gutachten immer eine Weile dauert.«

»Also weißt du nicht, ob irgendwelche verdächtigen Substanzen gefunden wurden?« Die medizinische Neugier ihrer Schwester war geweckt.

»Nicht vor der nächsten Akteneinsicht oder bevor ich wenigstens mit der Staatsanwaltschaft telefoniert habe.« Letzteres hätte sie gerne vermieden. Tom hatte das Thema Betäubung schon bei ihrer ersten Unterhaltung nicht ernst genommen, obwohl er zu der Zeit noch wesentlich besser auf sie zu sprechen gewesen war als momentan.

»Alkohol, Drogen oder Beruhigungsmittel könnten erklären, warum dieser Stich sauber beziehungsweise ohne erkennbare Gegenwehr gesetzt werden konnte.« Valerie war in ihrem Element. »Wenn das Opfer unter starken Beruhigungsmitteln steht, kann sich jeder nähern. Auch ein völlig Fremder hätte die Tat dann begehen können, ohne dass Saskia in der Lage gewesen wäre, ihn abzuwehren.«

Victoria seufzte. Vermutlich musste sie wegen des Ergebnisses des Gutachtens doch bei Tom anrufen. Mit etwas Glück ergab sich aus den bisherigen Aufzeichnungen bereits ein Hinweis. »Ich werde morgen früh in die Kanzlei fahren und die Akte holen«, sagte sie. »Womöglich finden wir zu dritt etwas heraus, das ich bislang überlesen hatte.«

»Hm, ein Motiv zum Beispiel«, brummte Jarne halblaut, dem die Theorie mit Beatrice Mock nicht zu gefallen schien. »Wenn tatsächlich ein Beruhigungsmittel gefunden wurde, könnte wirklich jeder als Täter in Betracht kommen, nicht nur Personen, denen Saskia Mock vertraut hat. Und schon drängt sich die Frage nach einem Motiv in den Vordergrund. Im Gegensatz zu euch hätte ich da ein ganz hervorragendes zu bieten!« Triumphierend schaute er in die Runde.

»Nämlich welches?«, fragte Victoria und auch Valerie blickte Jarne gespannt an.

»Geld! Ich habe bei Nora Fritz ein wunderschönes Motiv in den Unterlagen entdeckt!« Zufrieden lächelnd genoss er den Moment.

»Sagst du uns jetzt bitte, was du gefunden hast, oder müssen wir dich anbetteln?«, drängte Victoria. Sie war müde, hatte Kopfschmerzen und es war zu spät in der Nacht für Ratespiele.

»Nun sei doch nicht gleich so gereizt!« Jarne warf ihr einen tadelnden Blick zu. »Also, während Victoria die halbe Hausgemeinschaft persönlich kennengelernt hat, habe ich effizient gearbeitet.« Er duckte sich vor der zusammengeknüllten Serviette, die in seine Richtung flog. »Ich hatte tatsächlich Einblick in ein paar höchst aufschlussreiche Dokumente. Schaut her!« Er zog sein Smartphone hervor und präsentierte einige Aufnahmen, die er damit am Abend gemacht hatte.

Die gute Auflösung der Handykamera erlaubte es, die winzigen Zahlenkolonnen auf den abfotografierten Bankunterlagen problemlos zu entziffern. Jarne hatte recht: Vor ihnen lag ein wunderschönes Motiv. Das, was sich hier offenbarte, ließ aus dem bloßen Verdacht gegen Mocks Geliebte nahezu Gewissheit werden. Nora Fritz hatte einen bemerkenswerten Vorteil aus der Situation gezogen. Durch die erteilten Vollmachten war es ihr möglich gewesen, eine beträchtliche Summe auf ihr Bankkonto zu schaufeln. Noch vor wenigen Tagen hatte sich ihr Konto in einem fünfstelligen Minusbereich befunden. Dazu kam ein Kreditvertrag, der Victoria schlicht die Sprache verschlug. Sie fragte sich, welche Bank sich auf ein derartiges finanzielles Wagnis einließ. Ihr war jedenfalls klar, dass Nora Fritz ihren Gürtel für mehrere Jahre enger schnallen müsste, um alles zurückzahlen zu können. In den letzten Tagen häuften sich jedoch die Sondertilgungen und wie durch ein Wunder befand sich auch das Girokonto nicht mehr im Soll, sondern wies einen beachtlichen Betrag auf der Habenseite aus.

Kapitel 21

Als Victoria am nächsten Morgen in die Küche kam, saßen Jarne und Valerie schon einträchtig am Frühstückstisch.

Valerie reichte ihr eine Tasse. Die Flüssigkeit darin sah verdächtig nach rotem Tee aus. Victoria hatte keine Lust, bereits so früh am Tag mit ihrer Schwester eine Grundsatzdiskussion über Kaffee zu führen, deshalb ergriff sie mit Todesverachtung die Tasse, um an dem Gebräu zu nippen. Es war Früchtetee der allerübelsten Sorte. Ihr morgendlicher Koffeinbedarf focht einen inneren Kampf mit ihrem Harmoniebedürfnis aus, der offenbar deutlich auf ihrem Gesicht abzulesen war. Jarne, der sich die Situation belustigt angeschaut hatte, stand auf, ging wortlos zur Kaffeemaschine und drückte Victoria danach mit einem Augenzwinkern eine Tasse der tiefschwarzen Flüssigkeit in die Hand.

Lächelnd setzte sie sich an den Tisch, wo Jarne und Valerie ihr Gespräch wieder aufnahmen, das Victoria beim Betreten der Küche unterbrochen hatte. Sie diskutierten immer noch über eine mögliche Fallbeteiligung der Menschen aus Benedikt Mocks Umfeld. Valerie beharrte darauf, die Lüge habe Mocks Schwester verdächtig gemacht, selbst wenn sie im Dunkeln tappten, was Beatrice Mock zu einer solchen Tat veranlasst haben könnte. Jarne pochte weiterhin auf Nora Fritz.

»Was denkst du?«, wandte sich Jarne schließlich an Victoria.

Sie stellte ihre Tasse ab. »Ich bin unentschlossen. Ich mag Beatrice Mock nicht, aus diesem Grund sagt mein Bauchgefühl, sie war es. Mein Verstand protestiert – es fehlt ein erkennbares Motiv. Demnach wäre doch Nora die wahrscheinlichere Kandidatin.« Sie runzelte die Stirn. »Nachdem ich eine Nacht darüber geschlafen habe, bin ich mir ehrlich gesagt auch nicht mehr sicher, ob ich Beatrices Reaktion auf den Angreifer richtig gedeutet habe. Ich bin kurz darauf bewusstlos geworden, deshalb würde ich nicht beschwören, dass meine Erinnerungen stimmen. Wenn ich mich in diesem Punkt irre, wäre auch die Sache mit der Lüge vom Tisch und es spräche nichts mehr gegen Beatrice, außer dass wir sie nicht leiden können.«

»Beatrices Beweggründe sind in der Tat ein Problem.« Jarne schob gedankenverloren Brötchenkrümel zu einem Haufen zusammen. »Solange Beatrice Mock von den Gewinnen der Firma lebt, ist es für sie eindeutig bequemer, wenn ihr Bruder die Firma leitet und es ihre einzige Aufgabe ist, die regelmäßigen Geldeingänge auf ihrem Konto zu kontrollieren. Diese Annehmlichkeit würde sie sich wohl nicht zerstören. Bliebe allenfalls ein persönliches Motiv, aber da hat die Buddelei in der Familiengeschichte nichts zutage befördert. Also weist alles auf Nora Fritz hin, da sich nur für sie ein dicker Vorteil aus der Situation ergibt.«

»Sieht ganz so aus.« Victoria zwirbelte an einer ihrer Locken. »Oder wir übersehen etwas. Vielleicht fehlt uns noch ein wichtiges Puzzleteilchen?«

Jarne stand auf. »Du wolltest doch die Akte aus dem Büro holen. Lass uns das eben machen – möglicherweise sehen wir dann klarer.«

Kurze Zeit später hielt Jarne am Straßenrand vor der Kanzlei. »Spring schnell raus, ich drehe ein paar Runden um den Block. Falls ich überraschend eine Parklücke finde, schreibe ich dir eine Nachricht, sonst sammele ich dich gleich wieder hier ein.«

Victoria nickte. Die Verkehrssituation war samstags unerträglich, weil der Wochenmarkt den größten Teil des nahegelegenen Parkplatzes belegte, so dass jeder Autofahrer auf die wenigen freiwerdenden Lücken lauerte. Victoria verließ den Wagen und eilte um die Hausecke zum Eingang. Da die Tür unten nur zugezogen, jedoch nicht abgeschlossen war, erwartete sie, Marcus in seinem Büro zu sehen. Sie sollte ihm mal freundschaftlich ins Gewissen reden. Er hatte an den vergangenen Samstagen zu oft gearbeitet. Victoria wunderte sich, weil weder bei Marcus noch im Sekretariat Licht brannte, auch die Monitore waren dunkel. Da hörte sie ein Klappern aus der Küche. Also war ihr Kollege doch da, aber machte sich erst einen Kaffee, bevor er sich an den Schreibtisch setzte. Victoria ging nach hinten und schaute in die Küche, um ihn zu begrüßen.

›Das war keine gute Idee‹, schoss ihr noch durch den Kopf, ehe Schwärze sie umfing.

Als Victoria wieder zu sich kam, lag sie auf dem Fußboden. Ihr Kopf dröhnte, ein vertrautes Gefühl in diesen Tagen. Vorsichtig betastete sie ihren Hinterkopf und spürte die Beule, die sich bereits bildete. Wenigstens fasste sie nicht in etwas Feuchtes oder Klebriges – eine Platzwunde hatte sie also nicht.

Behutsam hievte sie sich auf den nächstbesten Stuhl. Ihr Blick fiel auf einen dicken BGB Kommentar, der aufgeschlagen vor der Küchentür lag. Wahrscheinlich die Tatwaffe. Sie war mit dem Bürgerlichen Gesetzbuch niedergeschlagen worden. Das bedeutete es wohl, die volle Härte des Gesetzes zu spüren. Wie originell.

Victoria atmete ein paarmal tief ein und aus, um die Übelkeit zu vertreiben, die sich in der Magengegend ausbreitete. Dabei lauschte sie angestrengt in die Stille der Kanzleiräume, bis sie sicher war, allein zu sein. Sie stand auf, erleichtert, als ihre Beine sie trugen. Mit weichen Knien tappte sie durch die Büros, um festzustellen, was der Einbrecher entwendet hatte, aber alles sah unberührt aus. Sie hatte ihn wohl zu früh gestört. Trotzdem war es besser, die Polizei zu rufen.

Victoria hatte sie soeben informiert, als ihr Handy klingelte. Es war Jarne. Sie hatte völlig vergessen, dass er im Auto wartete.

»Sag mal, bist du da oben eingeschlafen? Ich habe mittlerweile längst einen Parkplatz gefunden und dir eine SMS geschrieben«, beschwerte er sich.

»Tut mir leid. Ich glaube, es dauert noch einen Moment. Hier ist gerade eingebrochen worden.« Sie wunderte sich selber, wie sachlich sie klang. Ihre Stimme zitterte nicht einmal, während in ihrem Inneren ein Sturm aus Angst, Erschrecken und Schmerzen tobte. Wie oft pro Woche konnte man eigentlich niedergeschlagen werden, bevor man eine Traumatherapie benötigte?

»Mach' auf, ich komme hoch!« Aus seinem knappen Befehl hörte Victoria heraus, wie alarmiert Jarne war.

Eine gefühlte Ewigkeit später saßen sie wieder in Victorias Küche. Valerie hatte sich nicht davon abbringen lassen, ihre Schwester eingehend zu untersuchen. Victoria musste versprechen, sofort Bescheid zu geben, wenn sie Doppelbilder sehen, oder ihr schwindelig oder schlecht werden würde. Sie ignorierte die Kopfschmerzen, beschloss, die Übelkeit auf den leeren Magen zurückzuführen und hätte nahezu alles zugestanden, um Jarne und Valerie zu überzeugen, sie nicht ins Krankenhaus zu bringen. Tausend Dinge waren jetzt wichtiger – wie das, was sie gerade entdeckt hatte. Sie knallte die Mock-Akte auf den Tisch. »Darum ging es!«

»Bitte? Es ging worum?«, fragte Valerie verwirrt. Auch Jarne sah sie verständnislos an.

»Ich weiß, was der Einbrecher wollte. Triumphierend hielt Victoria einige kopierte Seiten aus der Ermittlungsakte hoch, die seitlich aus dem Hefter gerutscht waren. »Diese Akte nämlich!«

»Erklärst du uns auch, wie du darauf kommst?« Stirnrunzelnd schaute Jarne auf die Blätter.

Nachdem die Polizei keinerlei verwertbare Spuren gefunden hatte und nichts zu fehlen schien, war man übereingekommen, Victoria habe den Einbrecher gestört, bevor er etwas stehlen konnte. Mit einem tadelnden Blick auf ihr nicht sehr sicheres Türschloss hatte ihr ein Beamter eine Bestätigung für die Versicherung in die Hand gedrückt, dann war der Einsatz schon wieder beendet gewesen. Von allen unbemerkt hatte der Eindringling aber doch seine Finger in ihrem Schrank gehabt. »An dieser Akte war eine unbefugte Person«, beharrte Victoria. »Die Seiten waren vorher ordentlich abgeheftet.«

»Das weißt du bestimmt?« Jarne zweifelte noch immer. »Es ist nicht möglich, dass es jemand aus dem Büro war? Vielleicht brauchte Marcus eine Kopie?«

»Nein, ausgeschlossen. Was sollte Marcus aus meiner Akte benötigen? Und falls doch, hätte er Elena gebeten, die Kopien zu machen. Das ist unsere Mitarbeiterin« fügte sie erklärend hinzu. »Elena wacht mit Argusaugen über die Ordnung in unseren Akten. Sie hasst es geradezu, wenn ich irgendwelche Notizzettel einfach irgendwohin lege. Es hat bei ihr schon zwanghafte Züge, alles sofort zu lochen, zu heften oder sonstwie einzusortieren. Niemals würde sie Papiere lose in eine Akte schieben, oder gestatten, dass unsere Auszubildende so schlampig arbeitet. Nein, an dieser Akte war jemand, doch es war niemand aus der Kanzlei.«

»Einmal angenommen, du hättest recht...« Ganz überzeugt war Jarne noch nicht.

»Ich *habe* recht!«

»Okay, okay.« Beschwichtigend hob Jarne die Hände. »Also gehen wir davon aus, dass diese Akte der Grund für den Einbruch war. Bleibt die Frage: Warum? Kannst du feststellen, ob Seiten fehlen?«

Victoria sichtete die Unterlagen Blatt für Blatt. »Nein, es scheint alles da zu sein. Aber schaut mal hier.« Sie deutete auf die handgeschriebenen Seitenzahlen. »Es gibt nicht nur die paar losen Blätter, hier sind zudem einige durcheinandergeraten. Die Seiten von Ermittlungsakten sind durchnummeriert und diese hier sind in der falschen Reihenfolge abgeheftet.«

»Was sagt uns das?«, schaltete sich auch Valerie in die Diskussion ein.

»Zunächst einmal, dass ich recht hatte. Elena wäre so etwas nie unterlaufen. Sie ist dafür zu pedantisch. Ich nehme an, der Täter hat die Seiten herausgenommen, um sie zu kopieren und es dann nicht mehr geschafft, die Akte wieder herzurichten. Vielleicht hat er mich im Treppenhaus gehört und dachte, er kann sie einfach weghängen, um keinen Verdacht auf diese Angelegenheit zu lenken.«

»Er wollte wohl jedwede Aufmerksamkeit vermeiden.« Jarne knetete ein weiteres Mal sein Kinn. »Der Kerl lauerte im hintersten Zimmer der Kanzlei. Wahrscheinlich hoffte er, unbemerkt wieder verschwinden zu können.«

»Und ich habe ihn dann gezwungen, mir das BGB über den Kopf zu ziehen, als ich nach hinten gegangen bin, um den vermeintlichen Marcus in der Küche zu begrüßen.« Verdrießlich betastete Victoria die Beule, die merklich angeschwollen war.

Valerie sah sie mit mütterlicher Strenge an. »Du legst dich jetzt hin! Du siehst blass aus.« Valerie streckte die Hand nach der Akte aus. »Lass mich die in der Zwischenzeit durchsehen. Ich gucke mir das unter medizinischen Gesichtspunkten an.«

Da Victoria auch nach mehrfachem Durchblättern nicht herausfinden konnte, ob der Täter es auf eine spezielle Information abgesehen hatte, notierte sie sich die losen oder falsch sortierten Seiten, heftete alles wieder zusammen und reichte die Akte über den Tisch. Valerie wies mit einer Kopfbewegung zur Tür. Victoria seufzte ergeben. Sie wusste, wann eine Diskussion mit ihrer Schwester überflüssig war. Wenn sie diesen gewissen Blick hatte, war Valerie stur. Eigentlich hatte Victoria auch nicht das Bedürfnis, ihr zu widersprechen. Sie sehnte sich nach einer schnell wirksamen Kopfschmerztablette und einem weichen Kopfkissen. Erschöpft stand sie auf und schleppte sich ins Schlafzimmer.

Essensgeruch weckte Victoria. Ihr Magen forderte sie grummelnd auf, der Quelle dieser verheißungsvollen Düfte auf den Grund zu gehen. Als sie sich vorsichtig aufsetzte, stellte sie erleichtert fest, dass die Kopfschmerzen auf dem Rückzug waren.

Sie schlüpfte in frische Kleidung, fuhr sich halbherzig mit gespreizten Fingern durchs Haar und betrachtete ihr bleiches Gesicht achselzuckend im Spiegel. Solange sich Valerie im selben Zimmer befand, wäre es ohnehin egal, wie sie aussah.

In der Küche lehnte Jarne mit einer Flasche Bier in der Hand lässig an der Arbeitsplatte neben Valerie, während diese in einer großen Pfanne herumrührte. Sie machte ihre berühmte Gemüsepfanne mit Grünkernburgern. Gerade lachten beide und ein fieser Stachel der Eifersucht pikste Victoria. Sie blieb in der Tür stehen, bereit, sich diskret zurückzuziehen, als Jarne sie bemerkte. Er schaute sie so eingehend an, dass sich der Stachel in winzige Ameisen verwandelte, die durch ihren Bauchraum marschierten. Verflixt! Was war nur los mit ihr? Hatten die Schläge nicht nur ihren Kopf, sondern auch ihr gesamtes Gefühlsleben durcheinandergebracht? Sie war anscheinend nicht halb so selbstständig, wie sie immer geglaubt hatte. Victoria schüttelte innerlich über sich selbst den Kopf. Nur weil sie dieser Mann mit starken Armen auf Beatrice Mocks Sofa gehoben hatte, schmolz sie dahin und trat jahrzehntelange Emanzipation mit Füßen. Victoria verzog unwillig das Gesicht, was Jarne dazu bewog, auf sie zuzueilen.

»Geht es dir immer noch nicht besser?«, fragte Valerie besorgt, während Jarne sie behutsam zu einem Stuhl am Küchentisch führte. Danach drückte er ihr einen frischen Kaffee in die Hand, wofür er gleichzeitig Victorias dankbaren Blick und Valeries tadelndes Stirnrunzeln erntete, was er in beiden Fällen mit einem Grinsen quittierte.

Beim Abendessen kamen sie auf die Geschehnisse des Vormittags zurück. Jarnes sonst so fröhliche Art hatte einen Dämpfer bekommen. Er haderte mit sich, weil alles quasi vor seinen Augen geschehen war und er nicht einmal mitbekommen hatte, wer das Gebäude verließ.

Victoria saß mit hängenden Schultern neben ihm. Das Gefühl der Bedrohung, das in ihr wuchs, seit das Ganze auf sie persönlich zielte, schnürte ihr die Kehle zu. Das durfte so nicht weitergehen. In den letzten Tagen war sie zweimal niedergeschlagen worden, nur weil sie der Meinung war, ihre beruflichen Pflichten umfassten es, die schlampige Arbeit der Staatsanwaltschaft zu korrigieren. Das machten andere Anwälte schließlich auch nicht. Sie hätte gerne die Notbremse gezogen und wäre aus dem Zug gesprungen, der soeben mit Hochgeschwindigkeit in eine Situation hineinraste, die sie nicht mehr beherrschte. Frustriert knallte sie ihr Wasserglas auf den Tisch.

»Alles okay mit dir?«, fragte Jarne besorgt und wechselte mit Valerie einen wissenden Blick, der Victoria noch mürrischer machte.

»Ja, alles bestens. Ich habe mir nur gerade überlegt, wie ich es vermeiden kann, zukünftig alle zwei Tage niedergeschlagen zu werden! So viele Schmerztabletten verträgt doch auf Dauer kein Mensch.«

»Das ist richtig.« Tatkräftig richtete sich Valerie auf. Victoria sackte innerlich zusammen. Diesen Gesichtsausdruck kannte sie. Ihre Schwester wurde missionarisch. »Ich möchte dir vorschlagen, nach den vielen Medikamenten dringend eine Entgiftung zu machen. Du musst deine Leber und die Nieren versöhnen. Erinnere mich daran, dir einen Ernährungsplan für die nächsten Wochen vorzubereiten, bevor ich wieder abfahre.«

Das war typisch Valerie. Victoria verdrehte die Augen. Sie suhlte sich in Selbstmitleid, während ihre Schwester nichts Besseres zu tun hatte, als ihr Gemüsebrühe und Brennnesseltee zu verordnen. Beides übrigens Produkte, die den Weg in ihren Küchenschrank niemals finden würden, es sei denn, Valerie schmuggelte sie heimlich ein.

Jarne hatte den Dialog amüsiert verfolgt, wurde jedoch schnell wieder ernst. »Der einfachste Weg, Victorias Kopf zu schützen, wäre, den Fall zu lösen.« Er schlug energisch mit der Handfläche auf den Tisch. »Also – Ideen her! Ich tippe immer noch auf Nora Fritz, wir brauchen allerdings Beweise. Ich hatte ehrlich gesagt gehofft, aus der Akte ergäben sich neue Anregungen, aber so dünn, wie die ist, war das wohl nichts.«

»Das würde ich so nicht sagen!« Valerie richtete sich auf, so eifrig wie sonst nur vor ihren gefürchteten Vorträgen. Mit dem Unterschied, dass Victoria jetzt gespannt zuhörte. »Ich habe leider auch nicht viel herausgefunden, eine Sache ist allerdings interessant.« Sie zog über den Tisch die Akte zu sich heran, die sie an einer markierten Stelle öffnete. »Schaut mal. Hier ist ein handschriftlicher Vermerk.«

Victoria sah sich die aufgeschlagene Seite an. Ihr Herz machte einen unvernünftigen Satz, als sie Toms Schrift erkannte.

› Anruf RM, Kaltenbach. Alkaloid Vbd.
Vfg.: chem-toxik. Gutachten, WV 3 W ‹

»Die Abkürzungen sagen mir alle nichts« Valerie blickte Victoria bekümmert an. »Aber ›Alkaloid‹ hat mich hellhörig werden lassen. Dahinter steckt womöglich eine solche Droge, die schläfrig oder wehrlos macht. Könnte es um ein Gutachten wegen eines Alkaloids gehen?«

Victoria nickte. »Du hast recht.« Warum war ihr diese kleine Notiz nicht aufgefallen? Sie ging die Abkürzungen einzeln durch. »Kaltenbach heißt die Leiterin der hiesigen Rechtsmedizin, dafür steht sicherlich das RM. Dann Alkaloid Verbindung. Die Verfügung, ein chemisch-toxikologisches Gutachten einzuholen. WV ist Wiedervorlage in 3 Wochen.« Victoria seufzte. »Es ist wohl wirklich höchste Zeit für die ergänzende Akteneinsicht. Ich werde gleich Montag früh bei der Staatsanwaltschaft anrufen.«

Kapitel 22

Victorias Stimmung war sogar für einen Montagmorgen außergewöhnlich niedergedrückt, als sie nach dem Wochenende an ihrem Schreibtisch Platz nahm. Ihr Kopf pochte unerträglich, während sie versuchte, ihre durch den Nieselregen zerzausten Haare zu einem Zopf zu bändigen. Sie sah furchtbar aus und so fühlte sie sich auch.

Schlimmer war das Unbehagen, das sie an diesem Morgen in der leeren Kanzlei gepackt hatte. Marcus machte mit Lil einige Tage Urlaub, die Angestellten waren noch nicht da, deshalb wurde Victoria von verwaisten Büroräumen empfangen. Es half nicht, überall das Licht einzuschalten. Ein wenig besser ging es ihr erst, nachdem sie das Radio neben Elenas Schreibtisch aufgedreht hatte und die freundliche Stimme des Moderators die Stille überdeckte. Danach musste sie sich zwingen, in die Küche zu gehen. Als sie tief durchatmete, wurde ihr bewusst, dass sie beim Betreten des Raums die Luft angehalten hatte.

Das Sahnehäubchen des missglückten Wochenbeginns würde jedoch mit Sicherheit das Gespräch mit Tom werden. Sie griff seufzend zum Telefon, um Toms Durchwahl aufzurufen. Während sie auf das Display starrte, dachte Victoria daran zurück, wie sie Tom hinterhertelefoniert hatte, um an Informationen zu kommen. Das war noch gar nicht lange her und fühlte sich doch wie Monate an. Etwas mehr als vier Wochen, die Perspektiven verändert hatten. Es war schön gewesen, das alte Feuer in sich wiederzuentdecken, obwohl sie sich allmählich die friedliche Monotonie der Unterhaltsberechnungen zurückwünschte. Sie straffte die Schultern. Vorher würde sie allerdings herausfinden, wer für ihre Kopfschmerzen verantwortlich war! Deshalb führte kein Weg an dem Telefonat vorbei, das sie nun schon den halben Vormittag vor sich herschob.

Ein weiterer tiefer Atemzug, dann drückte sie auf ›wählen‹.

Tom hob sofort ab.

Nachdem Victoria sich gemeldet hatte, reagierte er dienstlich. Seine Distanz versetzte ihr einen Stich, aber sie redete sich ein, es wäre besser so, es würde das Gespräch vereinfachen. Dennoch lag die Enttäuschung wie ein Klumpen in ihrem Magen. Sie schluckte den Ärger hinunter und zwang sich zu Professionalität. Dann bat sie ihn genauso förmlich, die Akte an ihre Kanzlei zu versenden, bevor sie knapp nach der Verfügung fragte, die Valerie entdeckt hatte.

»Moment, ich hole mir den Vorgang.« Erfreut klang er nicht, immerhin war er bereit, ihr Auskunft zu geben. Sie hörte, wie im Hintergrund Akten umgeschichtet wurden und dachte an die riesigen Stapel in seinem Büro. Auch ihr Besuch bei ihm in der Abteilung lag eine Ewigkeit zurück.

Als Tom den Hörer wieder in die Hand nahm, war seine Stimme noch immer unterkühlt, aber er hatte die benötigten Informationen.

»Zu dem Alkaloid Vermerk wolltest du etwas wissen?« Er blätterte. »Hier. Die Rechtsmedizin hatte mich informiert, dass bei der ersten Untersuchung im Massenspektrometer eine Alkaloidverbindung aufgefallen war. Danach wurde eine chemisch-toxikologische Begutachtung durchgeführt, um herauszufinden, um welches Alkaloid es sich genau handelt.«

»Und? Kennst du das Ergebnis?«

»Natürlich. Neben einigen anderen Stoffen in geringer Dosis ragte Scopolamin am signifikantesten heraus. Ein Wirkstoff, der Benommenheit ...«

»Ja, ich weiß!« Victorias Herzschlag beschleunigte sich. Das war es! Sie hatte es doch die ganze Zeit gesagt. Jetzt konnte sie wahrhaftig für ihren Mandanten in die Schlacht ziehen!« Das vergrößert den Täterkreis enorm! Durch das Scopolamin kann sich jeder Saskia Mock genähert haben.« Triumphierend grinste sie in den Hörer, auch wenn Tom es nicht sah. Vielleicht nahm er es trotzdem wahr. »Deinen Rückschluss kannst du vergessen, weil es keine Abwehrverletzungen gibt, müsste sie dem Täter vertraut und ihn demnach gekannt haben. Die Theorie ist überholt, denn es kann *jeder* gewesen sein! Die Frau war *wehrlos*!« Vor Aufregung überschlug sich ihre Stimme.

»Hey, nicht so schnell!« Toms kühle Reserviertheit taute auf. Victoria hörte sein Schmunzeln über ihren Enthusiasmus geradezu. »Du übersiehst, dass ihr das Scopolamin irgendwie verabreicht wurde und die einzigen beiden benutzten Gläser waren nun einmal die mit Fingerabdruckspuren deines geschätzten Mandanten darauf.«

»Du vergisst, dass mein Mandant in diesem Haus wohnt. Natürlich waren seine Fingerabdrücke überall! Denkst du nicht, er hätte sie abgewischt, wenn er wirklich der Täter gewesen wäre?«

»Hat er ja versucht – die meisten Abdrücke waren unbrauchbar. Aber eben nicht alle. Es konnten ausreichend Teilabdrücke gesichert werden. Ich vermute, er ist in Panik geraten und hat deshalb seine Spuren schlampig verwischt.«

»Tom, bitte. Du kennst Benedikt Mock doch auch! Er gehört zu der Sorte eiskalter Geschäftsmänner, bei denen man sich nicht vorstellen kann, sie könnten überhaupt jemals in Panik geraten.« Den Gedanken an seinen jähzornigen Auftritt bei ihrer vorletzten Besprechung verdrängte sie.

»Und du denkst, die Charakterisierung als ›eiskalt‹ spricht nun für deinen Mandanten?« Jetzt grinste Tom breit – da war sich Victoria sicher. Sie dachte an die blitzenden Augen während ihres ersten Schlagabtauschs. Er mochte solche Diskussionen. Victoria hatte hingegen das Gefühl mit einer Betonwand zu reden.

»Sag mal, machst du das extra?«, fragte sie frustriert. »Will dir wirklich nicht in den Kopf, dass auch noch andere Personen als Täter infrage kommen oder verschließt du dich dieser Erkenntnis nur, um mich zu ärgern?«

Schweigen. Gerade als sie dachte, Tom werde gleich wortlos auflegen, entgegnete er leicht gereizt: »Sofern du mir auch nur *einen* plausiblen Grund liefern könntest, warum ich in eine andere Richtung ermitteln sollte, würde ich es ja tun! Ich finde jedoch ausschließlich Hinweise, die für die Täterschaft deines Mandanten sprechen. Sei mir nicht böse, aber ich mache diesen Job schon eine ganze Weile. In aller Regel ist es so: Wenn etwas aussieht wie eine Ente, quakt wie eine Ente ... du weißt schon.«

»Vielleicht hast du in all den Jahren lediglich viele wunderschöne Vögel für Enten gehalten, weil du schlicht vor lauter Arbeitsüberlastung nicht zu genau hingesehen hast? Es ist ja auch viel einfacher, gleich an eine Ente zu denken, wenn etwas nur entfernte Ähnlichkeit mit einem Schwimmvogel hat!« Victoria machte sich erst gar nicht die Mühe, ihren Ärger zu unterdrücken.

»Bitte, Victoria, lass uns nicht streiten.« Er klang mit einem Mal erschöpft. »Ich bewundere dich für deinen Idealismus. Aber selbst der hat dich in dem Fall offensichtlich nicht weitergebracht, sonst könntest du mir einen alternativen Verdächtigen nennen. Was macht dich nur so sicher, dass es nicht Benedikt Mock war?«

»Vor allem der Umstand, dass er im Gefängnis sitzt, während mir in letzter Zeit ständig auf den Kopf geschlagen wird!«

»Ständig?«

»Immerhin zum zweiten Mal. Vorgestern gab es einen Einbruch in unsere Kanzlei. Gestohlen wurde nichts, aber jemand hat sich für die Mock-Akte interessiert – und mir bei dieser Gelegenheit den ›Palandt‹ über den Kopf gezogen.«

»Du wurdest mit einem BGB Kommentar niedergeschlagen?«
Toms Gereiztheit machte Besorgnis Platz. »Ist dir etwas passiert?«
Selbst durchs Telefon konnte Victoria spüren, wie beunruhigt er war.

»Nein, es ist alles okay«, erwiderte sie in versöhnlicherem Tonfall. »Wenn man von einer dicken Beule und beachtlichen Kopfschmerzen absieht. Aber es zeigt doch, dass mehr dahinterstecken muss, als du denkst. Warum sollte jemand die Unterlagen stehlen wollen, wenn Benedikt Mock ganz simpel seine Frau während eines Ehestreits im Zorn erstochen hat?«

»Da ist etwas dran. Gut, du hast mein Wort. Ich werde mir die Akte nachher noch einmal in Ruhe vornehmen. Oder hast du bereits einen konkreten Hinweis?«

»Hm.« Victoria zögerte. Sie wollte die Sache mit Nora Fritz zunächst mit Benedikt Mock besprechen, bevor sie seine Mitarbeiterin als neue Verdächtige präsentierte. »Ich muss das mit meinem Mandanten abklären. Möglicherweise hat sich etwas ergeben. Ich melde mich, wenn ich dir Genaueres sagen kann.«

»Ich freue mich drauf, von dir zu hören. Und noch etwas ...«

»Ja?«

»Kauf dir demnächst Taschenbücher. Die sind nicht so schwer!«

Lachend legte Victoria auf.

Kapitel 23

Victorias Diensthandy klingelte, als sie in die Mittagspause gehen wollte. Es war Beatrice Mock, die einen fremden Mann auf ihrem Grundstück gesehen hatte. Außerdem war eine weitere anonyme Nachricht bei ihr eingegangen.

»Bitte, können Sie unverzüglich kommen?« Beatrices Beunruhigung war nicht zu überhören. »Ich möchte nichts Unüberlegtes tun, ich muss erst mit Ihnen sprechen, und zwar umgehend. Haben Sie sofort Zeit?«

Victoria seufzte innerlich. Eigentlich passte ihr das überhaupt nicht. In den letzten Tagen war schon zu viel Arbeit liegen geblieben. »Möchten Sie nicht hier in der Kanzlei vorbeischauen? Wir können hier ebenfalls ungestört reden.«

»Nein«, kam es entschieden zurück. »Ich verlasse mein Haus nicht. Wer weiß, wer da draußen auf mich lauert. Kommen Sie bitte so rasch wie möglich.« Dann legte sie einfach auf. Warum auch nicht? Widerspruch erwarteten Mocks ohnehin nicht.

Victorias erster Impuls war, Beatrice Mock noch eine Weile schmoren zu lassen, aber die Neugier siegte. Sie nahm ihre Handtasche und ging mit schnellen Schritten zu ihrem Auto. Wenn die Besprechung nicht zu lange dauerte, konnte sie kurz nach der Mittagspause schon wieder im Büro sein. Sie verwarf den Gedanken, Jarne anzurufen. Sie würde ihm nach dem Besuch Bericht erstatten; jetzt hatte sie es eilig und Beatrice Mock hatte diesmal nichts davon gesagt, dass der Detektiv mitkommen sollte.

Kaum hatte Victoria das Haus erreicht, als die große Vordertür von innen geöffnet wurde. Unruhig ließ Beatrice Mock den Blick über das Grundstück wandern. »Kommen Sie schnell rein!«

Victoria schlüpfte durch den winzigen Türspalt, den die Hausherrin für sie öffnete.

In der Eingangshalle war es dämmrig. Auch im Salon sperrten die halb geschlossenen Vorhänge das durch den Nieselregen ohnehin spärliche Tageslicht aus. Beatrice Mock deutete auf den Tisch, auf dem eine gefüllte Teetasse neben einer Kanne stand. »Ich habe mir gerade einen starken Tee aufgesetzt. Genau das richtige für dieses Wetter. Ich nehme an, ich darf Ihnen ebenfalls einen anbieten.« Das war eine Feststellung, keine Frage. Ohne eine Antwort abzuwarten, ging ihre Gastgeberin zur Anrichte, um eine frische Tasse zu holen.

Victoria hätte Kaffee bevorzugt, aber aus Höflichkeit nahm sie einen Schluck Tee, der so heiß war, dass sie die Tasse schnell abstellte. »Sie hatten mich wegen eines neuen Erpresserbriefs hergebeten?«, versuchte sie, rasch auf den Punkt zu kommen. Schließlich wollte sie kurz nach der Mittagspause wieder in der Kanzlei sein.

Statt zu antworten, warf Beatrice Mock einen missbilligenden Blick auf Victorias volle Tasse. »Mögen Sie ihn nicht? Es ist eine Spezialität. Die sollten Sie sich wirklich nicht entgehen lassen.« Demonstrativ nippte sie an ihrem Tee.

Um ihre Gastgeberin nicht zu enttäuschen, nahm Victoria einen großen Schluck und verspürte augenblicklich den Wunsch, das Zeug wieder auszuspucken. Der Tee war übelkeitserregend modrig. Konnte Tee überlagert sein?

Beatrice Mock hatte ihre Tasse zwischenzeitlich geleert. Wie konnte sie dieses Gebräu bloß mögen? »Er muss richtig süß sein!«, erklärte sie und schaufelte zwei Löffel Zucker in Victorias Tasse. »Probieren Sie jetzt noch einmal!« Sie schob den Tee ein Stück näher. »Ich kann mir nicht vorstellen, dass Sie diese exquisite Mischung nicht mögen.« Auffordernd blickte sie Victoria an, die ergeben einen weiteren Schluck trank. Nun schmeckte die Flüssigkeit nach fauligem Sirup. Höflichkeit hin oder her, sie hatte den Tee fast ausgetrunken, das war bereits entschieden zu viel gewesen. Mehr würde sie davon keinesfalls zu sich nehmen. Ohnehin wollte sie nun endlich das Gespräch hinter sich bringen. Sie stellte die Tasse nachdrücklich auf den Tisch zurück.

»Frau Mock, bitte verzeihen Sie, wenn ich zur Eile dränge. Ich habe heute Nachmittag noch einen Besprechungstermin und muss deshalb rechtzeitig in die Kanzlei zurückkehren.«

Aus irgendeinem Grund schien Beatrice Mock irritiert. Hatte sie etwa gedacht, Victoria sei ausschließlich für ihre Familie tätig? Sie war ja schon immer anspruchsvoll gewesen; diese Exklusivitätserwartung ging jedoch zu weit. Allerdings erklärte es, warum sie sich ohne Rücksicht auf die Zeit in Nebensächlichkeiten wie Teespezialitäten verirrt hatte.

Bevor sie sich endlich dem neuen Erpresserschreiben zuwenden konnten, klingelte irgendwo im Haus ein Telefon. »Verzeihen Sie, aber ich erwarte einen wichtigen Anruf. Da muss ich rangehen«, entschuldigte sich Beatrice Mock und verließ den Salon.

Mit Beklemmung sah Victoria sich um. Solange sie durch das Teegeplauder abgelenkt gewesen war, hatte sie die Erinnerungen an ihren letzten Aufenthalt in diesem Raum zurückdrängen können, doch nun schien eine gewaltige Last auf ihr Bewusstsein zu drücken. So heftig, dass ihr davon schwindelig wurde. Der Nachgeschmack des Tees, dazu ein trockenes Gefühl im Mund – wenn sie nicht sofort an die frische Luft kam, würde sie sich übergeben müssen. Sie stand auf, öffnete die Terrassentür und trat hinaus. Gierig sog sie die kühle Luft ein. Es hatte aufgehört zu regnen, der Tag roch wie frisch gewaschen, inklusive des passenden Weichspülerdufts durch das Blumenmeer um sie herum. Victoria beugte sich vor, um an einer prächtigen Blüte zu ihrer

Linken zu riechen, als eine Erinnerung sie abrupt innehalten ließ. Diese markanten Kelche hatte sie kürzlich an anderer Stelle gesehen. Sie starrte auf die Kübelpflanze. Warum fiel es ihr nur so schwer, sich zu konzentrieren? Die frische Luft hatte es kurz besser gemacht, der Schwindel wollte dennoch nicht vergehen. Ihre Beine waren beunruhigend instabil. Vielleicht hatte sie ihrem Körper nicht ausreichend Zeit gegeben, sich von den beiden Angriffen zu erholen. Victoria nahm sich vor, sich am Abend früher ins Bett zu legen. Eigentlich fühlte sie sich jetzt bereits todmüde. Trotzdem zwang sie sich, die Blüten genauer anzusehen. Wo hatte sie die bloß schon gesehen? Plötzlich hörte sie Valeries Stimme: »Du ahnst gar nicht, wie viele Menschen zum Beispiel Engelstrompete auf ihrer Terrasse stehen haben.«

Valerie hatte sich so real angehört, als stünde sie neben ihr. Verwirrt blickte Victoria umher, aber sie war allein. Stattdessen fuhr die Valerie in ihrem Kopf fort: »Engelstrompete enthält Scopolamin und Hyoscyamin.« Dann hatte sie in ihrem dicken Wälzer geblättert und Victoria ein Bild gezeigt. Ein Foto von der Pflanze, die hier vor ihr stand. Scopolamin und Hyoscyamin. Merkwürdig, dass sie sich ausgerechnet diese Begriffe gemerkt hatte. Alles in ihrem Kopf fühlte sich im Augenblick eigenartig verschwommen an.

Valeries Stimme wurde von Tom verdrängt, der sagte, signifikante Spuren von Scopolamin seien gefunden worden. Er sprach laut, direkt in ihr Ohr. Als sie nach seiner Hand tastete, spürte sie jedoch nur Luft. Sonderbar. Auch Tom war nicht da. Dabei hätte sie ihn jetzt wirklich gut an ihrer Seite gebrauchen können; als Unterstützung, da ihr alles immer bizarrer erschien und ihre Beine nachgaben. Haltsuchend griff Victoria ins Leere, taumelte, und sackte schließlich auf die Terrasse. Nun war sie in Augenhöhe mit einer der prächtigen Blüten. Sie starrte auf die kelchartigen Blätter, während ein Gedanke in ihr Raum gewann.

Er stand glasklar vor ihr, drängelte sich durch das übrige Durcheinander, das in diesem Moment verworrene Bahnen in ihrem Denken zog.

Konnte diese schöne Pflanze etwas mit dem Scopolamin in Saskia Mock zu tun haben? Tötete Beatrice Mock ihre Schwägerin und lenkte den Verdacht auf den eigenen Bruder? Victoria schüttelte den Kopf. Das ergab keinen Sinn, wahrscheinlich irrte sie sich. Warum hätte die Frau sie als Anwältin engagieren sollen, um ihrem Bruder zu helfen? Außerdem wurde Beatrice Mock selbst bedroht. Vielleicht war es überhaupt keine Engelstrompete, dann wäre sie mit Sicherheit auf dem Holzweg. Sie musste Valerie fragen.

Victoria wühlte in ihrer Handtasche nach ihrem Smartphone und schaltete auf die Kamera um. Es war erstaunlich schwierig, die Blüte zu fotografieren, die immer in dem Moment schrumpfte, sobald sie auf dem Display erschien. Das war irritierend, sie wischte hektisch auf dem Bildschirm herum, bis es ihr irgendwann gelang, die Blume aufzunehmen. Sie schickte das Bild mit einer Nachricht an Valerie, in der sie ihre Schwester fragte, ob das eine Engelstrompete sei, aus der man Scopolamin gewinnen könne.

Gerade hatte Victoria das Handy wieder in ihre Handtasche gesteckt, als Beatrice Mock auf die Terrasse trat. Ihr folgte ein Mann. Der Angreifer? Victoria wollte Beatrice Mock warnen, aber diese schien sie nicht zu verstehen, sondern blickte sie fragend an. Kurioserweise verformte sich ihr Kopf dabei fortwährend. Es musste an dieser Terrasse liegen. Die Blüte hatte sich ja auch schon so merkwürdig verhalten.

Beatrice Mock beugte sich zu Victoria herunter, die noch immer auf dem Boden saß. Sie schaute ihr in die Augen. Victoria wollte ihr sagen, es gehe ihr gut, aber Beatrice ignorierte ihre

Worte und wandte sich stattdessen zu dem Mann. »Die Pupillen sind stark geweitet. Es scheint endlich zu wirken.«

Daraufhin trat auch der Mann auf sie zu. Beide zogen Victoria hoch und ins Haus. Aus dem Augenwinkel sah sie, wie ihr Mobiltelefon über die Terrasse schlitterte und direkt vor Beatrice Mocks Füßen liegen blieb. Hatte sie es nicht gerade in die Tasche gesteckt?

Beatrice Mock bückte sich. »Was haben wir denn hier?« Als sie das Handy aufhob, wurde sie einen Augenblick lang blass. »Verflixt, sie hat einer Freundin geschrieben!«

›Valerie ist nicht meine Freundin‹, wollte Victoria protestieren, hatte jedoch erneut den Eindruck, die beiden konnten sie nicht verstehen.

Beatrice betrachtete die Nachrichten, dann lachte sie erleichtert auf. »Ein Glück, der Tee hat rechtzeitig gewirkt. Sie hat ein komplett schwarzes Bild und eines mit ihrem Daumen drauf an eine Valerie geschickt, dazu einen völlig sinnlosen Text, der seinen Ursprung nur in der Autovervollständigungsfunktion haben kann. Absolut nichts, was auf uns hindeutet.«

Ein leises ›Pling‹ zeigte den Eingang einer Nachricht an.

»Diese Valerie fragt, ob alles okay ist. Ich werde ihr antworten, dass ich aus Versehen keine Tastensperre aktiviert hatte und mein Telefon ungewollt von sich aus die Fotos und die Nachricht geschickt hat. Und dass ich jetzt wegen eines Besprechungstermins das Handy ausmache. Danach wird dieses Smartphone in die ewigen Jagdgründe geschickt werden. Nimm es nachher mit und zerstöre es.«

Sie tippte auf dem Display herum, bevor sie das Smartphone an den Mann weiterreichte, der es mit einem argwöhnischen Blick bedachte. »Warum hat sie versucht, ihrer Freundin Fotos von hier zu schicken? Verdächtigt sie uns doch? Hattest du mit deiner

Vermutung recht?«, fragte er, während er das Telefon in seine Jackentasche gleiten ließ.

»Genau deshalb ist sie hier, um das herauszufinden. Wenn du Idiot ihr nicht beim letzten Mal so übereifrig den Schläger über den Kopf gezogen hättest, dann ...«

»Fang doch nicht schon wieder damit an! Ich habe doch gesagt, ich dachte ...«

»*Notfalls* hatte ich gesagt! Notfalls müssten wir sie überwältigen! Und dann hast du es noch nicht einmal geschafft, die Informationen aus dem Büro zu beschaffen. Eine schöne Hilfe bist du!«

Victoria hätte den beiden gerne weiter zugehört. Das war alles aufschlussreich. Aber sie stritten viel zu laut. Außerdem wartete Arbeit auf sie, also musste sie sich jetzt verabschieden. Sie wollte zur Tür gehen, als ihr auffiel, dass es keine Tür mehr gab. So sehr sie die Wände absuchte – sie konnte keine Tür entdecken.

»Sie wird unruhig. Sind die Stricke richtig festgezogen?«

Stricke? Von welchen Stricken sprach Beatrice da? Victoria versuchte, die Arme zu bewegen. Seit wann war sie gefesselt?

»Ja, natürlich.« Der Mann lachte unangenehm. »Diesmal kommt sie hier nicht raus, bevor wir erfahren haben, ob sie etwas gegen uns in der Hand hat.«

»*Falls* sie hier noch herauskommt. Das hängt davon ab, ob der Tee wirklich den Effekt hat, Gedächtnislücken zu verursachen.«

»Wie willst du das herausfinden?«

»Ganz einfach, wir sehen ja, ob sie sich an etwas erinnern kann, sobald die Wirkung nachlässt. Falls nicht, dann bekommt sie noch eine Tasse dieses leckeren Gebräus und wir setzen sie im Wald aus. Wenn doch ... das wäre bedauerlich.« Beatrice Mock klang entschlossen und ziemlich unfreundlich. Etwas aus ihren Worten drang zu Victoria durch, sie begriff, sich diesen Plan unter allen Umständen merken zu müssen.

Dennoch fiel es ihr jetzt schon schwer, sich an die Sätze zu erinnern.

Beatrice Mocks Kopf erschien plötzlich in Victorias Gesichtsfeld. »Können Sie mich verstehen? Wenn Sie wollen, dass es bald vorbei ist, dann müssen Sie uns nur antworten. Haben Sie das verstanden?«

Victoria nickte eifrig. Das sollte unbedingt alles schnell vorbei sein. Sie hatte noch einen Termin, außerdem war sie müde und wollte sich hinlegen.

»War das eine Reaktion auf deine Frage?« Der Mann näherte sich mit zweifelnder Miene. »Dieses Kreiseln mit dem Kopf kann ja alles bedeuten!«

Victoria runzelte die Stirn. Kreiseln? Sie hatte deutlich genickt.

»Hm, das Scopolamin schränkt wahrscheinlich die Motorik ein. Es hat eine lähmende Wirkung.«

Victoria grinste. Beatrice Mock dozierte genauso schön wie Valerie. Nur sah Beatrice entschieden bedrohlicher aus, als sie sich wieder zu Victoria beugte.

»Verstehen Sie mich? Dann sagen Sie ›ja‹! Nur wenn wir miteinander reden, dürfen Sie das Haus bald verlassen.«

Victoria nickte und antwortete mit einem unmissverständlichen ›Ja‹, aber irgendetwas schien auch dieses Mal schiefzulaufen, denn die beiden schauten sich ratlos an.

»Sie reagiert nicht auf meine Ansprache. Vermutlich ist sie zu weggetreten, um uns zu verstehen.«

Victoria wollte protestieren. Das stimmte so nicht – *sie* verstand schließlich jedes Wort. Es waren doch die beiden, die nichts von dem begriffen, was sie sagte. Vielleicht war das aber auch gut so. Möglicherweise ließen sie sie dann in Ruhe. Sie war erschöpft.

»Was machen wir denn jetzt?«, fragte der Mann.

»So wird das nichts.« Beatrice klang vorwurfsvoll. Als hätte sich Victoria anders verhalten sollen. Hatte sie etwas falsch gemacht?

»Das hatte ich mir nicht so vorgestellt«, erklärte Beatrice dem Mann. »Der Artikel im Internet beschrieb die Wirkung von Engelstrompete völlig anders. Wie eine Zombiedroge sollte es wirken. Das Opfer wird willenlos, aber behält die kommunikativen Fähigkeiten bei, stand dort. Bei Saskia hat das doch hervorragend funktioniert. Sie konnte noch reden, war dabei jedoch unfähig, sich gegen das Messer zu wehren.«

»Saskia wolltest du allerdings nicht befragen, vielleicht hätte das auch nicht geklappt. Die sollte ja nur ruhiggestellt werden, damit du sie trotz ihrer körperlichen Überlegenheit ohne Probleme töten konntest.«

»Das ist richtig. Im Netz stand auch, dass jede Person unterschiedlich auf Engelstrompete reagiert. Daran könnte es liegen. Verflixt!«

»Und nun?«

»Erst einmal sperren wir sie in den Keller«, entschied Beatrice. »So wie die zusammengesackt ist, bringt es jetzt ohnehin nichts, sie zu befragen. Bis sie wieder ihre Sinne beisammen hat, suche ich im Internet, ob es noch andere Möglichkeiten gibt, sie zum Reden zu bringen.«

»In Filmen geben sie doch immer solche Wahrheitsdrogen!«

»Bin ich von der CIA?«, fauchte Beatrice ungehalten. »Meinst du nicht, ich hätte so ein Zeug benutzt, sofern ich wüsste, wie man daran kommt? Glaubst du wirklich, ich experimentiere mit unzuverlässigen Pflanzen, wenn ich etwas Besseres weiß?«

»Wie wäre es mit Schmerzen und Gewalt?« Der Tonfall des Mannes gefiel Victoria gar nicht.

»Herrgott, bist du primitiv! Und wer soll das machen? Du vielleicht? Manchmal widerst du mich an.« Beatrice Mock klang auf einmal gar nicht mehr so damenhaft.

»Als es darum ging, deiner eigenen Schwägerin ein Küchenmesser zwischen die Rippen zu stechen, warst du nicht so pingelig!«

»Das ist etwas ganz anderes! Dieses Miststück hatte es verdient. Sie hat mein Leben zerstört.«

Victoria hätte gerne noch mehr erfahren. Sie hatte das Gefühl, es wäre auch für sie wichtig, was dort besprochen wurde, aber sie war viel zu müde, um sich zu konzentrieren. Sie schloss die Augen, sie wollte einfach nur schlafen.

Kapitel 24

Ein furchtbarer Geschmack im Mund ließ Victoria würgen, als sie zu sich kam. Der kratzige Hals schmerzte beim Schlucken, der Kopf dröhnte.

Sie lag seitlich auf hartem Boden, ihr Gesicht taub vor Kälte, die unter die Haut gekrochen war. Der Versuch, sich aufzurichten, scheiterte kläglich. Ihr Körper gehorchte ihr nicht und zu allem Überfluss waren ihre Hände hinter dem Rücken gefesselt.

Sie war eine Gefangene – aber wo und aus welchem Grund? Es war zu dunkel, um etwas zu sehen, allerdings roch es erdig, feucht und nach Schimmel. Ein Keller? Warum wurde sie an einem solchen Ort festgehalten? Es fiel ihr schwer, einen klaren Gedanken zu fassen. Sie erinnerte sich an einen Termin bei Beatrice Mock. Sie hatte schauderhaften Tee getrunken, danach war sie auf die Terrasse gegangen, weil ihr nicht gut war. Doch dann verschwammen die Bilder im Kopf, sie wurden unsortiert und wirr. Gesichter zogen vorbei, Fratzen, Grimassen. Menschen hatten mit ihr gesprochen. An Valerie erinnerte sie sich, an Beatrice Mock und an einen Mann. Vielleicht war der aber auch nur ein Echo der Erlebnisse ihres vorherigen Besuchs.

Die Fragmente ergaben keine zusammenhängende Erinnerung. Es war, wie morgens mit den letzten Bildern eines Traumes aufzuwachen, der sich langsam verflüchtigt. Eines wusste Victoria sicher – sie hatte sich etwas enorm Wichtiges merken müssen, aber sie kam nicht darauf und während sie darüber nachdachte, schwanden ihr erneut die Sinne.

Als sie das nächste Mal die Augen öffnete, durchflutete gleißendes Licht den Raum.

Noch immer konnte Victoria nichts erkennen, weil sich die

Helligkeit mit stechendem Schmerz in ihren Kopf bohrte, sobald sie die Lider hob.

»Ist die Beleuchtung zu stark?« Das war die Stimme von Beatrice Mock. »Das kann ich leider nicht ändern. Es hängt nur eine Glühbirne an der Wand. Diese Überempfindlichkeit ist die Nebenwirkung des Tees, fürchte ich.«

Victoria hörte, wie ein Klappstuhl aufgestellt wurde. Nachdem sie einige Male geblinzelt hatte, erkannte sie Beatrice Mocks Silhouette, die ihr gegenüber darauf Platz genommen hatte und allmählich Kontur annahm. Gleichmütig beobachtete sie Victoria, die sich abmühte, wenigstens in eine sitzende Position zu gelangen. Nach mehreren vergeblichen Versuchen blieb Victoria schwer atmend einfach liegen.

»Das ist eine Wirkung des Scopolamins«, teilte Beatrice Mock ungerührt mit. »Gestörte Motorik. Auch gestörte Wahrnehmungen sowie Mydriasis sind bekannte Nebenwirkungen. Wissen Sie, was Mydriasis bedeutet?«, fragte sie im liebenswürdigen Plauderton.

Fassungslos starrte Victoria zu ihr hoch. Diese Frau war eindeutig geisteskrank. Victoria lag ihr in einem modrigen Keller gefesselt zu Füßen und diese Irre machte Konversation.

»Sie wissen es nicht? Macht nichts, wenn ich mir Ihre Pupillen so anschaue, erleben Sie es ja gerade.«, redete Beatrice weiter. »Eigentlich bin ich aus ganz anderen Gründen hier. Wissen Sie, wo Sie sind?« Unvermittelt veränderte sich ihr Tonfall. Er wurde kälter und lauernder.

»Ich nehme an in Ihrem Keller.«

Es war Beatrice anzusehen, dass diese richtige Antwort zugleich die falsche war.

»Wie sind Sie hierher gekommen?«, setzte sie das Verhör fort.

»Ich weiß es nicht.«

Beatrices Gesicht entspannte sich.

»Ich weiß nur noch, dass ich Sie besucht habe. Wir tranken Tee, von dem ich mittlerweile annehme, dass Sie mir etwas hineingemischt haben, denn danach ging es mir plötzlich schlecht.«

Das war offenbar nicht das, was Victoria hätte sagen sollen.

»Das ist bedauerlich. Wirklich sehr bedauerlich.« Beatrices Entgegnung ließ jegliche Gefühlsregung vermissen und strafte ihre Aussage Lügen. »Es wäre für uns beide besser gewesen, wenn Sie sich nicht hätten erinnern können.«

Irgendwo in Victorias Hinterkopf regte sich der ungute Gedanke, dass es das war, was sie sich hatte merken wollen – dass nämlich eine Gedächtnislücke ihr Leben retten konnte. Jetzt war es dafür zu spät.

»Es gibt zwischen uns nichts mehr zu besprechen.« Beatrice Mock erhob sich. Das klang beunruhigend endgültig.

»Was haben Sie mit mir vor?«

»Sie sind doch ein kluges Mädchen. Dass wir keine Zeugen am Leben lassen können, dürfte Ihnen klar sein.« Beatrice wandte sich zur Treppe.

»Halt! Warten Sie! Finden Sie nicht, Sie schulden mir wenigstens eine Erklärung?« Diese Frage hatte Victoria in unzähligen Krimis gelesen und nie geglaubt, man könne sich in einer solchen Situation wahrhaftig über irgendwelche Tathintergründe Gedanken machen. Jetzt erschien es ihr jedoch ganz natürlich, Antworten zu verlangen.

Beatrice Mock zögerte einen kurzen Moment, dann nahm sie wieder auf dem Klappstuhl Platz. »Nun gut, das erscheint mir fair. Was wollen Sie wissen?«

»Was war in dem Tee?«

Beatrice Mock wirkte auf eine geringschätzige Art amüsiert. »Das ist Ihre drängendste Frage?«

Victoria zuckte mit den Schultern. Es war die erste, die ihr in den Sinn gekommen war, denn letztendlich hatte das Gebräu sie in diese missliche Lage gebracht.

»Also gut, wenn es Ihnen so wichtig ist, sollen Sie es erfahren: Es war ein Sud aus Engelstrompetenblüten. Gemischt mit schwarzem Tee, denn pur ist der Trank ungenießbar.«

»Mit schwarzem Tee vermischt auch.« Victoria verfluchte ihre Höflichkeit. Sie hätte das Zeug gleich nach dem ersten Schluck stehen lassen sollen. »Wieso hatte der Tee bei Ihnen keine Wirkung?«

»Das fragen Sie ernsthaft?« Beatrice zog die Augenbrauen hoch. »Ich halte Ihnen zugute, dass das Scopolamin noch immer Ihr Denken bremst. Natürlich hatte ich einen anderen Tee in meiner Tasse. Ist Ihnen nicht aufgefallen, dass meine Tasse schon voll war, als sie ankamen?«

Victoria konnte sich nicht erinnern. Vermutlich hätte sie diesem Umstand ohnehin keine Bedeutung beigemessen. Noch ein Fehler, aber sie hatte zu dem Zeitpunkt nicht ahnen können, dass diese kultivierte Person sie plump vergiften wollte. Womöglich hätte sie generell misstrauischer sein sollen, immerhin stand Beatrice Mock auf der überschaubaren Liste der Verdächtigen.

»Haben wir jetzt ausreichend Teefragen geklärt? Ich beginne, mich zu langweilen.« Die Frau hatte den Nerv, vorwurfsvoll zu klingen.

»Oh, das darf natürlich nicht sein – ist es doch mein oberstes Anliegen, für Ihre Unterhaltung zu sorgen!« Vermutlich war es nicht der beste Augenblick für Victorias wiedererwachenden Sarkasmus, Beatrice Mocks herablassende Liebenswürdigkeit reizte sie jedoch.

Die Mimik, mit der ihre Gesprächspartnerin reagierte, ließ offen, ob es sich um eine wütende Grimasse oder ein angedeutetes, aber keinesfalls freundliches, Lächeln handelte. »Für jemanden, der gerade das letzte Gespräch seines Lebens führt, reißen Sie den Mund ganz schön weit auf. Bevor die Situation zu melodramatisch wird, sollten wir uns jetzt voneinander verabschieden.« Beatrice Mock schickte sich an, sich zu erheben.

»Nein, bitte, gehen Sie nicht!« Victorias Wunsch, die ganze Geschichte zu hören, siegte über den Stolz. Noch immer am Boden liegend, kam sie sich unter dem Raubvogelblick ohnehin vor, wie ein von einem Huhn genüsslich beobachteter Regenwurm. Stolz war somit per se ein fernliegendes Gefühl. »Verraten Sie mir, warum Sie mich in Ihr Haus gelockt und unter Drogen gesetzt haben.«

»Wir mussten herausfinden, wie viel Sie wissen. Es war ja mit Sicherheit kein Zufall, dass Herr de Zand mir bis zu Amelies Pflegeheim nachspioniert hat!«

Nachspioniert? Jarne hatte ihr nachspioniert? Victoria erinnerte sich plötzlich, dass Jarne glaubte, Beatrice Mock auf dem Parkplatz vor Amelies Pflegeheim gesehen zu haben. Sie hatte ihn also umgekehrt auch entdeckt, sein Auftauchen aber falsch interpretiert. Victoria sagte nichts dazu. Solange die beiden darüber im Unklaren waren, was genau Jarne und sie wussten, hatte sie vielleicht eine Chance, am Leben zu bleiben.

»Aber warum bin *ich* dann hier, wenn doch Jarne de Zand der Ermittler ist?«

»Dass Sie allein sind, war ursprünglich so nicht geplant. Wir wollten Sie beide als unsere Gäste begrüßen, bevor mir klar wurde, wie viel unauffälliger es wäre, Sie nacheinander zu befragen und gegebenenfalls zu beseitigen.«

»Wer ist eigentlich ›wir‹? Wer ist Ihr Komplize? War er es, der mich niedergeschlagen hat?«

»So viele Fragen auf einmal, ich sehe, Sie werden zu munter. Es wird wohl Zeit, dass wir uns um eine abschließende Lösung bemühen.«

Victorias Herzschlag beschleunigte sich. Wenn diese Frau den Keller verließ, wäre Victorias Schicksal besiegelt, daran hatte sie keinen Zweifel. »Etwas müssen Sie mir noch sagen!« Ihre Frage hielt Beatrice Mock auf, sie nickte Victoria auffordernd zu.

»Wieso haben Sie mich als Strafverteidigerin für Ihren Bruder engagiert? Es kann Ihnen doch nur recht sein, wenn er im Gefängnis sitzt.«

Beatrice Mock machte sich nicht einmal die Mühe, sie anzusehen und wandte sich zur Treppe. »Für eine Akademikerin sind Sie eine erschreckend dumme Person«, sagte sie in beißendem Tonfall. »Natürlich gehört Benedikts Verurteilung zu meinem Plan. Welch eine elegante Lösung, mich zweier unliebsamer Menschen mit nur einem einzigen Mord zu entledigen. Das erregt viel weniger Aufmerksamkeit. Ich wäre doch sofort ins Visier der Ermittler geraten, wenn ich beide getötet hätte« Sie kicherte so fröhlich, als habe sie gerade eine nette Anekdote erzählt. Victoria lief es bei diesem Geräusch kalt über den Rücken.

»Aber warum dann meine Beauftragung?«

»Haben Sie das wirklich noch nicht kapiert? Weil Sie die schlechteste Anwältin sind, die mir einfiel!« Beatrice lachte höhnisch auf. »Ich durfte doch nicht riskieren, dass mein Bruder einen fähigen Verteidiger beauftragt – der ihn womöglich freibekommen hätte. Außerdem lenkt nichts den Verdacht besser ab, als eine Schwester, die sich nach Kräften bemüht, ihren Bruder zu unterstützen. Nur zu viel Geld konnte ich in diesen Teil des Plans nicht investieren. Deshalb benötigte ich eine Anwältin, die beides war: billig und schlecht. Zudem schnell verfügbar – nicht auszudenken, wenn mein Bruder schon einen eigenen Anwalt mandatiert hätte. Ich wusste, Benedikt würde Sie als Verteidigerin akzeptieren, sobald er hörte, dass ich Sie geschickt habe. Tief im Inneren fühlt er sich noch immer schuldig und wartet auf ein

Zeichen der Versöhnung.« Sie hatte sich umgedreht und schaute auf Victoria herab. Hass glühte in ihren Augen. Victoria erschauerte. Diese Frau war nicht böse, sie war teuflisch. Ihre Worte hatten Victoria tief getroffen. Beatrice Mock hatte sie manipuliert, vergiftet, zum Spielball ihrer widerwärtigen Intrige gemacht – und verhöhnte sie nach alledem auch noch. Heiße Wut pulsierte in Victoria. Der Adrenalinstoß schoss durch ihren Körper und half ihr, auf die Knie zu kommen. Sie zwang sich mit aller Willenskraft, aufzustehen. Vor dieser Person würde sie nicht länger auf dem Boden kauern!

In Beatrice Mocks Miene spiegelte sich Überraschung. Victoria sah mit Genugtuung, wie die Frau einen Schritt zurückwich.

»Und doch sind Sie gezwungen, mich zu töten, weil ich zu viel herausgefunden habe«, zischte Victoria. »Ich habe die Wahrheit ans Licht gebracht!« Mit erhobenem Kopf blickte Victoria ihrer Gegnerin regungslos in die Augen. Deren Blick flackerte. Kurz durchzuckte Victoria der Gedanke, wie töricht es war, Beatrice Mock in dieser Situation zu reizen, aber sie gab ihrer Angst nicht nach. Wenn sie wirklich sterben sollte, dann würde sie es nicht kleinlaut und verzagt tun. Ihre Fesseln hinderten sie daran, sich auf die Frau zu stürzen, nichts hielt sie jedoch davon ab, die Waffen zu benutzen, die sie hatte. Sie war ausgebildet, mit Stimme und Verstand zu kämpfen, und genau das würde sie jetzt tun, um diese bösartige Person in ihre Schranken zu weisen. All die schlimmen Erlebnisse der vergangenen Tage brodelten in Victoria. Sie hatte das Gefühl zu explodieren. Ihr Aufschrei ließ Beatrice erstarren. Sie wollte soeben den ersten Schritt auf die Kellertreppe setzen, als Victoria anfing, der verstörten Beatrice all das ins Gesicht zu brüllen, was sie in der letzten Woche durchlitten hatte. Ihre Stimme überschlug sich und vermutlich war nicht einmal die Hälfte von dem zu verstehen, was sie durch den Keller schrie, aber Victoria konnte nicht aufhören zu toben.

Erst als sich der Gesichtsausdruck ihrer Gegnerin wandelte, während sie den Blick auf die Treppe richtete, verstummte Victoria. Dann stöhnte sie auf.

Zwei Männer stiegen die Stufen herab.

Jarne de Zand, mit hinter dem Kopf verschränkten Armen, gefolgt von Beatrice Mocks Helfershelfer, der ein altes, aber funktionstüchtig wirkendes Gewehr in den Händen hielt.

Kapitel 25

»Stehenbleiben«, knurrte der Komplize und Jarne rührte sich nicht mehr. Victoria musterte den Detektiv. Er zeigte keinerlei Regung. Ihr kam der Gedanke, ob er vielleicht eine Nahkampfausbildung hatte. Konnte er den Kerl entwaffnen? Offenbar schaute sie zu viele Fernsehserien, denn Jarne schien nicht im Begriff zu sein, den Helden zu mimen. Abwartend stand er da. Er wandte den Kopf in ihre Richtung, sah sie ruhig an, lächelte sogar, als sich ihre Blicke trafen. »Bist du okay, Vicky?«

»Mund halten!«, fuhr der Mann dazwischen und hob die Mündung des Gewehres leicht an, um seiner Anordnung Nachdruck zu verleihen. »Ihr zwei setzt euch still auf den Boden. Verstanden?«

Victoria nickte und glitt umständlich an der Wand entlang nach unten, auch Jarne hockte sich hin.

»Bea, geh rauf, hol das Seil. Wir müssen beide gründlich fesseln.«

Beatrice blieb unschlüssig stehen.

»Geh schon! Ich habe keine Lust, dass der Typ hier Ärger macht.«

»Findest du nicht, wir sollten sie gleich hier erledigen? Dann ist das Problem gelöst.« Beatrice Mock war absolut emotionslos. Von ihr hatten sie keine Gnade zu erwarten.

Victorias Herz schlug dumpf gegen ihre Brust. Ihre Gegner hatten bekommen, was sie wollten: Jarne und sie zusammen in ihrer Gewalt. Offenbar war es auch nicht mehr wichtig, wie viel sie wussten. Es reichte aus, sie zu töten.

Victoria sah mit Erleichterung, wie der Mann sein Gewehr absenkte. Er wirkte unbehaglich, als er mit verhaltender Stimme vorschlug, noch abzuwarten. »Wir müssen erst herausfinden, wie wir hier wegkommen. Deine erfundene anonyme Bedrohung hilft vielleicht, den Verdacht von uns abzulenken, allerdings ist es besser, für den Todeszeitpunkt der beiden ein bombenfestes Alibi zu haben. Lass uns hochgehen, um alles zu besprechen. Die zwei sind hier so lange gut aufgehoben.«

Beatrice Mock wandte sich zur Treppe, blieb aber noch einmal kurz stehen und drehte sich zu Victoria um. »Ich hätte wirklich nicht gedacht, dass Sie Ihre berufliche Unerfahrenheit durch Hartnäckigkeit wettmachen. Schade nur, dass Sie Ihren unbedeutenden Erfolg nicht mehr genießen können.«

Der Blick, den sie der Anwältin zuwarf, ließ Victoria frösteln. Sie war froh, als beide den Keller verlassen hatten.

Sofort war Jarne bei ihr. Er nahm ihr Gesicht zwischen seine Hände, blickte sie prüfend an. »Geht es dir gut?«

Sie lächelte. »Jetzt, wo du da bist, geht es mir schon besser. Vorher war es etwas ungemütlich, in Gesellschaft einer durchgeknallten Irren gefesselt auf dem kalten Boden zu liegen.«

Jarne lachte. »Ich sehe, du bist halbwegs okay. Dann dreh dich mal um, damit ich an deine Fesseln komme.«

Gehorsam hielt sie ihm ihre Hände hin. Jarne zerschnitt die Stricke mit einem Taschenmesser, das er aus seiner Jeans hervorzauberte.

»Was meinte die Mock mit ihren letzten Worten?«, fragte Jarne, während Victoria erleichtert ihre schmerzenden Handgelenke massierte.

Ein völlig unsinniges Gefühl des Triumphes durchströmte Victoria.

»Sie hat mich als Anwältin für ihren Bruder ausgesucht, weil sie sicher war, ich würde versagen. Habe ich aber nicht. Ich habe die Wahrheit ans Licht gebracht!« Das unpassende Siegesgefühl hielt exakt so lange an, wie Victoria benötigte, um sich den Ernst ihrer

Lage wieder zu vergegenwärtigen. »Entschuldige, du musst mich für völlig überspannt halten.«

Jarne setzte sich neben sie, legte seinen Arm um ihre Schulter und zog sie zu sich heran. »Unsinn. Du hast schlimme Stunden hinter dir. Da darf man auch mal merkwürdig reagieren.«

Sein Atem kitzelte an ihrem Ohr, aber seine Wärme tat gut. Sie lehnte sich einen Augenblick an ihn und genoss das tröstliche Gefühl von Nähe. »Vor allem, wenn man mit Drogen vollgepumpt wurde«, murmelte sie.

»Du wurdest was?« Victoria merkte in seinen Armen, wie Jarne erstarrte.

»Ich bin hier unten gelandet, weil sie mir einen Tee aus Engelstrompete gegeben haben.«

»Scopolamin! Natürlich, damit konnten sie dich gut außer Gefecht setzen!«

»Du weißt, was Scopolamin ist?« Verwundert hob sie den Kopf und blickte ihn an.

»Jetzt schon«, grinste Jarne. »Dafür hat deine Schwester vorhin gesorgt.«

Victoria konnte ihm nicht folgen, dies war jedoch der falsche Zeitpunkt für Nachfragen. »Wir müssen erst einmal schnell hier raus!« Sie löste sich widerwillig aus der Umarmung und schaute auf das kleine Taschenmesser, das er noch immer in der Hand hielt. »Meinst du, du kannst uns damit irgendwie befreien? Die Schrauben von den Beschlägen lösen oder so?«

Jarne lachte leise. »Ist es möglich, dass du früher zu oft MacGyver geschaut hast?«

»Merkt man das?« Victoria grinste. »Ich würde allerdings wirklich gerne von hier verschwinden, bevor die beiden da oben beschließen, dass unser Tod doch sehr gut in ihren Plan passt. Oder ihnen auch nur auffällt, dass sie vergessen haben, dich zu fesseln. Meine Handgelenke sind bereits wund, ich will nicht wieder verschnürt werden.«

Jarne schaute auf die Uhr, dann klappte er seelenruhig das Messer zu.

»Wir beide machen jetzt Folgendes: Wir durchwühlen das Gerümpel dahinten nach brauchbarem Material, um uns hier zu verbarrikadieren. Damit wir nicht doch noch zu Geiseln werden. Danach setzen wir uns gemütlich hin und warten auf Rettung.«

Victoria sah ihn prüfend an, ob er sie veralberte, aber er schien seinen Vorschlag ernst zu meinen.

»Vertrau mir.« Er zog sie mit sich in die Ecke, in der sich allerhand alte Möbel in den unterschiedlichsten Stadien der Auflösung befanden. Schwindel stieg wieder in Victoria auf.

»Geht es?« Besorgt blickte Jarne sie an.

Sie biss die Zähne zusammen. »Ja, klappt schon.«

Gemeinsam trugen sie einige Holzbalken und Latten die Treppe hinauf, bis Victoria sich auf die nächstbeste Stufe fallen ließ, weil ihre Beine streikten.

»Bleib sitzen, den Rest erledige ich.« Jarne verkantete das Holz und verkeilte es geschickt zwischen den Wänden. Uneinnehmbar war der Keller zwar nicht, aber zumindest auch nicht mehr ohne Schwierigkeiten zu betreten. Zufrieden blickte Jarne auf sein Werk. Dann half er Victoria auf und führte sie in den hintersten Winkel des Raums. »Hier werden wir warten.« Er drückte sie sanft auf eine Kiste, setzte sich neben sie und nahm sie in den Arm. »Lange kann es nicht mehr dauern.«

»Willst du mir nicht verraten, wer deiner Meinung nach zu unserer Rettung eilen soll?«

»Jo, Valerie, Dr. Hertzmeier sowie vermutlich sämtliche diensthabende Polizisten der Stadt, falls sie nicht auch noch irgendein SEK angefordert haben.«

Victoria blickte Jarne voller Hoffnung an. »Die wissen, wo du bist?«

»Ja, natürlich.« Er lächelte sie aufmunternd an. »Ich bin nur die Vorhut. Im Gegensatz zu den Behörden muss ich mich nicht so streng an Gesetze und Vorschriften halten. Nachdem wir den Verdacht hatten, wo du steckst, bin ich losgefahren, um Erkundigungen einzuholen. Als ich hörte, wie du die Mock angeschrien hast, wusste ich, wo ich dich finde. Dass mich der Typ mit dem Gewehr überraschte, war allerdings nicht so geplant.« Er fuhr sich durch die Haare und grinste entschuldigend. »Jedenfalls bemühen sich Jo und Dr. Hertzmeier im Moment darum, eine Durchsuchungsanordnung zu erwirken und die Polizei auf Trab zu bringen. Es war abgemacht, dass ich mich unter allen Umständen nach einer Stunde melden sollte. Wenn nicht, wollten sie die Kavallerie losschicken. Jo meinte, dann könnten sie auch ohne Beschluss wegen Gefahr im Verzug hier hereinstürmen.«

Victoria wollte gerade nachfragen, warum er sie bei Beatrice Mock vermutet hatte, als es oben laut wurde. Sie hob den Blick zur Decke und lachte. »Ich glaube, die Kavallerie ist eingetroffen!«

Kapitel 26

Zwei Tage später saßen Valerie, Jo und Jarne an Victorias Bett im Krankenhaus und sie erfuhr endlich die ganze Geschichte.

Nachdem die Polizisten ins Haus gestürmt waren, hatten sich Beatrice und ihr Komplize widerstandslos festnehmen lassen.

Tom war zusammen mit der Polizei erschienen und noch vor den Beamten die Treppe zu ihr heruntergeeilt, kaum dass die Tür freigeräumt war. Er hatte sie mit Jarnes Hilfe aus dem Keller geführt, wobei die Männer sie fast hatten tragen müssen. Diesmal hatte Jarne darauf bestanden, Victoria direkt in den Krankenwagen zu bringen, der mittlerweile ebenfalls vorgefahren war. Tom hatte ihre Hand erst losgelassen, als die Sanitäter ihm einen missbilligenden Blick zuwarfen, weil er im Weg stand. Danach hatte er sich allerdings nicht bei ihr gemeldet. Vielleicht sollte sie ihn endlich aus ihrem Kopf verbannen, besser noch aus ihrem Herzen, das selbst in diesem modrigen Keller einen Extraschlag gemacht hatte, als Tom zu ihr heruntergestürmt war.

Die Ärzte hatten angeordnet, Victoria zur Beobachtung mindestens drei Tage im Krankenhaus zu behalten. So lange konnten die teils lebensbedrohlichen Wirkungen des Gebräus aus Engelstrompete anhalten. Auch ihr unkontrollierter Wutanfall war vermutlich durch die Droge verursacht worden, denn diese Nebenwirkung war nach dem Konsum dieser Pflanze nicht ungewöhnlich, hatten ihr die Mediziner erklärt. Trotzdem war es ihr peinlich, dass Jarne diesen Anfall mitangehört hatte, selbst wenn er sie auf diese Art finden konnte.

Für den ersten Tag wurde jeglicher Besuch untersagt. Obwohl der Neurologe ihr bescheinigte »klar und orientiert« zu sein, hatte Victoria die Ruhe dringend benötigt, fast nur geschlafen und fühlte sich jetzt erholt genug, um sich den Bericht ihrer Freunde anzuhören.

Während Beatrice sich entschlossen hatte, ohne ihren – gewiss sehr erfahrenen und sehr kostspieligen – Anwalt keine Aussage zu machen, war ihr Komplize eingebrochen. In dem Bestreben, möglichst glimpflich aus der Sache herauszukommen, erwies er sich als enorm auskunftsfreudig. So konnte Jo all die Puzzleteilchen für sie zusammenfügen. Sie setzte sich über sämtliche Verschwiegenheitspflichten hinweg. »Warum auch nicht? Du wirst doch als Nebenklägerin auftreten, dann erfährst du sowieso alles«, meinte sie lakonisch, bevor sie begann, die Hintergründe der Tat für die drei aufzurollen.

»Beatrice Mock hat ihre Schwägerin Saskia erstochen, das wisst ihr ja schon. Aber das Motiv, über das ihr beide« – sie blickte zu Jarne und Victoria – »so lange gegrübelt habt, ist nicht nur Geld gewesen. Es spielt da nämlich noch so etwas wie ein Familiengeheimnis ...«

»Die Geschichte, die der alte Mock nicht erzählen wollte«, warf Jarne ein.

»...ein Familiengeheimnis eine Rolle.« Jos tadelnder Blick traf Jarne, der tatsächlich davon beeindruckt zu sein schien. »Beatrice Mock ist mit siebzehn schwanger geworden. Völlig unstandesgemäß. Selbst wenn man meinen sollte, das sei heutzutage kein Drama mehr, gilt das wohl nicht in allen gesellschaftlichen Kreisen. Zumindest war es für Anna Mock nicht hinnehmbar, dass ... «

»Anna Mock? Ist das die Mutter?«, unterbrach Valerie.

»Ja, die Mutter von Benedikt und Beatrice, die es nicht akzeptieren konnte, dass ihre Tochter unter derart skandalösen Umständen ein Kind zur Welt brachte. Sie setzte Beatrice kurzerhand vor die Tür, die daraufhin bei ihrem älteren Bruder Benedikt und seiner Frau Saskia Zuflucht suchte. Beatrice besuchte die Schule bis zur Volljährigkeit, dann konnte sie sich dort abmelden. Sie lebte bis zur Geburt ihrer Tochter Amelie im Haus ihres Bruders.«

»Moment – wie war das?« Victoria fuhr im Bett hoch. Ihr Kopf protestierte pochend, doch sie bemerkte es kaum, sondern starrte Jo fassungslos an. »Amelie ist die Tochter von *Beatrice*?«

»Ja, und von ihrem Freund, dessen Bekanntschaft du ja ebenfalls schmerzhaft gemacht hast. Deshalb konnte Beatrice ihn auch in die Geschichte mit hineinziehen und ihn überzeugen, ihr zu helfen. Aber der Reihe nach.«

Jo machte eine Pause, um etwas Wasser zu trinken, während Victoria ihre Ungeduld kaum zügeln konnte.

»Beatrice konnte das Kind nicht behalten, so viel war klar. Sie war mittellos, ohne Ausbildung und vom Erzeuger des Kindes wieder getrennt. Da ersonnen die drei – Beatrice, Benedikt und Saskia – den Plan, das Kind als Saskias auszugeben, die ja schon lange Zeit erfolglos versucht hatte, schwanger zu werden. Wen auch immer sie dafür alles bezahlt haben, weiß ich nicht, jedenfalls gelten Saskia und Benedikt als die leiblichen Eltern von Amelie. Beatrice hat wahrscheinlich unterschätzt, wie sehr es sie schmerzen würde, ihr Kind nicht als das ihre aufwachsen zu sehen. Benedikt Mock erzählte, seine Schwester habe sich zunehmend isoliert und schließlich sei sie weggegangen und der Kontakt über Jahre abgerissen.«

»Das erklärt, warum Benedikt Mock so merkwürdig reagiert, sobald Beatrices Name fällt. Er scheint es zu bedauern, dass die Geschwister sich so entfremdet haben« Victoria dachte an die Gespräche in der JVA. Plötzlich durchzuckte sie ein anderer Gedanke. »Was ist eigentlich mit meinem Mandanten?«, fragte sie besorgt. Sie hätte sicher irgendwelche Anträge auf Haftentlassung stellen müssen, stattdessen lag sie untätig herum.

Sie schlug die Decke zurück und war fast aus dem Bett geklettert, als Jo sie sanft in das Kissen zurückdrückte.

»Entspann dich, es ist alles veranlasst. Benedikt Mock ist seit gestern Abend auf freiem Fuß.« Jo lächelte ihr beruhigend zu. Erleichtert kuschelte Victoria sich wieder in die Decke.

»Er war froh, trotz der Schwarzgeldgeschichte aus der Haft entlassen zu werden.« Als Jo Victorias Gesicht sah, schmunzelte sie. »Ja, wir wissen davon. Nicht nur Beatrices Komplize war in jeglicher Hinsicht auskunftsfreudig, auch Mock hat nachgelegt und umfangreich ausgepackt. Ich glaube, er hofft darauf, die Angelegenheit werde dann nicht so schlimm für ihn enden. Ich hatte beinahe den Eindruck, es traf ihn viel härter, welche Intrige seine eigene Schwester gesponnen hatte. Das ist wohl seine eigentliche Strafe für all die zwielichtigen Geschäfte der vergangenen Jahre, die wir ihm vermutlich nie werden nachweisen können.«

»Das, und die Sache mit seiner Tochter. Er liebt sie wirklich.« Victoria lächelte traurig. »Selbst wenn er an vielen Entwicklungen nicht unschuldig ist, tut er mir doch leid. Sämtliche Familienmitglieder sind auf die eine oder andere Weise für ihn unerreichbar geworden. Kein Wunder, dass Beatrice sich so sicher war, er würde mich bereitwillig als Verteidigerin akzeptieren, wenn sie mich schickt. Er sah darin eine scheinbar fürsorgliche Geste und gierte bestimmt in den vergangenen Jahren nach einem solchen Zeichen der Versöhnung. Ich denke, er hätte allem zugestimmt, nur um seine Schwester zurückzubekommen.«

Jo nickte. »Ja, sie ist seine Achillesferse. Trotz Beatrices Freundschaft mit Saskia hatten sich die Geschwister nie wieder angenähert. Dabei waren die beiden bis zu Amelies Geburt unzertrennlich – vermutlich waren sie füreinander das, was einer liebevollen Familie noch am nächsten kam. Die Mocks scheinen sich generell nicht durch allzu viel Herzlichkeit auszuzeichnen. Es war Benedikt Mock sichtlich unangenehm, wie naiv er seiner Schwester in der Hoffnung auf Annäherung vertraut hat. Wie ich sagte – das ist für ihn schlimmer, als seine drohenden Probleme wegen des Geldes.«

»Apropos – was ist denn jetzt mit Noras Geld?«

»Noras Geld?« Jetzt sah Jo ratlos aus.

Victoria durchfuhr es eiskalt. Hilfesuchend drehte sie ihren Kopf zu Jarne. Die Frage war ihr herausgerutscht, ohne zu bedenken, dass Jo von dem illegalen Ausflug in Noras Wohnung gar nichts wissen durfte.

Jarne verstand sofort. »Victoria meint das Geld, das Nora auf dem Konto hatte«, erwiderte er leichthin. »Es hat sich herausgestellt, dass es Benedikt Mocks Geld ist. Er hatte Kredite auf ihren Namen aufgenommen. Als er befürchten musste, der Bankrott werde durch seine Inhaftierung früher eintreten, als ohnehin schon zu erwarten war, wollte er wenigstens vorher seine Schulden an sie zurückzahlen und Nora hat in seinem Auftrag Geld umgeschichtet.«

Victoria war sich nicht ganz sicher, ob Benedikt Mocks Absichten wirklich so ehrenwert waren, oder ob er sich einfach ein erquickliches Sümmchen zur Seite schaffen wollte, bevor die Firma Insolvenz anmelden musste. Aber um ihres Seelenfriedens Willen beschloss sie, von einem guten Kern ihres Mandanten auszugehen.

»Was ist nun? Soll ich weiter erzählen, oder ist Nora Fritz plötzlich wichtiger?« Jo trommelte ungehalten mit den Fingern an ihr Wasserglas.

»Mach schon weiter! Ich platze vor Neugier.«

»Beatrices Abneigung gegen ihren Bruder entwickelte sich nach Amelies Reitunfall zu regelrechtem Hass. Obschon Benedikt und Saskia nichts dazu konnten, gab Beatrice ihnen die Schuld. Eines Tages änderte Beatrice ihr Verhalten jedoch, sie bemühte sich überraschend um Saskias Freundschaft. Da Beatrice sich weigert, eine Aussage zu machen, bleibt das Motiv für ihren Sinneswandel im Dunkeln, aber ich vermute, dort liegt der Startpunkt ihres Racheplans.«

Victoria schüttelte ungläubig den Kopf. Eines muss man Beatrice ja lassen. Geduld hat die Frau. Es gehört schon einiges dazu, jahrelang auf Vergeltung zu warten.

»Der Auslöser für die Tat war wohl die drohende Pleite der Firma«, fuhr Jo fort. »Zumindest spricht der Zeitpunkt dafür. Anna Mock hatte Benedikt und Beatrice enterbt, so dass nach ihrem Tod das Vermögen ihrem Mann Sebastian und der Enkelin Amelie zufiel. Sebastian Mock steckte seine gesamten finanziellen Mittel in das Unternehmen, weshalb Beatrice nach seinem Tod kein Geld, sondern nur Firmenanteile erbte, von denen sie nach der Scheidung lebte. Als es um den Betrieb immer schlechter stand, ging es auch mit Beatrices Finanzen bergab. Benedikt und Saskia hatten Beatrice also nicht nur das Kind weggenommen, sondern beraubten sie jetzt auch noch ihrer Einnahmequelle.«

»Du meinst, es ging vor allem um die drohende Mittellosigkeit?«, fragte Victoria.

»Ich glaube, das war ein wichtiger Faktor. Ich bin sicher, es steckt deutlich mehr dahinter, als eine um Jahre verspätete Rache für den Verlust ihrer Tochter.« Jo nickte. »Fest steht – wenn der Plan aufgegangen wäre, hätte man einen neuen Vormund für Amelie suchen müssen und Beatrice konnte sich ausrechnen, dafür die erste Wahl zu sein. Fest steht weiter, dass Beatrice in absehbarer Zeit mittellos sein wird. Und als Vormund oder Betreuer von Amelie hätte sie Zugriff auf deren beträchtliches Vermögen, das durch Saskias Tod noch weiter anwachsen wird.« Jo machte eine vielsagende Pause.

»Aber so etwas wird doch kontrolliert?«, gab Victoria zu bedenken.

»Da gibt es immer Mittel und Wege, in die eigene Tasche zu wirtschaften. Benedikt bedient sich auch bereits des Geldes«, erwiderte Jo trocken. »Du glaubst nicht, welche Tricks es so gibt. Was ich bei der Staatsanwaltschaft schon alles gelernt habe.«

Victoria rieb sich die Stirn. In was für einen perfiden Plan war sie da nur hineingeraten! Wäre sie nicht selbst zu Beatrices Opfer geworden, hätte sie sich nie vorstellen können, dass diese zierliche Person zu so einer Bösartigkeit fähig sein konnte.

Jo sah ihre Freundin an. »Wird dir das zu viel? Möchtest du dich lieber eine Weile ausruhen? Wir können auch später wiederkommen.«

»Nein, nein«, sagte Victoria schnell. »Mir schwirrt von den ganzen Informationen ein bisschen der Kopf. Wahrscheinlich hatte ich zu wenig Kaffee.«

Jo lachte. »Wenn du wieder nach Kaffee lechzt, geht es dir eindeutig besser. Sag uns bitte trotzdem ehrlich, falls wir verschwinden sollen.«

»Unsinn – ich will jetzt alles wissen!«

»Okay. Kommen wir zur eigentlichen Tatausführung. Benedikt hatte sich nicht geirrt. Seine Frau hatte das Telefonat, in dem es um Nora und das Geld ging, belauscht. Sie tat das, was Frauen in diesem Augenblick tun. Sie rief ihre Freundin Beatrice an und heulte sich bei ihr aus. Diese erkannte, wie perfekt der Zeitpunkt für die Umsetzung ihres Plans war. Sie hatte inzwischen wieder Kontakt zu Amelies leiblichem Vater aufgenommen und ihn überzeugt, ihr zu helfen. Sie setzte dabei ganz auf die Karte, als Eltern müssten sie ihre Tochter beschützen. Der arme Narr ließ sich überreden. Ich glaube, er ist bis heute in Beatrice verliebt. Natürlich hat Beatrice ihm gegenüber mit keinem Wort die finanziellen Vorteile erwähnt, die sich aus der Vormundschaft ergäben. Das ist ihm erst während unserer Befragungen nach und nach klargeworden. Eigentlich rührend, dass er aus Liebe zu

Beatrice und seiner Tochter, von der er jahrelang nicht einmal etwas wusste, handelte. Nachdem die beiden im Fernsehen einen Bericht über die Engelstrompete gesehen hatten, verfügte Beatrice im wahrsten Sinne des Wortes über die letzte noch fehlende Zutat. Da sie häufig bei Saskia zu Besuch war, konnte sie ohne Schwierigkeiten Gläser mit den Fingerabdrücken von Saskia und Benedikt zur Seite schaffen. Nach der Tat stellte sie die in die Küche, um den Verdacht auf ihren Bruder zu lenken. Die Gläser, aus denen die beiden Frauen am fraglichen Abend tatsächlich getrunken hatten, nahm sie nach der Tat mit. Den bitteren, abgestandenen Geschmack des Gebräus aus Engelstrompete überdeckte sie mit einem schweren Rotwein, dann erstach sie Saskia. Der Rest ist bekannt.«

Jo lehnte sich in den Besuchersessel zurück und trank einen großen Schluck Wasser. »Soweit die Aussagen und die Ermittlungsergebnisse. Ist eure Neugier damit befriedigt?«

»Meine noch nicht ganz.« Victoria richtete sich auf und warf einen Blick in die Runde. »Ich bin zutiefst dankbar für eure Rettungsmission, aber woher wusstet ihr, wo ich bin? Ich hatte in der Kanzlei doch niemandem gesagt, wohin ich fahre. Marcus war mit Lil verreist, alle anderen schon zu Tisch und ich wollte nach der Pause ohnehin wieder zurück sein.«

»Hauptsächlich haben uns das die Fotos verraten, die du auf mein Handy geschickt hast«, meldete sich Valerie zu Wort. »Zusammen mit einem komplett sinnlosen Text.«

»Autovervollständigung«, murmelte Victoria und spürte, wie sie rot wurde. Ihr war einiges an dem Tag peinlich. »Aber hat Beatrice nicht gesagt, auf diesen Fotos wäre nichts zu sehen? Oder habe ich mir das nur eingebildet? Ich war mir schließlich auch sicher, eine wunderschöne Engelstrompete aufgenommen und dir das Bild zusammen mit einer klar formulierten Frage geschickt zu haben. Ich nehme an, meiner Erinnerung an den Tag kann man nicht wirklich vertrauen.«

»Teilweise kann man das schon.« Valerie lächelte sie mitfühlend an. »Das ist das Bizarre an dieser Droge. Einige Erinnerungen stimmen, andere sind Halluzinationen. Die Betroffenen können weder währenddessen, noch später unterscheiden, was real erlebt wurde.«

Victoria durchlief ein Schauder, als sie an die skurrilen Wahrnehmungen an diesem Tag zurückdachte. »Es war gruselig. Ich weiß noch, wie ich aus dem Haus gehen wollte, aber nicht mehr wusste, wo die Tür war.«

»Da du zu diesem Zeitpunkt wahrscheinlich schon längst gefesselt warst, wäre das mit dem Hinausgehen ohnehin schwierig geworden«, warf Jarne trocken ein. »Selbst wenn deine Beine dir noch gehorcht hätten, was in dem Augenblick sicherlich nicht mehr der Fall war.«

»Pragmatisch auf den Punkt gebracht.« Victoria grinste schief. »Was war denn nun mit den Fotos? War die Blüte darauf oder nicht?«

»Ja und nein.« Valerie zog ihr Smartphone aus der Tasche. »Hier, das sind die Fotos.«

Eins war tiefschwarz, auf dem anderen sah man hauptsächlich einen Finger, allerdings im unteren Eckchen in der Tat ein Stück einer Engelstrompete.

Victorias Blick klebte an dem winzigen Ausschnitt mit der Blüte, der ihr tröstlich versicherte, wenigstens noch teilweise funktioniert zu haben.

»Nachdem ich eine Nachricht erhielt, dass du versehentlich die Tastensperre nicht aktiviert hattest, habe ich mich nicht weiter über die Fotos und den Text gewundert, sie jedoch glücklicherweise nicht sofort gelöscht. Als du abends nicht nach Hause kamst, begann ich, mir Sorgen zu machen. Ich rief Jo und

Jarne an, wir haben herumtelefoniert, sind durch die Stadt gefahren, um dich zu suchen und haben uns schließlich alle bei Jo im Büro getroffen. Tom arbeitete an diesem Tag länger, und das erwies sich als Glücksfall.«

»Warum? Und seit wann duzt ihr euch?«

»Seit unserer gemeinsamen Rettungsaktion, an der er maßgeblich beteiligt war. Er hatte mitbekommen, wie wir in Jos Büro Kriegsrat hielten. Als Jo ihm erzählte, dass du verschwunden bist, wurde er leichenblass. Ich dachte, ihm bricht der Kiefer, so wie er die Zähne aufeinanderpresste. Ich glaube, er mag dich.« Valerie lächelte ihre Schwester vielsagend an und Victoria fühlte sich gleich besser. »Wir haben zusammen beratschlagt, wie wir weiter vorgehen. Unbewusst spielte ich dabei an meinem Handy herum, bis mir plötzlich das Nachrichten-Icon so ins Auge sprang, als hätte jemand mit dem Finger darauf gezeigt. Die Fotos kamen mir in den Sinn. Ich sah sie mir noch einmal genauer an, erkannte das Stückchen Blüte und fragte mich laut, ob das Foto etwas mit deinem Verschwinden zu tun haben könnte. Tom ist sofort darauf angesprungen.« Sie lächelte. »Ich glaube, er ist ein ziemlich guter Staatsanwalt. Wenn ich etwas zu verbergen hätte, möchte ich nicht von ihm verhört werden. Er weiß, wie man gezielt fragt.«

»Oh ja, das weiß er.« Victoria spürte das beklemmende Gefühl noch immer, das ihre Unterhaltung in der Küche ausgelöst hatte.

»Dafür solltest du dankbar sein. Binnen weniger Augenblicke hatte er mich zu unserem Gespräch über Giftpflanzen geführt, kurz darauf fiel das Stichwort Scopolamin, und Tom wurde noch blasser, als er den Zusammenhang ahnte. Ihm wurde klar, wie dringend das andere Foto auch untersucht werden musste, und klingelte einen Freund aus dem Bett, einen Kriminaltechniker, der sich mit der Bearbeitung digitaler Daten auskennt. Der setzte sich sofort daran. GPS Koordinaten übermittelt dein Handy leider nicht, aber er fand heraus, dass das Bild nicht so schwarz war, wie es auf dem kleinen Handydisplay wirkte. Es war nur gnadenlos unterbelichtet. Als wir die bearbeitete Datei öffneten, erkannte Jarne das Haus von Beatrice Mock. Du hattest einen Teil der rückseitigen Fassade fotografiert.«

Victoria grinste schief. »War keine Absicht.«

»Schon klar, aber hilfreich.« Hatte Valerie ihr wirklich zugezwinkert? Ihre ernste Schwester konnte zwinkern?

»Nachdem der Verdacht im Raum stand, sind Jarne noch ein paar Sachen aufgefallen«, fuhr Valerie fort. »Mit einem Mal fügte sich alles wie von selbst in das Puzzle. Jarne stürzte los, Jo und Tom erledigten das Juristische und ich bin vor Angst um dich fast verrückt geworden.« Valerie drückte den Arm ihrer Schwester und Victoria lächelte zurück, bevor sie sich an Jarne wandte: »Wieso warst du dir plötzlich so sicher?«

»Weil im Grunde vieles auf Beatrice hinwies, ich habe es nur nicht gesehen«, antwortete der Detektiv zerknirscht. »Wir haben doch immer vermutet, der Mörder sei jemand mit Kenntnis über die Hintergründe der Geschäftsreise. Außerdem sind wir stets davon ausgegangen, Saskia habe von der Affäre und der Geldkoffersache gewusst. Spätestens nachdem bekannt wurde, dass Saskia und Beatrice eng befreundet waren, hätte ich zumindest in Betracht ziehen müssen, auch Beatrice könne von alldem wissen – zumal sie die Affäre mir gegenüber ja sogar erwähnt hatte. Hinzu kam die Sache mit dem Firmenwagen vor Mocks Haus. Das sprach für jemanden mit Zugang zur Firma, deutete also auf Nora oder wiederum auf Beatrice hin, die ja alle Zugangskarten und Schlüssel besaß, um die Firma jederzeit zu betreten, selbst wenn sie es so gut wie nie gemacht hat.« Er hob die Hand an und Victoria hatte den Eindruck, er wollte ihr über die Wange streichen, dann ließ er den Arm jedoch nur auf Victorias Hand sinken und drückte sie kurz. »Für sich allein waren es nur vage Fingerzeige, aber ich hätte alles viel eher zusammenfügen müssen. Es tut mir leid. Ich hätte dir einiges ersparen können.«

Er sah so unglücklich aus, dass Victoria spontan seine Hand ergriff. »Unsinn, wie hättest du das alles vorher zusammensetzen sollen? Selbst in der Rückschau ist vieles spekulativ. Der Mord ist zwar aufgeklärt, aber um Beatrice zu verstehen, muss man wohl ausgebildeter Psychologe sein.«

»Lieb, dass du mich aufbaust.« Er lächelte sie an. »Wie auch immer – der Fall ist gelöst! Obwohl Beatrice so auf dein Versagen gesetzt hat. Wie fühlt sich das an?«

»Hm, die Sache hat mir schon einige Kopfschmerzen bereitet.« Victoria fasste an ihren Hinterkopf, wo sie noch immer die Beule ertasten konnte. »Aber alles in allem ist es ein gutes Gefühl. Die Gerechtigkeit hat gesiegt!«

Nachdem die drei gegangen waren, lag Victoria im Bett und hing ihren Gedanken nach. Sie betrachtete den Blumenstrauß, den Marcus geschickt hatte. Ihr Freund und Kollege verbrachte einige Tage mit Lil in Paris und hatte von dem dramatischen Ausgang des Falls erst erfahren, als Jo ihn aus dem Krankenhaus angerufen hatte. Jo sagte, er habe sich kaum davon abhalten lassen, sich sofort in den nächsten Flieger zu setzen und zu Victoria ans Krankenbett zu eilen. Das milderte ein wenig das Gefühl von Einsamkeit, das sie schlagartig überfiel, nachdem Jarne sich mit einem Kuss auf die Wange verabschiedet hatte. Beide wussten, dass dies der Moment des Abschieds war. Der Gedanke machte Victoria traurig. Jarne hatte keinerlei Andeutungen gemacht, in der Zusammenarbeit mehr als eben diese zu sehen. Trotzdem würde er ihr fehlen. Überhaupt hatte sie den Eindruck, die vergangenen Tage könnten ihr noch eine Weile zu schaffen machen. Wenigstens hatte Valerie angeboten, eine gewisse Zeit bei ihr wohnen zu bleiben und nach all den Jahren freute sie sich über die Gesellschaft ihrer Schwester.

Bevor sie völlig im Weltschmerz versank, öffnete sich die Tür ihres Krankenzimmers einen Spalt und jemand klopfte behutsam an.

»Bist du wach?«, fragte jemand leise. Als Victoria den Kopf hob, sah sie Tom, der ins Zimmer spähte.

»Ja, natürlich, komm herein!« Ihr Herz schlug schon wieder unvernünftig laut beim Klang dieser tiefen Stimme. Sie fuhr mit den Händen durch ihre Haare, bis ihr einfiel, dass sie in den vergangenen zwei Tagen nicht einmal in einen Spiegel geschaut hatte. Vermutlich war ihr Aussehen ohnehin nicht zu retten.

»Erst wollte ich dir Blumen mitbringen, aber dann dachte ich, von blühenden Pflanzen hast du vorerst genug«, grinste er, als er ihr einen Beutel Kaffeebohnen überreichte und sich an ihr Bett setzte. »Wie geht es dir?« Dunkle Augen musterten sie besorgt.

»Danke, eigentlich ganz gut. Danke auch für deinen Beitrag zu meiner Rettung. Jo hat mir alles erzählt.«

»Gern geschehen. Jederzeit wieder.«

»Hör bloß auf! Ich werde nie wieder eine Strafverteidigung übernehmen!«

»Ganz sicher nicht? Dir ist schon klar, dass wegen dieser Schwarzgeldgeschichte ein neues Ermittlungsverfahren auf Benedikt Mock zukommt?«

»Ja. Und weißt du was – es ist mir völlig egal!«

»Du ahnst nicht, wie glücklich mich diese Worte machen!« Tom lächelte sie strahlend an, nahm wie selbstverständlich ihre Hand und hielt sie fest.

»Dich? Glücklich? Warum? Habe ich mir mit diesem einen Fall bei dir den Ruf einer Strafverteidigerin erarbeitet, die du fürchten musst?«

Er grinste. »Eigentlich geht es mir darum, dass wir nun keine Gegner mehr sind. Können wir jetzt vielleicht endlich zusammen einen Kaffee trinken gehen?«

»Ich werde morgen früh um elf Uhr aus dem Krankenhaus entlassen.«

»Ich werde da sein.«

ENDE

Nachwort und Danksagung

Der unbestimmte Wunsch zu schreiben, sowie erste Ideen für einen Krimi spukten mir eine gefühlte Ewigkeit durch den Kopf. Dabei wäre es vermutlich geblieben, wenn ich nicht mit einer guten Freundin bei einer Tasse Kaffee über unser liebstes Thema gesprochen hätte – Bücher. Sie gab mir den nötigen Anstoß, der noch gefehlt hatte, um dieses Projekt in Angriff zu nehmen. Ich kann es selbst kaum glauben, dass ich eines Tages ›Ende‹ unter ein ganzes Manuskript schrieb. Dazwischen lagen mehrere Monate, in denen mich liebe Menschen unterstützt haben. Ich danke jedem Einzelnen von euch herzlich.

Namentlich hervorheben möchte ich:

Sabrina Cremer, deren schlichtes »Mach doch« dafür sorgte, dass aus einer vagen Idee ein konkretes Projekt wurde.

Katrin Rodeit, die mich immer wieder ermunterte, am Ball zu bleiben, und mir wertvollen Rat gab.

Dr. Manfred Lukaschewski, der stets ein offenes Ohr für Fragen hatte und dessen kriminalistisches Fachwissen unendlich erscheint. Sollten sich dennoch inhaltliche Fehler in diesem Buch verstecken, so ist es nicht seine Schuld.

Marcus Köster, der mir sein Anwaltshandbuch für Strafverteidigung nahezu freiwillig überlassen hat.

Karin Uhlig, die zeigt, dass man sich noch nicht lange kennen muss, um auf eine Weise befreundet zu sein, die Kritik erträgt. Alles aufzuzählen, was Karin für dieses Buch getan hat, würde den Rahmen sprengen, deshalb sage ich einfach: Ohne dich, liebe Karin, wäre es nicht der Roman, der er nun ist. Ich weiß es zu schätzen. Danke.

Klaus Hering, der mich nicht nur die Liebe zu Büchern gelehrt hat, sondern auch geduldig das Manuskript korrigiert hat.

Und last but not least meinen Ehemann Volkhard Wenzel, der mir all die Wochen und Monate den Rücken freigehalten hat, und mir dadurch dieses Projekt erst ermöglichte.

Zum Schluss möchte ich eindringlich vor dem Selbstversuch mit Engelstrompete warnen. Während meiner Recherche war ich oftmals erschrocken. Die Risiken sind bereits bei geringen Mengen unkalkulierbar und lebensbedrohlich.

Die Geschichte sowie die handelnden Personen sind frei erfunden. Jede Übereinstimmung mit realen Personen oder Schauplätzen ist zufällig und nicht beabsichtigt.